Beltz & Gelberg Taschenbuch 929

Band 3

Flanagans gesamte Ermittlungen:

Keine Angst vor kleinen Fischen, Flanagan
Flanagans erster Fall (78927)
Alle Detektive heißen Flanagan
Flanagans zweiter Fall (78928)
Wasch dir nicht die Hände, Flanagan
Flanagans dritter Fall (78929)
Flanagan de luxe
Flanagans vierter Fall (78930)
Flanagan entflammt
Flanagans fünfter Fall (78931)
Flanagan Blues Band
Flanagans sechster Fall (78932)

Andreu Martín, geboren 1949, studierte Psychologie und lebt in Barcelona. Seit vielen Jahren schreibt er Comics, bekannt geworden ist er jedoch vor allem als Autor von Kriminalromanen. 1991 wurde er mit dem europäischen Krimipreis ausgezeichnet.

Jaume Ribera, geboren 1953, lebt ebenfalls in Barcelona. Er hat Informationswissenschaften studiert und arbeitet als Übersetzer. Gemeinsam mit Andreu Martín schreibt er Jugendbücher.

Andreu Martín & Jaume Ribera

Wasch dir nicht die Hände, Flanagan

Kriminalroman

Aus dem Spanischen von
Marion Lütke

BELTZ
& Gelberg

www.beltz.de
Beltz & Gelberg Taschenbuch 929
Einmalige Sonderausgabe

Die spanische Originalausgabe erschien 1993 u.d.T.
No te lavas las manos, Flanagan bei Grupo Anaya, S.A., Madrid

Erstmals in deutscher Sprache erschienen 1996 bei Anrich
Aus dem Spanischen von Marion Lütke
Neue Rechtschreibung
Einbandgestaltung: Max Bartholl
Einbandfoto: Petra Paulina Kohl
Gesamtherstellung: Druckhaus Beltz, Hemsbach
Printed in Germany
ISBN 3 407 78929 7

1. Eine schmutzige Arbeit

Don't you cry tonight
I still love you baby
Don't you cry tonight
Don't you cry tonight
There's a heaven above you baby
And don't you cry tonight.

Axl Rose, der Sänger von den Guns 'n Roses, riet mir, in dieser Nacht nicht zu weinen, aber ich sah nichts als Müll und Elend um mich herum.
In diesem Satz, der erbärmlich melancholisch klingt, steckt eine tiefe Wahrheit, sowohl im wörtlichen als auch im übertragenen Sinne.
Im wörtlichen Sinne hörte ich die Guns 'n Roses in meinem Walkman und sah nichts als Müll und Elend um mich herum, weil ich ein paar Müllcontainer bewachte und die Müllabfuhr in der Stadt seit vierundzwanzig Stunden streikte. Die Abfälle quollen aus den Containern, und überall lagen stinkende Häufchen herum, die eine ungeheure Anziehungskraft auf Fliegen, Ratten und Katzen ausübten, aber um die die Menschen, wenn sie nicht gerade gezwungen waren, ihren Müll loszuwerden, oder sich, wie in meinem Fall, in der unglücklichen Lage befanden, den Beruf eines Privatdetektivs auszuüben, lieber einen großen Bogen machten. Ich hatte mir ein Inhaliergerät mit Pfefferminzöl gekauft und schnüffelte von Zeit zu Zeit

daran, um meine gereizten Nasenschleimhäute zu beruhigen. Seit mehr als einer Stunde wartete ich darauf, dass Señora Juana Romero ihren Müll herunterbrachte.

Im übertragenen Sinne bedeutet der Anfangssatz, dass euer ergebener Diener Juan Anguera alias Flanagan nicht gerade seine beste Zeit durchlebte. Denn obwohl mein Schnüfflergeschäft besser lief als je zuvor und an diesem Mittwoch, dem 7. Juni, die Ferien anfingen, da ich in allen Fächern versetzt worden war, schlich ich mit hängendem Kopf durch die Gegend, stieß auffallend häufig tiefe Seufzer aus, jammerte ununterbrochen, schaute alle Leute so feindselig an, als suchte ich unbedingt Streit, und guckte so angeekelt aus der Wäsche, als gäbe es tatsächlich nur noch Müll und Elend um mich herum. Dank meines Walkmans und der Kassette, die ich in einem Anflug von schwarzem Humor »Musik für Masos« genannt hatte, floh ich aus dieser unerträglichen Welt. Auf der Kassette waren die Songs *Without you* und *Caballo Viejo* von Roberto Torres, und beide erinnerten mich an zwei Mädchen aus meiner Vergangenheit. (Aus meiner Vergangenheit! Wow, ich hatte schon eine Vergangenheit! Und das in meinem Alter!) Und der lange Nachspann der Kassette waren die Songs *Don't Cry* von den Guns 'n Roses, *The River* von Bruce Springsteen, *Fade to black* von den Dire Straits und andere traurige Stücke, auf die ich so oft eng umschlungen mit Carmen getanzt hatte, ihren schmalen Körper in meinem Arm und den Geruch ihrer Haare in meiner Nase.

Bis vor kurzem war ich mit einer kleinen, dunkelhaarigen Schönheit namens Carmen Ruano gegangen. Und dann war unsere Beziehung plötzlich in die Brüche gegangen.

So was hat jedem schon mal das Herz gebrochen. Aber mir kam es so vor, als wäre mir das Herz mitten in der U-Bahn gebrochen, und noch dazu zur Hauptverkehrszeit, und als seien tausend Passanten darauf herumgetrampelt und als hätte sich irgendeine rücksichtslose Person damit die Nase geputzt und als hätte zu guter Letzt auch noch irgendein unsensibler Kerl darauf gepinkelt. So ungefähr fühlte ich mich.

Ich habe nicht die geringste Lust, euch zu erzählen, was zwischen Carmen und mir vorgefallen ist. Schließlich habe ich auch meine Scham, auch wenn ich nicht so aussehe. Wer schon einmal etwas Ähnliches erlebt hat, der kann sich das alles sehr gut vorstellen. Und wer so etwas noch nie erlebt hat, der würde mich ohnehin nicht verstehen. Es werden noch Wetten angenommen! Was ist zwischen Flanagan und Carmen Ruano vorgefallen?

María Gual, die theoretisch meine Geschäftspartnerin ist, hatte an diesem Morgen zu mir gesagt: »Flanagan, du bist echt reif für den Seelenklempner.«

»Was?«, fragte ich streitsüchtig.

»Schau dich doch mal an! Du siehst aus wie das jammernde Elend, hihihi, du machst ein Gesicht wie ein geprügelter Hund, hihihi, und dann diese schmachtenden Seufzer, hihihi, und dieser entrückte Blick …«

»Ach, hau doch ab! Lass mich bloß in Ruhe!«

»Du brauchst ’ne neue Freundin!«, schrie María Gual so laut, dass die ganze Klasse sie hören konnte. »Aber diese Mitleidstour, die du fährst, zieht bei uns schon lange nicht mehr!«

Ich wurde natürlich rot und wünschte mir, María Gual wäre ein Junge, um ihr kräftig eins auf die Nase geben zu können. Aber María Gual ist nicht nur kein Junge, sondern inzwischen eins der schönsten Mädchen der Schule, und seit dem Frühjahr zog sie sich so fetzig an, dass es keinen Zweifel mehr an ihrer tollen Figur geben konnte. Alle Jungs auf der Schule waren hinter ihr her, und ich weiß nicht, warum, aber diese Tatsache machte mich noch nervöser.

»Halt's Maul oder ich stopfe es dir mit dem Mathebuch!« Mir fiel gerade nichts Unappetitlicheres und Unverdaulicheres ein.

Da legte sie eine Hand in den Nacken, warf Kopf und Oberkörper zurück, schüttelte ihre Lockenmähne, stemmte ihren Fuß gegen mein Knie, damit ich ihr Bein in voller Länge bewundern konnte, und rief, genau wie Groucho Marx in diesem Film: »Siehst du denn nicht, dass ich nur versuche, dir zu sagen, dass ich dich liebe.« Und lachte so schallend, dass es mir heiß und kalt über den Rücken lief.

Vom Schicksal hart geschlagen, war mein einziger Trost zu jener Zeit meine Tätigkeit als Gelegenheitsdetektiv. Seit geraumer Zeit befasste ich mich damit, kleine Geheimnisse im Leben meiner Mitschüler aufzudecken. Wie Soundso die Klassenarbeiten schafft, obwohl er gar nicht lernt; von wem und warum Madonna jeden Abend anonyme Anrufe erhält; was das Kindermädchen mit dem kleinen Bruder von Dingsda macht, wenn sie alleine mit ihm im Park ist … Harmlose Fälle, um ein bisschen Taschengeld zu verdienen. Seit kurzem übte ich eine Art regelmäßige Tätigkeit aus, die recht einträglich war, und deshalb musste ich mir jeden Tag nach dem Abendessen eine gute Ausrede für meine Eltern einfallen lassen, um dann in der Siedlung Casas Buenas darauf zu warten, dass Señora Juana Romero ihren Müll herunterbrachte.

Während ich der Musik in meinem Walkman lauschte und gegen die Übelkeit, die in mir aufstieg, ankämpfte, vertrieb ich mir die Zeit damit, die Leute zu beobachten, die ihren Müll runterbrachten. Sie sahen aus wie Anhänger irgendeiner mysteriösen Religion, die schweigend ihre Opfergaben auf den Altar-Container legten. Alles war vertreten: der Etepetete-Typ, der die Tüte mit spitzen Fingern runterbrachte und sich mit der anderen Hand Mund und Nase zuhielt, und der Rabauke, der die Mülltüte einfach über den Bürgersteig kickte, und jede Menge sparsame Leute, die die Plastiktüten vom Supermarkt benutzten, um sich ihrer Abfälle zu entledigen. Eine alte Dame in schäbigen Klamotten trug ihren Müll in der Plastiktüte einer teuren Modeboutique herunter. Ein älterer Herr, der aussah wie ein Schalterbeamter, hatte eine Plastiktüte mit dem Logo eines Sex-Shops als Müllbeutel benutzt, und außerdem fiel mir auf, dass dieser Herr mit sich selbst redete; er überhäufte irgendeinen imaginären Gesprächspartner, den er schon ziemlich eingeschüchtert zu haben schien, mit Beschimpfungen und Drohungen. Irgendein Geizkragen schaute verstohlen nach links und rechts, um sich zu vergewissern, dass ihn niemand beobachtete, leerte dann seinen Müll in dem Container aus und stopfte sich die Plastiktüte wieder in die Hosentasche, wahrscheinlich um sie am nächsten Tag noch einmal zu benutzen.

Das musste man einfach gesehen haben!

Der Müll, dachte ich, sagt eine Menge über die Leute aus, die ihn produzieren. Wie war das noch? *In vino veritas?*

Ich entwickelte meine eigene philosophische Theorie: *In müllo veritas*.
Schließlich brachte die Señora Juana Romero ihre Abfälle herunter. Sie war eine sehr voluminöse Frau, ihr Körperbau und ihre Bewegungen erinnerten an einen Bauarbeiter; und sie ging über die Straße, als würden ihr Massen von Männern bewundernd hinterherpfeifen, Massen von Männern, derer sie sich nicht erwehren konnte, da sie ihre Gefühle nicht verletzen wollte. Um ihren Müll runterzubringen, hatte sie sich ein halb durchsichtiges, gelbes Tüllkleid mit grünen, blauen und roten Punkten angezogen, ihre Dauerwelle mit drei Dosen Haarspray kunstvoll in Form gebracht und so viel Wimperntusche, Rouge und Lippenstift aufgelegt, als spiele sie die Hauptrolle in einem Horrorfilm. Die Parfümwolken, die sie umgaben, neutralisierten für einen kurzen Moment den Müllgestank, aber trotzdem inhalierte ich, als sie wieder weg war, eine starke Prise erfrischendes Pfefferminzöl, bevor ich mein Versteck verließ, um mich zu dem Abfallberg zu begeben. Während ich mir einen Weg durch die Ausläufer dieses Müllberges bahnte und die Hand ausstreckte, um den Müllbeutel von Doña Juana herauszufischen, hielt ich die Luft an. Erst als ich den Beutel endlich in meiner Sporttasche verstaut hatte und nach Hause rannte, fing ich wieder an zu atmen.
In der Kneipe meiner Eltern herrschte das für die ersten warmen Tage des Jahres typische Gedränge, denn die Leute haben es satt, in ihrer Wohnung zu hocken, und gehen aus, um das schöne Wetter zu genießen. Mein Vater servierte gerade einer lärmenden Gruppe, die an den Tischen draußen vor der Kneipe saß, Bier und Häppchen. Als er mich sah, begrüßte er mich mit derselben Leier wie

immer: »Es ist halb elf. Es passt mir gar nicht, dass du um diese Uhrzeit noch auf der Straße herumlungerst.«
Aber das klang nicht sehr überzeugend. Ich glaube, eigentlich war es ihm völlig gleichgültig, was ich machte, egal zu welcher Uhrzeit.
Ohne stehen zu bleiben, sagte ich: »Ja, Papa«, und verschwand in der Kneipe, während er zu einem Pärchen lief, das einen freien Tisch suchte. Meine Mutter stand hinter der Theke, inmitten der fröhlich plaudernden Gäste und der lärmenden Dominospieler. Ich hörte, wie sie mir zurief: »Juanito! Wo kommst du denn her? Du siehst ja aus wie ein Landstreicher! Wasch dir sofort die Hände!«
Als ich an der Küche vorbeiging, zwinkerte ich Pili, meiner Schwester und Sekretärin, zu.
»Ich habe ihn.«
»Spitze! Ich spüle noch schnell die Teller, dann komme ich runter.«
Während ich in den Keller hinunterging, dachte ich darüber nach, dass ich eine merkwürdige Beziehung zu meiner Schwester hatte. Die meisten meiner Schulkameraden hatten ständig Zoff mit ihren Schwestern, sie stritten sich ununterbrochen und verpetzten sich gegenseitig bei den Eltern. Pili und ich dagegen verstanden uns prima. Manchmal beneidete ich meine Schulkameraden, denn sicher machte es auch einen Riesenspaß, sich zu streiten.
Als Pili runterkam, hatte ich den Müll von Señora Romero bereits auf Zeitungspapier auf dem Boden ausgebreitet. Er enthielt Fischreste und stank höllisch nach Bohneneintopf.
»Puh, das nenne ich eine schmutzige Arbeit!«, rief Pili.
»Das kannst du wohl sagen. Mal sehen, schreib auf.«

Ich zog mir ein Paar Gummihandschuhe an und begann, im Müll herumzuwühlen.
Eben habe ich gesagt: *»In müllo veritas«*, das heißt: »Im Müll liegt die Wahrheit«, und genau darum ging es.
Um die Seele von Señora Romero, die sich in ihrem Müll offenbarte.
»Teebeutel von Hepaflor. Kräutertee gegen Leberbeschwerden«, las ich vor, »Señora Romero hat also Probleme mit der Leber.«
»Sie oder jemand aus ihrer Familie«, berichtigte mich Pili.
»Sie. Sie lebt alleine. Sie ist seit einem Jahr geschieden und hat keine Kinder.«
»Ich notiere: Probleme mit der Leber.«
Ich wühlte weiter im Müll.
»Lauter zerrissene Lottoscheine. Lotto, Toto, Fernsehlotterie, Klassenlotterie ...« Ich pfiff bewundernd durch die Zähne. »Ich wette, wenn sie einen Revolver hätte, würde die sogar russisches Roulette spielen!« Und nachdem ich die Lottoscheine unter die Lupe genommen hatte, sagte ich: »Das ist ja merkwürdig. Auf allen Scheinen kommt mindestens einmal die Sieben vor ... sieben, siebzehn, siebenundzwanzig ... auf allen Scheinen.«
»Ihre Glücksnummer«, schlussfolgerte Pili scharfsinnig und notierte das.
»Genau«, sagte ich und wühlte weiter im Müll, um endlich fertig zu werden. Denn wenn ich durch die Nase einatmete, wurde mir schwindlig von dem Gestank. Und wenn ich durch den Mund einatmete, wurde mir regelrecht übel. Ich würde mich nie an diesen Job gewöhnen können. »Mal sehen ... Essensreste. Jede Menge Schokoladenpapier. Sar-

dinen, Kabeljau, Seehecht, Kartoffelschalen, Obstreste. Komisch. Kein Fleisch.«

»Vielleicht ist ihr das zu teuer.«

»Nein, wenn sie sich Kabeljau leisten kann, dann auch Fleisch … Ich glaube, sie mag kein Fleisch. Oder vielleicht hält sie es für ungesund.«

»Glaubst du, sie ist Vegetarierin?«

»Oder Makrobiotikerin oder Hypochonderin oder Peripatetikerin oder so was. Schreib's auf. Ich glaube, das war alles.« Ich beugte mich über die Abfälle und fing noch einmal an, darin herumzuwühlen, für den Fall, dass ich irgendetwas Wichtiges übersehen haben sollte. »Was ist denn das?«

Irgendetwas, das in zerknittertes Küchenpapier eingewickelt war.

Voll und ganz in unsere Forschungsarbeit vertieft, hatten wir nicht bemerkt, dass die Kellertür aufgegangen und mein Vater hereingekommen war, der vielleicht irgendwas suchte oder uns einfach nur nachspionieren wollte, weil ihm unser geheimnisvolles Getue aufgefallen war.

Er kam auf uns zu, um nachzusehen, was uns da so brennend interessierte. Gerade, als ich meinen Finger in die eklige Substanz in dem Päckchen steckte, schaute er uns über die Schulter.

»Was ist das?«, fragte Pili.

»Katzenscheiße«, antwortete mein Vater an meiner Stelle und machte ein angeekeltes Gesicht. »Ich glaube, du bist gerade dabei, deinen Finger in Katzenscheiße zu stecken«, sagte er ungehalten.

»Ich fürchte, du hast Recht, Papa«, erwiderte ich, nur um etwas zu sagen. »Das ist Katzenscheiße.«

»Kannst du mir mal sagen, was das soll?«, fragte er und schüttelte sich angewidert.
»Das ist so … Mir fehlen ein paar Unterrichtsaufzeichnungen, und ich glaube, ich habe sie in den Müll geworfen«, antwortete ich und lächelte wie Jack the Ripper, der auf frischer Tat ertappt worden ist.
»Willst du damit sagen, dass deine Unterrichtsaufzeichnungen aussehen wie Katzenscheiße?«
Mein Vater fragt mich des Öfteren, ob ich die Absicht habe, ihn zum Wahnsinn zu treiben. Aber manchmal sieht es ganz so aus, als sei er schon ganz von selbst verrückt geworden.
»Na ja, ich hatte sie noch nicht ins Reine geschrieben«, improvisierte ich und hoffte, dass ihn das zum Lachen bringen würde.
»Juanito …! Unser Mülleimer steht oben in der Küche! Das hier ist nicht unser Müll!«
»Ach, ehrlich?«
»Als ob sich durch diesen Streik der Müllabfuhr nicht schon genug Müll bei uns angesammelt hätte. Musst du auch noch fremden Müll anschleppen?«
Da griff meine Schwester ein, setzte ein Unschuldsgesicht auf, das höchst verdächtig war, und säuselte mit ihrer zuckersüßesten Stimme, die sie auf Lager hatte: »Die Wahrheit ist, dass er eine Arbeit über organischen und anorganischen Müll schreibt. Du weißt doch, dass Juan in allen Fächern versetzt worden ist, Papa«, fügte sie hinterlistig hinzu. Diese Ausrede war so gut, dass ich mich wirklich wunderte, warum sie mir nicht eingefallen war.
»Zwar mit Ach und Krach, aber er ist immerhin versetzt worden. Und jetzt versucht er, durch diese Arbeit seine

Note zu verbessern. Das ist doch wirklich lobenswert, oder?«

Das war das schlagende Argument. Mein Vater ist nämlich der Meinung, dass man einem Sohn, der versetzt worden ist, ein paar Launen durchgehen lassen muss, so merkwürdig sie auch immer sein mögen.

»Na gut«, gab unser Familienoberhaupt zähneknirschend nach. Er verzichtete zwar darauf, das Verhör fortzusetzen, musste aber trotzdem noch mal kurz seine Autorität demonstrieren. »Sieh zu, dass diese Schweinerei von hier verschwindet! Wenn dein Lehrer darauf besteht, dass du mit Katzenscheiße experimentierst, dann in seinem Wohnzimmer, aber nicht hier! Und morgen musst du oben in der Kneipe helfen, wir haben in dieser Woche alle Hände voll zu tun! Und wasch dir die Hände! Ich will nicht, dass du alles mit Katzenscheiße beschmierst!«

Gehorsam verließen Pili und ich den Keller, und mein Vater stand da wie eine von diesen Comicfiguren, über deren Köpfen eine dunkle Wolke schwebt. Eigentlich schien immer, wenn er mit mir sprach, eine dunkle Wolke über seinem Kopf zu schweben, jedenfalls seit ich angefangen hatte, mir durch meine Arbeit als Privatdetektiv ein paar Mäuse zu verdienen, und besonders seit ich in ein paar skandalöse Fälle, die mit Drogen- und Babyhandel zu tun hatten, verwickelt gewesen war. Man könnte meinen, er hätte grenzenloses Vertrauen in mich. Aber im umgedrehten Sinne: Seiner Meinung nach war ich in der Lage, die verheerendsten Katastrophen auszulösen und ihm den größten Kummer seines Lebens zu bereiten.

Am nächsten Morgen stand ich in aller Frühe auf und half ein bisschen in der Kneipe mit, während Pili den Bericht über meine Ermittlungen vom Vortag tippte. Mir gingen nur ein paar Gläser zu Bruch und ich verschüttete lediglich einen Milchkaffee auf dem funkelnagelneuen Anzug eines Gastes. Meine Mutter konnte wirklich zufrieden mit mir sein, denn normalerweise hinterlasse ich nichts als Scherben. Aber sie machte gar nicht den Eindruck, als sei sie stolz auf ihren Sohn. Sie gehört eben zu diesen Menschen, die zwar eine harte Schale, aber einen weichen Kern haben und ihre Gefühle einfach nicht zeigen können. Auf jeden Fall verdammte sie mich nach dem Vorfall mit dem Milchkaffee dazu, den Keller sauber zu machen, und sie sagte zu mir, dass ich mich nie wieder hinter der Theke blicken lassen solle. Aus diesem Grund konnte ich erst nach dem Mittagessen, um halb vier, das Haus verlassen und kam in letzter Minute in der Siedlung Casas Buenas an.

Die Siedlung Casas Buenas, was auf Deutsch so viel heißt wie »Gute Häuser«, liegt gegenüber von dem öden, winzigen Park unseres Viertels und neben dem riesigen, trostlosen Grundstück, auf dem einst ungefähr zweihundert elende Baracken dicht gedrängt nebeneinander gestanden hatten.

Man muss dazu sagen, dass das hier die heruntergekommenste Ecke im ganzen Viertel war. Denn rund um den Marktplatz, die Gegend, die wir Zentrum nennen, gab es immerhin spielende Kinder, alte Leutchen, die sich auf den Bänken sonnten, dicke Frauen mit Einkaufskörben, bellende Hunde und geschmackvoll dekorierte Schaufenster, und es gab sogar ein paar Frauen, die vor diesen Schaufenstern stehen blieben und mit dem Gedanken spielten, etwas von der ausgestellten Ware zu kaufen. In Casas Buenas dagegen gab es kein einziges Geschäft, überall hing

Wäsche auf der Leine und sämtliche Straßenlaternen und anderes städtisches Inventar waren demoliert worden, und an den Straßenecken lungerten immer verdächtig aussehende Gestalten herum, die nie etwas anderes taten, als nach allen Seiten zu schauen, als würden sie auf irgendjemanden warten. Dealer.
In diesem Teil unseres Viertels gab es mehr als einen Mercedes und auch mehr als einen BMW und jede Menge andere Luxuskarossen, die den Drogenhändlern gehörten, die in den hässlichen, heruntergekommenen Häusern lebten.
Vor noch nicht allzu langer Zeit hatte die Stadtverwaltung beschlossen, diese Problemzone, also die Barackensiedlung, zu beseitigen und dafür die große Straße, die um den Friedhof führte, auszubauen und mit Bäumen, postmodernen Straßenlaternen und abstrakten Skulpturen von teuren Künstlern zu verschönern. Deshalb wurde über Nacht eine Tausendschaft von Polizisten mobilisiert, die bei der so genannten Operation Perdigón, über die Zeitungen und Tagesschauen ausführlich berichtet haben, ein paar Dealer und Junkies, die ihnen über den Weg liefen, festnahmen und die illegalen Bewohner zweier Gebäude, die vor zwei Jahren wegen Baufälligkeit geräumt worden waren, auf die Straße setzten. Und kurz darauf fiel ein Heer von Baggern und Bauarbeitern ein, die die Gebäude abrissen und sie in Windeseile wieder aufbauten. Gleichzeitig bot ein ganzes Geschwader von beflissenen Beamten den Barackenbewohnern eine Million Peseten Entschädigung oder, zu günstigen Zahlungsbedingungen, den Kauf einer Wohnung in den nahe gelegenen Casas Buenas an.
Eine Million auf die Hand, das ist viel Geld für Leute, die

ansonsten jede Pesete zweimal umdrehen müssen, um über die Runden zu kommen. Viele haben das Angebot angenommen. Ich habe gesehen, wie sie mitten auf der Straße oder vor ihren Baracken die Quittungen unterschrieben, den Scheck entgegengenommen und ihre Habseligkeiten auf klapprige Lieferwagen geladen haben. Und kurz darauf haben sich die Bagger in Bewegung gesetzt und die Baracken, die die Menschen mit ihren eigenen Händen erbaut hatten, platt gewalzt. Mein Vater sagte, dass diese Leute bald wieder in einer ähnlich elenden Hütte hausen würden, da sie immer unter freiem Himmel gelebt hätten und sich in einer Wohnung wie in einem Gefängnis vorkommen würden. Und auch weil eine Million Peseten nicht ausreiche, um sein Leben zu ändern. Und ich glaube, er hatte Recht.

Andere jedoch, die eine feste Anstellung hatten und die Hypotheken oder Mieten oder was auch immer bezahlen konnten, zogen in die Neubauwohnungen. Die Bauten waren so schnell hochgezogen worden, dass es dort, als die Ersten einzogen, noch nicht einmal Elektrizität oder fließendes Wasser gab. Im Viertel wurden Demonstrationen und Protestmärsche organisiert, an denen wir alle teilgenommen haben. Und schließlich gab es dann auch Wasser und Elektrizität, und nun hockten die ehemaligen Barackenbewohner in ihren Fünfzigquadratmeterwohnungen und warteten ab, was geschehen würde.

Und es geschah Folgendes: Eines schönen Morgens machten die Bagger das Barackenviertel dem Erdboden gleich und das Gelände glich nun einem riesigen, zerbombten Schlachtfeld. Nur ein paar vereinzelte Lehmwände und der öffentliche Brunnen, an dem die ehemaligen Barackenbewohner ihre Krüge gefüllt hatten, blieben unergründlicherweise stehen. Mitten auf dem verwüsteten Gelände sah man hier und dort ein verrostetes Haushaltsgerät und ein paar Blechhütten, die die Bagger aus unerklärlichen Gründen nicht angerührt hatten.

Nachdem dieser Schandfleck der Stadt beseitigt worden war, hatte die Zivilisation Einzug gehalten. Am Rand des Geländes wurde eine riesige Reklametafel aufgestellt, auf der eine Baufirma (COYDESA, Hoch- u. Tiefbau GmbH) den bevorstehenden Bau eines Supermarkts oder Großkaufhauses mit einer Fläche von wer-weiß-wie-vielen Quadratmetern ankündigte. Und um zu zeigen, dass die Sache ernst gemeint war, wurde das Grundstück eingezäunt und mit Schildern versehen, auf denen zu lesen war: »VORSICHT, BISSIGE HUNDE«. Von diesem Tag an nannten die Jungs des Viertels das Gelände den Zoo und dachten sich Spiele aus, um die wilden Wachhunde zu ärgern.

Die Erwachsenen im Viertel erzählten sich, dass COYDESA das Gelände, das nun, da die große Straße verlängert werden sollte, erheblich im Wert gestiegen sei, für einen Apfel und ein Ei erstanden und das Geschäft des Jahrhunderts gemacht hätte. Wenn die Bewohner des Viertels dieses Thema anschnitten, rümpften sie die Nase, als würde plötzlich irgendetwas schlecht riechen.

Im Affenzahn rannte ich zu der Siedlung, denn ich hatte ein mulmiges Gefühl im Bauch. Ich ging nicht gern in diese Gegend; Carmen Ruano wohnte dort und womöglich würde ich ihr zufällig über den Weg laufen. Und wenn es irgendjemanden im Viertel (und in der ganzen Welt) gab, den ich nicht sehen wollte, dann war sie das.

2. Das Schlüsselloch

Ich hatte Glück und kam ohne Zwischenfälle beim Block 2A der Siedlung Casas Buenas an. Es war einer von den Neubauten. Der Aufzug brachte mich zu der Dachgeschosswohnung, in der Sibila lebte.

Meine Klientin Sibila hieß natürlich nicht Sibila. Sie hatte sich dieses Pseudonym aus beruflichen Gründen zugelegt. Denn Sibila war, wahrlich und wahrhaftig, Wahrsagerin. Sie las aus den Händen, sie las aus Tarot-Karten, sie las aus der Glaskugel, sie las aus dem Kaffeesatz und aus Taubenscheiße. Ich glaube nicht, dass sie Zeit hatte, die Zeitung zu lesen, aber ich nehme an, das interessierte sie auch nicht, denn die Zeitungen berichten gewöhnlich immer über die Vergangenheit, und sie zog es vor, immer und überall die Zukunft zu lesen.

Ich habe sie durch Carmen Ruano (ach, lang, lang ist's her) kennen gelernt. Carmen hatte mir viel von ihrer Freundin, der Hexe, erzählt. Sie sagte, dass sie sehr klug und sehr sympathisch sei. Dass sie selbstverständlich keine übersinnlichen Kräfte habe, aber dass sie diesen Mangel durch ihre außergewöhnliche Intuition wettmache. Bevor ich sie zum ersten Mal besuchte, glaubte ich, sie wäre eine alte Frau im Morgenmantel, mit Kopftuch und Schnapsnase, die öfters mal zur Flasche greife, um den Kontakt zum Jenseits herzustellen.

Aber ich irrte mich. Die Sibila, die ich kennen lernte – dieselbe, die mir jetzt die Tür öffnete –, war gerade erst zwanzig, und ihr Aussehen nahm einem jegliche Lust, mit dem Jenseits zu kommunizieren. Warum auch, wenn es im Diesseits so interessante Gesprächspartnerinnen gab!

»Hallo, Flanagan«, begrüßte sie mich mit einem bezaubernden Lächeln. »Ich dachte, du kämst nicht mehr. Hast du den Bericht dabei?«

Ich hielt ihn in der Hand. Ich gab ihn ihr, ging in die Wohnung und machte es mir in ihrem Büro, das gleichzeitig auch als Esszimmer diente, bequem. An dem runden Esstisch, der am Fenster zum Hinterhof stand, pflegte sie sowohl ihre Spiegeleier zu essen als auch ihre spiritistischen Sitzungen abzuhalten. An den Wänden hingen Bilder, die beidseitig bedruckt waren: Jetzt sah man irgendwelche Landschaften, aber wenn ihre abergläubischen Klienten kamen, dann drehte Sibila die Bilder um und dann waren beängstigende Motive von Hieronymus Bosch und beunruhigende Reproduktionen von Edvard Munch und M. C. Escher zu sehen.

Während sie den von Pili fein säuberlich abgetippten Bericht las, dachte ich an all die fröhlichen Nachmittage, die Carmen und ich hier bei Sibila, der Hexe, verbracht hatten. Zusammen hatten wir hier Guns ’n Roses *(Don’t cry tonight, baby)* und *The River* von Bruce Springsteen gehört. Sibila konnte sehr gut Englisch und übersetzte uns den Text. »Mary and me we met in highschool / When she was just seventeen …« – »Mary und ich lernten uns in der Schule kennen …« Und ich musste unweigerlich auch an die traurigen, tieftraurigen Nachmittage denken, die ich hier nach der Trennung von Carmen verbracht hatte. Denn damals besuchte ich Sibila sehr häufig, nicht etwa wegen ihrer übersinnlichen Fähigkeiten, die sie gar nicht besaß, son-

dern wegen ihrer angeborenen Weisheit, mit der sie für alles eine ebenso einfache wie logische Lösung fand.
Sie brachte mir ein unfehlbares System bei, ohne Carmen weiterleben zu können. Sie brachte mir zum Beispiel bei, dass das Leben aus einer unendlichen Reihe von Abschieden besteht und dass man deshalb lernen muss, sich gut zu verabschieden. Und sich gut verabschieden heißt nicht, davonzulaufen, ohne sich umzuschauen, oder einen Schleier über die Vergangenheit zu werfen und so zu tun, als hätte sie nie existiert. Ganz im Gegenteil, sich gut verabschieden heißt, sich die Hand zu geben, sich gefasst in die Augen zu schauen und sich in diesem entscheidenden Augenblick an all die schönen Momente zu erinnern, die man zusammen erlebt hat. Diese Methode schien viel schmerzvoller zu sein als die, die ich bis dahin gekannt hatte, aber schon als ich noch ganz klein war, habe ich gelernt, dass eine Wunde, die juckt, verheilt. Und dass sich eine Wunde, die völlig zugeklebt wird, leicht entzündet und viel tiefere Narben hinterlässt. Und sie riet mir auch Sachen, die mich ein wenig aus der Fassung brachten und über die ich nie mit jemandem gesprochen habe. Sie war sehr offen und sagte die Dinge freiheraus, sie lachte über mein Schamgefühl, und ich lernte von ihr, über mich selbst zu lachen. Eines Tages, zum Beispiel, sagte sie zu mir: »Hast du schon um Carmen geweint? Nun, worauf wartest du noch?«
Ich sage ja, dass ihre Lösungen ganz einfach und von einer geradezu erschlagenden Logik waren. Aber offensichtlich war es gar nicht so einfach, darauf zu kommen.
»Der ist ausgezeichnet.« Sibila hatte meinen Bericht durchgelesen. »Hattest du viel Arbeit damit?«

»Ach nein, es geht. Wie immer. Sich ein bisschen in der Nachbarschaft umhören und im Müll wühlen. Ich glaube, das reicht, um Señora Romero zu beeindrucken.«
Denn genau darum ging es. Die Klienten zu beeindrucken. Das war die Arbeit, die sie mir vor einem Monat angeboten hatte.
»Du kannst dir sicher denken«, hatte sie damals zu mir gesagt, »dass ich, wenn ich tatsächlich übersinnliche Fähigkeiten hätte, jede Woche im Lotto gewinnen würde. Und außerdem hätte ich Tom Cruise längst einen Zaubertrank verabreicht, damit er sich in mich verliebt. Aber auch wenn ich keine übersinnlichen Fähigkeiten habe, weiß ich, dass ich meinen Klienten helfen kann, dass ich ihnen gute Ratschläge geben kann.« Davon war ich überzeugt. Jedem, der mich gefragt hätte, wer ihm bei der Lösung seiner Probleme helfen könne, hätte ich empfohlen, Sibila aufzusuchen. »Und außerdem weiß ich, dass ich ihnen besser helfen kann, wenn sie glauben, dass ich übersinnliche Kräfte habe. Und deshalb sollst du mir helfen, vorausgesetzt, du bist an der Arbeit interessiert.«
Ich hätte jede Arbeit akzeptiert. Ich hätte alles gemacht, nur um einen Vorwand zu haben, Sibila weiterhin besuchen zu können.
»Ja. Erzähl«, hatte ich sie ermutigt.
»Jedes Mal, wenn ein neuer Klient telefonisch einen Termin mit mir vereinbart, sage ich dir Bescheid. Ich gebe dir seinen Namen, seine Adresse und alles, was ich über ihn weiß. Du stellst dann Nachforschungen an, um ein paar Dinge aus seiner Vergangenheit herauszufinden. Wenn die Klienten dann zu mir kommen, flechte ich sie ganz nebenbei ein, denn dann sind sie beeindruckt und glauben an

meine übersinnlichen Fähigkeiten. Und sie werden all meine Ratschläge aufs Wort befolgen.«

»Aber wollen die Leute von einer Wahrsagerin denn nicht ihre Zukunft erfahren?«, hatte ich sie überrascht gefragt.

»Die Lösung für gegenwärtige Probleme liegt immer in der Gegenwart oder in der Vergangenheit. Niemals in der Zukunft. Denn die Zukunft gibt es nicht, Juan. Das Zukünftige kommt erst noch auf uns zu.«

Nun, ich fand ehrlich gesagt, das war keine sehr saubere Arbeitsweise, aber Sibila überzeugte mich mit dem Argument, dass ihre Klienten andernfalls zu einer anderen Wahrsagerin des Viertels gehen würden, zum Beispiel zu Madame Tarot, die ihren Klienten erzählte, sie wären krank, und ihnen dann das Geld aus der Tasche zog, weil sie ihnen irgendein ekelhaftes Gebräu oder irgendwelche potthässlichen Armbänder andrehte. Oder sie fielen der Zauberin Ramona in die Hände, die eine alte Klatschbase war und nichts als Streit und Ärger in die Familien brachte, weil sie ihren Klienten weismachte, die Schwägerin habe sie mit dem bösen Blick verhext oder die Schwester mache Voodoo, nur damit sie beim Bingo verlieren.

Es war schwer, Sibila irgendetwas abzuschlagen. Sie hatte so einen verwirrenden Blick, der dich auf ich-weiß-nicht-welche-Art zu ich-weiß-nicht-was einzuladen schien. Und natürlich warst du unter diesen Umständen am Ende immer völlig durcheinander.

Sie zahlte mir ein Drittel von dem, was sie pro Sitzung verdiente, das heißt, tausendfünfhundert Peseten pro Bericht. Ich muss darauf hinweisen, dass ich nie eine bestimmte Summe von ihr gefordert, dass ich nie um mein Honorar gefeilscht und auch nie mehr Geld von ihr ver-

langt habe. Das ist deswegen so wichtig, weil es das, was geschehen sollte, noch schlimmer macht.
Ich sparte dieses Geld, um meiner Schwester Pili für ihre Schularbeiten und für ihre Arbeit als Sekretärin einen Computer kaufen zu können.
Woche für Woche legte ich die tausendfünfhundert Peseten, die Sibila mir zahlte, auf die Seite. Verfluchte tausendfünfhundert Peseten, die uns das Leben so schwer machen sollten, wie wir das niemals für möglich gehalten hätten.
»Für den nächsten Bericht«, sagte Sibila, »zahle ich dir zweitausend, denn der Klient wohnt nicht hier im Viertel und du wirst Auslagen haben.« Sie gab mir einen Zettel. »Hier stehen die wichtigsten Informationen. Ich brauche den Bericht vor Montag.«
Ich faltete den Zettel zusammen und steckte ihn in meine Hosentasche, ohne einen Blick darauf zu werfen. Ich war mit den Gedanken woanders. Seit ich für sie arbeitete, hatte ich sie immer um etwas bitten wollen, aber bisher hatte ich mich nie getraut, sie zu fragen. Schließlich nahm ich all meinen Mut zusammen: »Hör mal, Sibila …«
»Ja.«
»Heute Nachmittag kommt doch Señora Romero?«
»Ja, um halb sechs.«
»Könnte ich … Könnte ich nicht hier bleiben, wenn du ihr die Zukunft aus den Händen liest? Ich würde gerne einmal sehen, wie du das machst …«
Aber sie war unerbittlich.
»Auf keinen Fall, Flanagan. Das geht nicht. Niemand darf uns zusammen sehen.«
»Ich weiß. Aber ich könnte mich doch verstecken. In der Küche, zum Beispiel. Ich werde auch mucksmäuschenstill

sein, ehrlich. Wenn ich will, kann ich stumm sein wie ein Fisch.«

»Nein, Flanagan. Ich muss mich bei meiner Arbeit sehr konzentrieren, und wenn ich weiß, dass mir jemand zuschaut, dann kann ich das nicht. Das ist so, als würde dir jemand über die Schulter schauen, wenn du liest. Außerdem gibt's da noch das Berufsgeheimnis. Das verstehst du doch, oder?«

Das verstand ich. Sibilas Lächeln war so entwaffnend, dass eine ganze Armee davor kapituliert hätte. Ehe ich mich's versah, stand ich schon wieder im Treppenhaus und die Tür fiel hinter mir ins Schloss.

Was nun passierte, wurde durch zwei spezifische Umstände begünstigt.

Zum einen durch die Tatsache, dass es sich bei den Nachbarn, die im selben Stock wohnten wie Sibila, um ziemlich schräge Vögel handelte, Junkies, Diebe, Heroindealer und solche Leute. Vor ein paar Tagen hatte ein Junkie, der Stoff kaufen wollte, beim Nachbarn, einem Dealer, die Wohnungstür eingetreten. Danach hatte eine filmreife Schießerei stattgefunden und die Nachbarn befanden sich nun entweder im Krankenhaus oder im Gefängnis.

(Solche Vorfälle waren in der Siedlung Casas Buenas an der Tagesordnung.)

Die Wohnungstür war mit einem lächerlichen Vorhängeschloss verschlossen worden, und auf der Tür hatte man ein Klebeband befestigt, auf dem zu lesen war, dass die Wohnung auf richterlichen Befehl versiegelt worden war.

Zweitens hatte ich mich in der letzten Zeit mit Dietrichen und anderen Methoden zur Öffnung von Schlössern beschäftigt und trug immer einen langen Schlüssel mit abgesägtem Bart und einen an den Enden leicht gebogenen Draht, mit denen ich zu Hause trainiert hatte, in meinem Rucksack bei mir. Ich war es nämlich leid, dass die Detektive in den Romanen immer kaltblütig in fremde Wohnungen eindringen, während ich schon vor einem einfachen Türriegel kapitulieren musste. Mit meinem Dietrich hätte ich natürlich niemals ein normales Türschloss knacken können, geschweige denn ein Sicherheitsschloss. Wenn ich es richtig bedenke, dann bekam ich mit meinem Dietrich fast gar kein Schloss auf. Ich schaffte es gerade einmal, das Vorhängeschloss, mit dem ich zu Hause übte, zu öffnen. Aber die Sache war die, dass das Vorhängeschloss an der Nachbarwohnung meinem Vorhängeschloss ausgesprochen ähnlich war.

Der Aufzug kam, aber ich stieg nicht ein. Irgendjemand drückte im Erdgeschoss auf den Knopf und der Aufzug fuhr wieder hinunter. Perfekt. Sibila würde denken, ich wäre weg.

Ich schob erst den abgesägten Schlüssel in das Schloss und darunter das gebogene Ende des Drahts, also den Haken. Man braucht eine Engelsgeduld und viel Geschicklichkeit, um das Schloss aufzukriegen. Bis der Mechanismus plötzlich »Klack« macht und du eine Mischung aus Freude, Angst und Euphorie verspürst. Vorsichtig schob ich das Siegel beiseite, was mir keine großen Probleme bereitete, und mit der typischen Erregung, mit der man alles Verbotene tut, betrat ich die fremde Wohnung.

Sie war völlig verwüstet. Abgesehen von den Schimmelflecken und den Rissen an den Wänden, die in solchen Siedlungen bekanntlich gang und gäbe sind, waren der Tisch umgestoßen, die Stühle zu Kleinholz gehackt und es gab jede Menge Scherben und ein paar Einschusslöcher in der Zimmerdecke. In den Ecken tummelten sich fröhlich die Kakerlaken. Ich suchte das Fenster, das zum Hinterhof lag. Die Jalousie war heruntergezogen, aber ich brauchte nur einen Blick durch die Ritzen zu werfen, um festzustellen, dass es, wie ich es mir schon gedacht hatte, genau gegenüber von Sibilas Esszimmer beziehungsweise Beratungsbüro lag. Es war drückend heiß und die Fenster der Wahrsagerin standen sperrangelweit offen.

Ich musste beinahe zwei Stunden in dieser trostlosen Umgebung warten. Geduld zu haben, ist eine der Grundvoraussetzungen für einen Privatdetektiv. Und um Geduld zu haben, muss man Geduld üben. Dumm war nur, dass ich lediglich meinen Walkman und die Kassette mit der Musik für Masos bei mir hatte, um mir die Wartezeit zu verkürzen. Und zu allem Überfluss befand ich mich auch noch in Carmens Viertel.

Was blieb mir übrig? Ich hatte Zeit und Muße genug, um mich ein bisschen selbst zu quälen, und das tat ich dann auch, und zwar mit wachsender Begeisterung. Ich nehme an, das war der Grund, warum sich meine Laune rapide verschlechterte und ich jeden Sinn für Humor verlor. Und wahrscheinlich regte ich mich deshalb auch über die folgenden Ereignisse so auf. Ich bereute es, heimlich in eine fremde Wohnung eingedrungen zu sein, und ich kam mir wie ein richtiger Verbrecher vor; ich machte mir Vorwürfe, weil ich drauf und dran war, meine Freundin Sibila zu hintergehen.

Ich fand es gar nicht lustig, als die dicke Señora Romero endlich das Büro betrat, in einem eng anliegenden Kleid, das eher die Bezeichnung Korsett verdient gehabt hätte, mit Stöckelschuhen, die ihre Ankunft klappernd ankündigten, und mit so dick aufgetragener Schminke, dass es aussah, als trüge sie eine Maske. Sie riss ihre kleinen Knopfaugen weit auf, schaute sich mit unverhohlener Neugier in der Wohnung um und sagte: »Aber Mädchen, du bist ja blutjung! Ich dachte, du wärst älter. Du musst wissen, dass ich nämlich eigentlich nicht an diesen Hokuspokus glaube. Du erlaubst doch, dass ich dich duze? Schließlich könnte ich deine Mutter sein. Ich bin gekommen, weil ich unter fürchterlichen Kopfschmerzen leide, besonders nachts, und unter Hitzewallungen, besonders seit ein paar Monaten. Vielleicht kannst du mir ja helfen. Aber an diesen Hokuspokus glaube ich nicht, hörst du? Eine hübsche Wohnung hast du. So schlicht und einfach. Sag, Mädchen, kannst du mir helfen?«

Worüber ich mich sonst königlich amüsiert hätte, kam mir unter diesen Umständen gewöhnlich und abscheulich vor. Aber trotzdem verließ ich meinen Beobachtungsposten nicht. Ich kniete mich auf den Boden und spähte durch die Jalousie. Die beiden Frauen befanden sich genau gegenüber von mir, auf der anderen Seite des kleinen Hinterhofs.

Sibila nahm Doña Juanas Hand in ihre, betrachtete sie ein paar Sekunden lang mit todernstem Gesicht und fing, bevor die Frau wieder ihren Mund aufmachen konnte, mit ihrer geheimnisvollen Arbeit an.

»Die Leber!«, rief sie aus, als sei das ein Zauberwort. »Sie haben Probleme mit der Leber.«

»Ach, woher weißt du das?«, rief Doña Juana verblüfft und zappelte so nervös auf ihrem Stuhl herum, dass ihre Ohrringe fröhlich klimperten.

»… Aber Sie essen Schokolade«, sagte Sibila verwundert. »Sie essen zu viel Schokolade, das ist nicht gut für die Leber.«

Der Gesichtsausdruck der Klientin veränderte sich schlagartig. Sie wirkte nun nicht mehr distanziert und überheblich, sondern schaute verwundert, beeindruckt und fasziniert drein.

»Oh, woher weißt du das?«, wiederholte sie.

Äußerst geschickt ließ Sibila nun alle Punkte aus dem Bericht, den meine Schwester Pili getippt hatte, in das Gespräch einfließen. Dass die Señora eine Katze habe, dass sie gut daran tue, kein Fleisch zu essen, dass sie zu sehr an eine Glückszahl glaube, die ihr dennoch kein Glück bringe (»Die Sieben?«). Und Doña Juanas Verblüffung wurde immer größer und sie hörte nicht auf zu wiederholen: »Aber sag mal, Mädchen, woher weißt du das? Woher weißt du das nur? Aber wie kannst du das denn wissen?« Und schließlich murmelte sie mit grenzenloser Bewunderung: »Donnerwetter, woher weißt du das nur?« Als Sibila die erste Verschnaufpause einlegte, lag Doña Juana ihr bereits zu Füßen, und es war offensichtlich, dass sie bereit war, Sibila alles zu glauben. Trotz meiner schlechten Laune war ich drauf und dran, ihr zu applaudieren.

»Aber ihre Beschwerden kommen nicht von der Schokolade.«

»Ach, nein?«

»Auch nicht von der Leber.«

»Ach, nein?«

»Sie sind seit einem Jahr geschieden, stimmt's?«

»Ja! Aber wie ist es nur möglich, dass du das weißt?«

»Und das ist der erste Frühling ohne Ihren Mann.«

»Ja, der erste Frühling seit vielen Jahren. Aber wie ist es nur möglich, dass du das weißt?«

»Haben Sie jetzt in diesem Moment Kopfschmerzen?«

»Nein, jetzt nicht.«

»Ich werde Ihnen jetzt etwas sagen, wovon Sie sofort Kopfschmerzen bekommen werden.«

»Wirklich?«

»Sie haben den sehnlichen Wunsch, den Mann Ihres Lebens kennen zu lernen.«

»Oh, diese Kopfschmerzen sind nicht auszuhalten!«

»Sie suchen einen Herrn in Ihrem Alter, um Ihr Leben mit ihm zu teilen, um nicht mehr einsam zu sein ...«

»Aber ich bitte dich! In meinem Alter ... Das ist doch unmöglich. Hast du gesagt, ein allein stehender Herr in meinem Alter? Ein geschiedener Mann? Ein Witwer? Aber wie werde ich ihn kennen lernen? Wie werde ich wissen, dass er es ist? Wann werde ich ihn kennen lernen? Wie ist er? Was macht er in seiner Freizeit? Wie heißt er? Was macht er beruflich? Aber ich bitte dich! Wie kommst du denn darauf? In meinem Alter ...« Señora Romero schnaufte wie eine Dampflok und fächelte sich mit ihrer freien Hand Luft zu. »Ich bin doch viel zu alt für solche Dinge. O Gott, diese schrecklichen Kopfschmerzen!«

»Vielleicht kennen Sie sich ja schon«, schlug die Wahrsagerin vor.

»Und wieso hat er mir nichts gesagt?«, schrie Señora Romero entrüstet und ärgerte sich schwarz über ihren angeblichen Verehrer. »Ist er vielleicht schüchtern?«, fragte sie. Und kurz darauf fügte sie, zutiefst gerührt und den Tränen nahe, hinzu: »Ja, natürlich! Er ist schüchtern! Vielleicht versucht er ja durch eine dritte Person, sich mir zu nähern.

Was glaubst du? Vielleicht durch einen Freund, einen Verwandten ...«
»Ich glaube, ich kann Ihnen im Moment nicht mehr dazu sagen«, antwortete Sibila.
»Nein, nein, natürlich!«, gab sich die Señora zufrieden und sprang mit einem Satz von ihrem Stuhl auf, als hätte man ihr vorgeworfen, die Nerven der Gastgeberin zu sehr zu strapazieren. Mit zitternden Händen wühlte sie in ihrer Handtasche und zog ein Portemonnaie heraus. »Entschuldige, du musst schon entschuldigen. Kann ich irgendwann wiederkommen?«
»Haben Sie noch Kopfschmerzen?«, fragte Sibila.
Doña Juana Romero hielt einen Moment lang inne, starrte mit weit aufgerissenen Augen und ebenso weit aufgerissenem Mund an die Decke, als stünde dort die Antwort geschrieben. Dann lächelte sie strahlend und sagte: »Nein! Meine Kopfschmerzen sind wie weggeblasen. Mein Kopf fühlt sich ganz leicht an. Ich habe sogar das Gefühl, als könnte ich jetzt besser atmen. Ja, ich kann tatsächlich besser atmen.«
In Wirklichkeit röchelte sie, als hätte sie gerade einen Asthmaanfall. Aber ich konnte sie verstehen. Denn sogar ich fühlte mich besser, und irgendwie tat mir diese arme, geschiedene Frau, die so ganz ohne Hoffnung war, Leid, und vielleicht hätte ich sie sogar in mein Herz geschlossen, wenn sie Sibila nicht bezahlt hätte. Aber natürlich musste sie zahlen.
Und sie fragte: »Wie viel bin ich dir schuldig?«
Und Sibila antwortete.
Sibila antwortete und unter mir tat sich ein tiefer, dunkler, von schrecklichen Monstern bevölkerter Abgrund auf.

Doña Juana Romero fragte: »Wie viel bin ich dir schuldig?«
Und Sibila, meine Freundin Sibila, meine Beraterin und Klientin, die Person, der ich blind vertraut hatte, antwortete: »Achttausend Peseten. Für die erste Sitzung nehme ich achttausend Peseten, wie wir telefonisch vereinbart haben.«
Achttausend Peseten! Beinahe wären mir die Augen aus dem Kopf gefallen. Beinahe hätte ich angefangen zu schreien. Und mir hatte sie weisgemacht, sie nehme viertausendfünfhundert. Denn wir hatten vereinbart, dass ich ein Drittel ihres Honorars bekomme! Von diesen achttausend Peseten standen mir mehr als zweitausendfünfhundert zu! Mit anderen Worten: Sie prellte mich bei jedem Bericht um mehr als tausend Peseten!
Die Tatsache, dass sie mich hinterging, tat mir mehr weh als der Verlust des Geldes. Wenn ich es nicht mit eigenen Augen gesehen hätte, hätte ich es nicht geglaubt. Vielleicht wäre ich unter anderen Umständen zu ihr gegangen, hätte ihr meine Enttäuschung nicht verheimlicht und sie gefragt: »Warum hast du mir das angetan, Sibila?« Um ehrlich zu sein, war mein erster Impuls, rauszustürmen und an ihre Wohnungstür zu klopfen, um mit ihr zu reden. Aber dann überlegte ich es mir anders. Nein, das konnte ich nicht tun. Wenn ich ihr erzählte, dass ich alles gesehen hatte, dann müsste ich auch zugeben, dass ich in eine fremde Wohnung eingedrungen war und auf eine gewisse Weise auch ihr Vertrauen missbraucht hatte. Das war zwar harmlos im Vergleich zu dem, was sie getan hatte, aber immerhin war es auch ein Vertrauensbruch. Außerdem war ich viel zu deprimiert, verwirrt und verletzt, um ein ruhiges Ge-

spräch zu führen oder Erklärungen zu verlangen. In meiner Verbitterung sagte ich mir, dass es noch eine andere Möglichkeit geben müsse, mit ihr abzurechnen.

Ohne nachzudenken, beinahe mechanisch, schob ich meine Hand in die Hosentasche. Und zog den Zettel heraus, den Sibila mir gegeben hatte. Dort stand der Name ihres neuen Klienten. »Adrián Cano Arrieta.« Und eine Adresse in der Innenstadt von Barcelona, im Ensanche-Viertel.

»Ich glaube, wir werden uns richtig gut amüsieren, Adrián ...«, sagte ich leise, während ich anfing, hinterlistige Rachepläne zu schmieden. Und das sagte ich am selben Abend auch zu Pili, als ich ihr die Details meines Plans auseinander legte: »Ich glaube, wir werden uns richtig gut amüsieren ...«

Wir amüsierten uns köstlich, als wir uns alles ausmalten, und obwohl wir so schändlich hintergangen worden waren, gingen wir gut gelaunt zu Bett.

Es war eine warme Nacht, und ich lag noch eine Weile wach, in der Dunkelheit bei offenem Fenster, und hörte das Gemurmel der Leute, die draußen vor der Kneipe ihr Bier tranken. Leute, die bald nach Hause gehen würden, denn morgen war Freitag, ein Arbeitstag. Aber sie fühlten sich wohl und fingen schon an, Urlaubspläne zu schmieden. Nette, einfache Leute, dachte ich. Und dieser letzte Gedanke, mit dem ich einschlief, sollte sich als total naiv und völlige Fehleinschätzung erweisen.

Denn am darauf folgenden Tag wurde in meinem Viertel eine Leiche gefunden und die Schwierigkeiten gingen erst richtig los.

3. Eine Leiche in meinem Viertel

Pili erfuhr es als Erste, denn sie hatte sich im Badezimmer vorgedrängelt, und später, während ich duschte, hatte meine Mutter sie zum Bäcker geschickt und dort hatte sie die ersten Kommentare gehört. Als sie zurückkam, war ich gerade beim Frühstücken, hielt einen halben Hefekringel in der rechten Hand und wollte ihn mir in den Mund schieben. Aber als ich ihr besorgtes Gesicht und ihren starren Blick sah, hielt ich inne, den Hefekringel auf halbem Weg zum Mund.

»Was ist los?«, fragte ich sie.

»Bei der Texfa ist eine Leiche gefunden worden, Juan.« Sie meinte die alte Textilfabrik auf dem Berg, die seit geraumer Zeit leer stand und ziemlich baufällig war. »Ein Mann. Erschossen.«

»Und?«, fragte ich gespannt.

Die Nachricht von einem Mord, so entsetzlich sie auch sein mochte, rechtfertigte noch lange nicht den sorgenvollen Tonfall meiner Schwester. Es musste noch etwas anderes dahinterstecken.

»Na ja, der Mörder …«, sagte Pili zögernd.

»Ja?«

»Also der Mörder … Na ja, die Polizei hat Reyes Heredia festgenommen.«

»Reyes Heredia?«, fragte ich atemlos.

Reyes Heredia war Zigeuner. Er war fünfundzwanzig, ein lustiger Bursche, der alle mit seinem Gitarrenspiel begeisterte und der wie ein richtiger Profi Rumbas sang. Er wollte Musiker werden. Ich hatte ihn in der Flamencokneipe kennen gelernt und wir waren uns auf Anhieb sympathisch gewesen. Wir hatten denselben Sinn für Humor, und obwohl er die schlechtesten Witze der Welt erzählte, war er sehr lustig.

Er ging mit Carmen. Ja, mit Carmen Ruano. Mit meiner Carmen. Sie gingen miteinander. Das hieß also, dass man Carmens Freund unter Mordverdacht festgenommen hatte. Das war einfach zu viel.

Mein Atem ging schneller und mein Herz raste. Aber nur einen kurzen Moment lang. Ich atmete schnaufend durch die Nase aus, versuchte, mich zu beruhigen, biss kräftig in den Hefekringel und fragte mürrisch: »Ach, ja?«

»In der Kneipe ... Im ganzen Viertel redet man über nichts anderes. Alle sind völlig aufgeregt.«

Ich machte eine Handbewegung, die alles Mögliche bedeuten konnte, von Abwehr über Ungläubigkeit bis hin zu Gleichgültigkeit, dann steckte ich den Rest des Hefekringels in den Mund, obwohl er mir gar nicht mehr schmeckte. Ich hatte plötzlich keinen Appetit mehr, aber ich wollte mir natürlich nichts anmerken lassen. Ich vermied es, Pili in die Augen zu schauen, bis meine Mutter sie zu sich in die Küche rief und sie verschwand.

Seit Reyes Heredia mit Carmen ging, hatte ich nur noch ein einziges Mal mit ihm gesprochen. Er hatte vor der Schule auf mich gewartet. »Juan!«, hatte er gerufen, aber ich hatte mich taub gestellt. Er war mir gefolgt und hatte mir eine Hand auf die Schulter gelegt. Ich hatte ihn angeschaut.

»Juan ...«, hatte er gesagt. Und an seinen Augen hatte ich

gesehen, dass er traurig war, dass er es bedauerte, mich als Freund zu verlieren, dass er irgendwas dagegen tun wollte.

»Lass mich«, hatte ich gesagt. Nur das. »Lass mich.«

Und er hatte noch einmal gesagt: »Juan …« Und er hatte hilflos gelächelt. Sein Lächeln hatte gesagt: »Es tut mir Leid, dass alles so gekommen ist. Aber gegen solche Gefühle kann man nicht ankämpfen. Versuch, es zu überwinden.« Und als er mir dann auf die Schulter geklopft hatte, war es mir heiß und kalt den Rücken heruntergelaufen.

Das Schlimme an der Sache war, dass ich ihn mochte, dass ich ihn immer noch sympathisch fand. Das Mindeste, das man von einem Rivalen, der dir die Freundin wegnimmt, erwarten kann, ist, dass er ein Scheusal ist. Dann könnte man wenigstens seine Wut loswerden und sich ausmalen, wie der Typ am Blinddarm operiert wird und den Ärzten ein Kunstfehler unterläuft und sie aus Versehen sein Geschlecht ändern. Oder dass er auf einem Haufen Hundescheiße ausrutscht und auf die Nase fällt. Das Schlimme war, dass ich tief in meinem Herzen manchmal dachte, dass Reyes vielleicht sogar besser zu Carmen passte als ich. Und überhaupt, wozu brauchte ich in meinem Alter eine Freundin? Schließlich lag meine ganze Zukunft noch vor mir und die Welt war voller Mädchen. Aber ich schaffte es nicht, mir etwas vorzumachen. Denn wenn man etwas hat, dann zweifelt man oft daran, ob es tatsächlich das ist, was man will. Aber wenn man es dann verliert, dann weiß man, dass man es geliebt hat.

Ich dachte an andere verlorene Schlachten. Clara, Nines … Ich versuchte, diese Erinnerungen zu verdrängen. Denn die Wahrheit ist, dass ich mich in letzter Zeit immer ziemlich aufregte, wenn ich an Mädchen dachte, und ich war dabei, eine Theorie zu entwickeln, nach der sie einfach keine menschlichen Wesen waren, sondern Bewohnerinnen eines feindlichen Planeten, die einzig und allein auf die Erde geschickt werden, um mir den letzten Nerv zu rauben.

Ich ging in die Kneipe, in der die Hölle los war. Dort standen Rodríguez, der Besitzer des Fotogeschäfts, und ein Typ namens Lechón, der einen Stand in der Markthalle hat. Vor einiger Zeit hatten die beiden Carmen in die Mangel genommen. »Du kannst was erleben, du Zigeunerschlampe«, hatten sie sie angeschrien und ihr eine Tracht Prügel verpasst. Und an diesem Tag schienen alle Anwesenden solche Verhaltensweisen zu befürworten, denn sie schrien lauthals danach.

Das, was sie so aufbrachte, war nicht die Tatsache, dass ein Mann von einem anderen umgebracht worden war, sondern dass ein *Payo*, ein Spanier, von einem Zigeuner getötet worden war. Und die Atmosphäre war so hasserfüllt, dass mir die Haare zu Berge standen. Plötzlich waren es »die Zigeuner«, alle, ohne Ausnahme, die einen Spanier namens Sebastián Herrera getötet hatten. Und plötzlich machte diese Meute die Zigeuner aus Casas Buenas für die Kriminalität im Viertel verantwortlich. Für alle Raubüberfälle, Vergewaltigungen, Morde (so, im Plural, als gäbe es täglich dutzende davon). Und so was konnte nur geschehen – nach der einhelligen Meinung aller –, weil die Zigeuner aus Casas Buenas mit Drogen handelten. Man ging selbstverständlich davon aus, dass die Zigeuner die Besitzer der luxuriösen, ausländischen Wagen waren. Und dass es ihre Schuld war, dass sich so viele Junkies im Viertel herumtrieben, die den Frauen die Handtaschen klauten und die Kinder mit Messern bedrohten. Aber das stimmte nicht und das wussten wir alle. Das wussten die, die logen; das wusste mein Vater, der schwieg; das wusste ich, der innerlich vor Wut kochte; das wusste meine Mutter, die manchmal so tat, als wüsste sie von nichts. Wir alle hatten schon die Besitzer dieser Luxusschlitten gesehen und die meisten von ihnen waren keine Roma. Vielleicht waren auch ein paar Roma darunter, das will ich gar nicht bestreiten, aber die meisten waren *Payos*.

Aber das schien die tobenden Stammgäste gar nicht zu kümmern.

Lechón, verschwitzt und betrunken, verkündete stolz, er wäre für den Völkermord, als wäre das eine gute und ernst zu nehmende Lösung. Ich hatte noch nie so viel irrationalen Hass auf einmal gesehen. Bis jetzt hatte ich immer nur irgendwelche wahnsinnigen Nazis in amerikanischen Filmen so daherreden hören. Ich hätte nie gedacht, dass so etwas auch im wirklichen Leben möglich wäre. Und dabei amüsierten sie sich prächtig, besoffen sich schon am frühen Morgen und wetteiferten miteinander, wer die größten und dümmsten Reden schwang. Rodríguez sagte, dass man die Zigeuner schon damals, als die Barackensiedlung abgerissen wurde, aus dem Viertel hätte vertreiben müssen.

Es stimmte, dass die Mehrzahl der Bewohner des Barackenviertels Roma waren; und vielen Spaniern, die in schäbigen Wohnungen oder in heruntergekommenen Häuschen wohnten, passte es ganz und gar nicht, dass die Roma in die von der Stadtverwaltung neu erbaute Siedlung Casas Buenas zogen. Sie sagten, dass die Zigeuner gar nicht in

einer Wohnung leben könnten und dass diese neuen Wohnungen ihnen zustünden. Ich konnte mir denken, dass mehr als einer der Stammgäste in diesem Moment daran dachte, die Roma aus ihren Wohnungen zu vertreiben, um dann selbst dort einziehen zu können.
Diese aggressive Atmosphäre, die hasserfüllten Worte, die gesagt wurden, und der Tonfall, in dem sie gesagt wurden, machten mir Magenschmerzen. Es waren Leute, die ich von klein auf kannte und von denen ich nie im Leben eine solche Reaktion erwartet hätte. Die Kassiererin vom Supermarkt, die Apothekengehilfin von nebenan, ein alter Seemann, der mir immer seine Abenteuer erzählt hatte, als ich klein war.
»Drogensüchtig sind die!«, schrie der Alte, den ich immer für einen guten Menschen gehalten hatte. »Die sind alle drogensüchtig!«
Ich beobachtete meine Eltern. Mein Vater schaute von einem Stammgast zum anderen und sagte keinen Ton, als müsste er sich erst alles anhören und dann reiflich überlegen, um sich eine eigene Meinung zu bilden. Und eifrig, beinahe unterwürfig, servierte er Bier und Wein. Ich dachte: »Wer schweigt, stimmt zu«, und ich schämte mich für ihn. Meine Mutter warf mir einen verängstigten und verwirrten Blick zu und verschwand in der Küche.
Aber auch ich hatte Angst vor dieser aufgebrachten Meute. Der Gedanke dazuzugehören bedrückte mich. Aber auch ich hielt den Mund. Ich wurde rot und senkte den Blick, ich schämte mich und flüchtete, versuchte mir einzureden, dass ich allein sowieso nichts ändern könne. Ich hatte mich noch nie so allein in so einer ungerechten Welt gefühlt.

Durch meine Freundschaft zu Carmen war ich oft bei den Roma gewesen und hatte gelernt, dieses extrovertierte, spontane, großzügige und freie Volk zu schätzen. Natürlich will ich nicht bestreiten, dass es auch Kriminelle unter ihnen gibt, genauso wie es sie (und zwar noch viel mehr) unter den *Payos* gibt. Und ich will auch nicht bestreiten, dass sie einen eigenen Moralkodex und eine eigene Ethik haben, aber die Stammgäste in der Kneipe meines Vaters hatten kein Recht, sich über dieses Thema auszulassen, denn keiner von ihnen wusste, was das Wort Ethik überhaupt bedeutet.

Und wer so über die Zigeuner spricht, der spricht auch so über Araber oder Schwarze. Viele Leute lehnen sie ab, verweigern ihnen Arbeit und Brot und drängen sie an den Rand der Gesellschaft, und wenn dann einer von ihnen etwas Schlimmes tut – vielleicht gerade weil er ein Außenseiter ist –, dann ist das nicht nur unverzeihlich, sondern man gibt gleich einer ganzen Volksgruppe die Schuld. Wenn irgendein Juan Pérez einen Mord begeht, dann ist Juan Pérez ein Mörder. Wenn der Zigeuner Juan Pérez einen Mord begeht, dann sind alle Zigeuner Mörder. Und schon hat man wieder ein Argument, um alle abzulehnen.

Obwohl ich das alles wusste, schwieg ich. Ich wollte nichts damit zu tun haben, ich wusch meine Hände in Unschuld. Zitternd vor Wut, bahnte ich mir einen Weg durch die aufgebrachte Menge und ging auf die Straße.

Dort erwartete mich eine weitere Überraschung. Die Überraschung war so groß, dass ich wie angewurzelt stehen blieb, mein Herzschlag und sogar mein Gehirn einen Moment lang aussetzten.

Die Überraschung hieß Carmen. Carmen Ruano. Sie stand

auf der anderen Straßenseite auf dem Bürgersteig und starrte mich an. Unsere Blicke trafen sich wie zwei Flugzeuge, die am Himmel zusammenstoßen. Einen Moment lang blieben wir reglos stehen, erschüttert von diesem apokalyptischen Zusammenstoß. Acht oder zehn Meter trennten uns voneinander, aber trotzdem konnte ich aus dieser Entfernung erkennen, dass Carmen, meine Carmen, viel geweint und viel geschrien hatte und dass sie weit gelaufen war. Wer weiß, was sie durchgemacht hatte, seit Reyes festgenommen worden war. Ihre langen, schwarzen Haare waren ungekämmt, ihr T-Shirt war fleckig und ihr Gesicht tränenverschmiert. Ihr Blick war voller Angst, Scham und Trauer, und es traf mich wie ein Schlag in den Magen, und meine Knie wurden weich.

Mir war klar, dass sie gekommen war, um mich zu bitten, ihrem Freund zu helfen, aber dass sie sich jetzt, wegen all dem, was zwischen uns passiert war, nicht traute. Obwohl sie mir den Laufpass gegeben hatte, hatte sie offensichtlich immer noch Vertrauen in mich als Detektiv.

Ich weiß nicht, warum ich das, was ich dann tat, getan habe. Vielleicht weil ich nicht die Kraft hatte, auch nur ein Wort mit ihr zu wechseln, vielleicht aus Feigheit, vielleicht aus Rachsucht. Tatsache ist, dass ich so tat, als hätte ich sie nicht gesehen, und auf meiner Straßenseite in Richtung Schule weiterging. Ich dachte: »Die Sache geht mich nichts an. Ich kann sowieso nichts für sie tun.« Ich fühlte mich so hundeelend, dass ich keinen klaren Gedanken fassen konnte. »Das fehlt gerade noch, dass ich jetzt anfange, den Freund meiner Ex-Freundin zu verteidigen. Schließlich habe ich auch meinen Stolz.« Ich flüchtete. Ich wusch meine Hände in Unschuld. Ich würde zu spät zum Unterricht kommen. Eigentlich brauchte ich gar nicht zur Schule zu gehen, da ich versetzt worden war und mich nicht auf die Nachprüfungen vorbereiten musste, aber an diesem Tag wollte ich keine Sekunde des Unterrichts versäumen. Ich flüchtete. Ich hoffte, dass sie mich zurückrufen würde. »Juan!« So oft hatte ich, wenn sie meinen Namen sagte, vor Freude eine Gänsehaut bekommen. Aber sie rief mich nicht oder vielleicht habe ich sie nicht gehört. Sie starrte mich nur an und ich spürte ihren Blick in meinem Nacken. Und wie ich ihn spürte! Aber das war kein Grund für mich, stehen zu bleiben.

In der Schule musste ich feststellen, dass viele meiner Schulkameraden von demselben Virus angesteckt worden waren wie ihre Eltern. Ich weiß nicht, warum, aber ich hatte gedacht, dass Leute meines Alters ein bisschen vernünftiger seien.

Und ich erfuhr die wenigen Details, die man über den Tod dieses Sebastián Herrera wusste. Offensichtlich war er ungefähr fünfundfünfzig, hatte sein Leben lang in ein und derselben Firma gearbeitet, war dann entlassen worden und die letzten drei Monate arbeitslos gewesen. Er hatte alleine gelebt, in den Häuserblocks im Zentrum. Er war Stammgast in der Kneipe an der Markthalle gewesen und offensichtlich hatte er dort des Öfteren Reyes Heredia getroffen. Anscheinend hatten sie sich dann meistens gestritten. Zum letzten Mal am Dienstagabend. Es wurde gemunkelt, dass sie handgreiflich geworden seien und Reyes Heredia ihm mit Mord gedroht habe (aber wer Reyes kannte, der wusste, dass das unmöglich war). Der Mord musste am Donnerstagmorgen geschehen sein, aber die Leiche war erst am späten Nachmittag gefunden worden.

Der Mann war durch vier Schüsse ums Leben gekommen. Ich konnte mir nicht vorstellen, dass Reyes Heredia überhaupt wusste, wie man mit einer Pistole umging. Dennoch hatte man ihn kurz darauf verhaftet.
Ich sagte mir wieder, dass mich diese ganze Angelegenheit nichts angehe, dass ich ihm sowieso nicht helfen könne und dass die Polizei schon genug Gründe haben werde, um Reyes Heredia festzunehmen.
Um zwei Uhr aß ich zu Mittag, und danach machte ich mich auf den Weg, um etwas über Sibilas neuen Klienten in Erfahrung zu bringen. Die Atmosphäre im Viertel war angespannt, aber ich bemühte mich, dies tunlichst zu ignorieren. Auf dem Weg zur U-Bahn sah ich hier und dort Grüppchen von Leuten stehen, die sich aufgeregt miteinander unterhielten. Aber sie sahen nicht aus wie Nachbarn, die ein Schwätzchen miteinander hielten, sondern eher wie Militärs, die die Leute zu wer-weiß-was-für-einem Zweck zu wer-weiß-was-für-ein Heer anwerben wollten. Jedenfalls ziemlich zweifelhafte Motive, hinter denen Hass, Irrationalität und Egoismus steckten. Es wurde davon gesprochen, noch am selben Nachmittag eine Demonstration zu organisieren, um die sofortige Vertreibung aller Drogenhändler aus dem Viertel zu fordern. Einer von denen, die am lautesten schrien, war ein bekannter Drogenhändler, dem ein teurer japanischer Schlitten gehörte. Aber er war ein *Payo* und deshalb anscheinend über jeglichen Verdacht erhaben. Die Leute, die ihm zuhörten – alles *Payos* – schienen plötzlich vergessen zu haben, wie sich dieser Typ sein Geld verdiente.
Ich versuchte mir einzureden, dass das alles nur Geschwätz war und sich die erhitzten Gemüter in ein paar

Stunden schon wieder beruhigt haben würden. Ich bemühte mich also, die ganze Sache zu vergessen und mich auf meine Arbeit zu konzentrieren. Die Nachforschungen über einen gewissen Adrián Cano Arrieta. Mal sehen, wer der Typ war.

An der U-Bahnstation Plaza de España stieg ich aus. Dem Zettel zufolge, den Sibila mir gegeben hatte, wohnte ihr zukünftiger Klient in einer Wohnung in der Gran Vía. Ich hatte mir keinen Plan zurechtgelegt, deshalb improvisierte ich und drückte einfach auf die Türklingel. Keine Antwort. Offensichtlich war dort niemand zu Hause.

Ganz in der Nähe sah ich einen Schreibwarenladen. Ich ging hinein, kaufte den billigsten und winzigsten Block, den es gab, und ließ ihn mir als Geschenk einpacken.

»Als Geschenk?«, fragte die Verkäuferin ungläubig.

»Was zählt, ist doch, dass man an jemanden denkt, und nicht der materielle Wert des Geschenks, oder?«, antwortete ich würdevoll.

Eigentlich sieht ein kleiner, in feines Geschenkpapier eingewickelter Gegenstand viel wertvoller aus als ein großes Paket.

Ich ging zurück zu dem Haus, in dem Adrián Cano lebte. Mit der Handfläche drückte ich auf alle Türklingeln auf einmal.

Verschiedene Stimmen riefen: »Ja? Wer ist da? Wer ist da bitte?«

»Die Post!«, schrie ich. Die Haustür ging auf. Adrián Cano wohnte im ersten Stock. Ich klingelte an der Tür im zweiten Stock.

Nach ein paar Sekunden kam eine alte Dame heraus, die geschwätzig und freundlich aussah. Ich setzte ein gewinnendes Lächeln auf und zeigte ihr das mikroskopisch kleine Heftchen, das wie ein kostbares Schmuckstück verpackt war.

»Entschuldigen Sie, ich habe hier ein Päckchen für Señor Adrián Cano, aber dort scheint niemand zu Hause zu sein.«

»Nein, dort ist niemand zu Hause. Für wen ist das Päckchen? Für den Vater oder für den Sohn?«

Zuerst verstand ich nicht, was sie meinte, aber dann wurde mir klar, dass Vater und Sohn denselben Vornamen haben mussten.

»Ich weiß nicht«, sagte ich aufs Geratewohl. »Man hat mir gesagt, es sei für einen jungen Mann.«

»Dann ist es für Adrianito, den Sohn. Mit achtundzwanzig ist man doch noch ein junger Mann, nicht wahr, mein Sohn? Ach, wenn ich doch noch mal achtundzwanzig wär! Ja, es muss für Adrianito sein. Du kannst das Päckchen hier lassen, ich werde es ihm geben.«

»Nein, das geht nicht«, sträubte ich mich. »Er muss persönlich den Lieferschein unterschreiben. Vorschrift der Firma, wissen Sie?«

»Na gut ... Dann musst du nach acht Uhr abends noch mal wiederkommen. Dann kommt Adrianito immer von der Zeitung, bei der er arbeitet, nach Hause. Und er geht immer direkt nach Hause. Er gehört nicht zu diesen jungen Leuten, die sich herumtreiben, nein, nein. Er kümmert sich um seine Eltern, und außerdem sagt er, dass es heutzutage viel zu gefährlich sei, abends aus dem Haus zu gehen, dass man überfallen werden könnte. Und er hat Recht. Erst neulich hat man meiner Schwiegertochter in der Markthalle ...«

»Und was ist, wenn er verreist ist?«, unterbrach ich sie, bevor sie mir ihre gesamte Familienchronik erzählen konnte. »Journalisten sind viel unterwegs.«
»Nein, nein, er verreist nie. Er arbeitet am ... am Fernseher, nein, ich meine am Fern... irgendwas mit Fern«, sagte die Alte ehrfurchtsvoll, als handle es sich um ein ultramodernes Gerät.
»Am Fernschreiber«, half ich ihr auf die Sprünge.
»Ja, ja, sag ich doch, am Fernschreiber.«
Als ich mich verabschiedete, hatte ich mir schon ein recht klares Bild von der Persönlichkeit meines Mannes gemacht. Er war ein eher schüchterner, verängstigter Mensch, der mit seinen achtundzwanzig Jahren immer noch bei seinen Eltern wohnte und sich von der Nachbarin – und wahrscheinlich auch von seinen Eltern – »Adrianito« nennen ließ. Wenn mich mit achtundzwanzig noch jemand »Juanito« nennen würde, würde ich ihn, ohne zu zögern, verklagen. Und soweit ich wusste, war jemand, der bei einer Zeitung am Fernschreiber arbeitete, nur eine ganz kleine Nummer, so ähnlich wie der Botenjunge.
Als ich wieder auf der Straße stand, überlegte ich mir, was ich als Nächstes unternehmen sollte. Ich könnte zu der Zeitung gehen, bei der Adrianito arbeitete, um mehr über sein Leben zu erfahren. Oder ich könnte mich im Viertel umhören oder warten, bis die Familie Cano ihren Müll runterbrachte, um dann darin herumzuwühlen. Aber keine dieser Möglichkeiten überzeugte mich. Warum auch? Schließlich wusste ich genug, um meine Rachepläne in die Tat umzusetzen.
Außerdem wollte ich so schnell wie möglich zurück in mein Viertel. Mir ging der Blick der verzweifelten, be-

schämten Carmen, die mich wortlos um Hilfe angefleht hatte, einfach nicht aus dem Kopf.

Reyes Heredia mochte sich vielleicht in aller Öffentlichkeit mit diesem Herrera gestritten haben, aber wenn ich die Sache mit kühlem Kopf bedachte (falls es überhaupt möglich war, bei so einer Sache einen kühlen Kopf zu bewahren), dann glaubte ich einfach nicht, dass er ihn umgebracht hatte! Das passte nicht zu ihm. Aber was konnte ich tun? Oder besser gesagt: Was wollte ich tun? In einem Fall ermitteln, der mir ein paar Nummern zu groß war? Mir Scherereien einhandeln, nur um einen Typen zu verteidigen, der mir immerhin meine Freundin weggenommen hatte? Kam gar nicht in Frage! Sollten sie sehen, wie sie zurechtkamen. Außerdem, wenn die Bullen ihn festhielten, um ihn dem Richter vorzuführen, dann hatten sie, abgesehen von den Streitereien mit Herrera, sicher noch mehr Gründe.

Am späten Nachmittag, als die Sonnenstrahlen goldgelb waren und die Schatten länger und schmäler wurden, kam ich wieder in meinem Viertel an. Ich war fest entschlossen, alles zu unternehmen, um diese ganze Sache aus meinem Gedächtnis zu streichen und Carmen Ruano ebenso. Wenn nötig, würde ich mir eben eine neue Freundin zulegen. Ich war sogar so weit, dass ich ernsthaft in Erwägung zog, María Gual zu fragen, ob sie mit mir gehen wollte.

Aber kaum hatte ich den U-Bahnhof verlassen, wurde mir klar, dass das alles nicht so einfach sein würde.

Die Lage hatte sich sichtbar verschlechtert. Sogar die Luft in den Straßen schien stickiger und drückender zu sein. Polizeisirenen waren zu hören; die Gruppen waren zahlreicher geworden und die Leute redeten und gestikulierten noch aufgebrachter als zuvor. Dazu noch die Müllhaufen, die sich durch den Müllabfuhrstreik angesammelt hatten, dann war das, alles in allem, ein entmutigendes Panorama. Ich ging auf eine der Gruppen zu, und was ich da zu hören bekam, ließ mir das Blut in den Adern gefrieren.

»Sieh mal, sie haben Barrikaden errichtet.«

»Und sie sind bewaffnet!«

»Und später behaupten sie dann, sie seien unschuldig!«

Sie sprachen natürlich über die Roma.

»Wenn die Polizei und die Feuerwehr uns nicht dazwischengekommen wären, dann gäbe es die Siedlung Casas Buenas jetzt nicht mehr und dann hätten wir auch keinen einzigen Zigeuner mehr in diesem Viertel.«

»Es ist eine Schande. Die Polizei kennt diese Pappenheimer ganz genau, aber sie unternimmt nichts, um zu verhindern, dass sie Drogen verkaufen, klauen und die Leute umbringen. Aber wenn's darum geht, dieses Pack zu verteidigen …«

»Und zu allem Überfluss soll auch noch die Demonstration von heute Abend verboten werden.«

»Ja, und zwei von unseren Jungs sind festgenommen worden!«

»Na, die haben's aber auch wirklich übertrieben. Das muss man ehrlich zugeben. Auf die brutale Art kommt man auch nicht weiter …«

Bei den »zwei von unseren Jungs« handelte es sich, wie ich später herausfand, um besoffene Skinheads, die sich mit anderen vor der Flamencokneipe versammelt hatten. Zwischen ihnen und den Roma in der Kneipe war es zu einem Wortgefecht gekommen, das später in eine handfeste Prügelei ausgeartet war. Eine Gruppe von streitsüchtigen Nachbarn hatte sich eingemischt und der Vorfall hatte mit einer regelrechten Straßenschlacht zwischen Zigeunern, *Payos* und der Polizei geendet (mehrere Personen waren verletzt und ein halbes Dutzend Leute festgenommen worden). Die Skins hatten sich den allgemeinen Aufruhr zunutze gemacht, um in der Siedlung Casas Buenas ihre Molotowcocktails hochgehen zu lassen, woraufhin die Roma dann Barrikaden errichtet hatten.

Als ich nach Hause ging, war ich tief erschüttert über die Entwicklung, die die Dinge genommen hatten, und irgendetwas in mir lehnte sich dagegen auf, diese Wahrheit zu akzeptieren. Und erneut schoss mir ein Gedanke durch den Kopf, den ich bisher zu verdrängen versucht hatte: Wenn du beweisen könntest, dass Reyes unschuldig ist, dann würdest du diesen Schreihälsen das Maul stopfen.

Unmöglich. Ich wusste ja nicht einmal, wo ich anfangen sollte. Ich hatte wirklich keinen blassen Schimmer. Ich konnte nichts für ihn tun.

Ich erwartete, in der Kneipe meiner Eltern wieder eine aufgeregt diskutierende Menge vorzufinden, deshalb war ich ziemlich überrascht über die Ruhe, die dort herrschte. Aber es gab einen guten Grund dafür: Im Fernsehen wurde über unser Viertel berichtet. Ich sah gerade noch die letzten Bilder der Reportage über die Ereignisse im Viertel über den Bildschirm flimmern. Die Siedlung Casas Buenas nach der Straßenschlacht, Barrikaden auf dem Barackengrundstück, hier und dort ein plötzliches Auflodern von Flammen, umgekippte Müllcontainer und überall Abfallhaufen und eine wütende, grölende Menschenmenge. Dann erschien der Kopf des Nachrichtensprechers auf dem Bildschirm:

»... Wie wir bereits berichtet haben, kam es nach dem

Mord an Sebastián Herrera, einem Bewohner dieses Viertels, zu Unruhen …«

Wieder wechselte das Bild und auf dem Bildschirm war das Passfoto des Toten zu sehen. Ein ungefähr fünfzigjähriger Mann mit verbittertem Gesichtsausdruck.

»… Die Leiche von Sebastián Herrera wurde in der vergangenen Nacht …«

Aber ich hörte schon nicht mehr zu. Ich starrte so ungläubig auf dieses Foto wie ein Lottospieler, der nicht glauben kann, dass er sechs Richtige hat. Ich hatte diesen Typen irgendwo schon einmal gesehen.

»Hallo, Juanito«, begrüßte mich meine Mutter, die gerade aus der Küche kam. Und fragte dann besorgt (was sie übrigens sehr gut draufhat): »Wo bist du gewesen? Was ist los? Geht's dir nicht gut?«

»Den kenne ich«, sagte ich wie hypnotisiert.

»Wen?«

»Den da, den Toten.«

»Den kennst du?«, lautete die ängstliche Frage meiner Mutter, die sich immer irgendwelche Sorgen machte (ob mit oder ohne Grund). »Woher?«

»Ich weiß es nicht. Daran kann ich mich nicht erinnern.«

»Wahrscheinlich hast du ihn hier im Viertel gesehen«, beruhigte sie sich. »Er wohnte ja nicht sehr weit von hier. Im Häuserblock im Zentrum, soviel ich weiß. Los, geh dir die Hände waschen …«

»Im Häuserblock im Zentrum …«, wiederholte ich. Und plötzlich – Pling! – ging mir ein Licht auf, und ich glaube, ich wurde sogar rot vor Aufregung. »Klar! Im Häuserblock im Zentrum!«

Das klang wie ein Schlachtruf. Alle Gäste in der Kneipe drehten sich erschrocken zu mir um. Mein Vater fixierte mich.

»Wo bist du gewesen, Juan?«

»Im Häuserblock im Zentrum«, wiederholte ich. »Bei einem Freund. Wir haben zusammen gelernt.«

»Aber hast du denn nicht alles bestanden?«

»Katzenscheiße!«, rief ich. Vor Aufregung brachte ich keinen zusammenhängenden Satz mehr heraus. »Das Experiment! Müll! Ich habe mein Heft dort vergessen! Ich gehe es holen!«

»Juan! Warte! Juan, komm sofort zurück!«

Aber ich stand schon auf der Straße. Wahrscheinlich würde ich durch mein Verhalten einen Familienkrach heraufbeschwören, aber das war mir egal. In meinem Gehirn hatte es dreimal gefunkt und es war sozusagen zu einer Kurzschlussreaktion gekommen.

Erstens: das Foto von Sebastián Herrera. Natürlich kannte ich ihn. Er war ein Nachbar von Señora Romero, und er hatte seinen Müll heruntergebracht, als ich hinter dem Container auf Señora Romero gewartet hatte. Dieser Typ mit dem Gesicht eines Schalterbeamten, der seinen Müll in einer Tüte mit dem Logo eines Sex-Shops runtergebracht und Selbstgespräche geführt hatte. Und am Morgen darauf war er umgebracht worden. Vielleicht war ich der Letzte gewesen (außer dem Mörder natürlich), der ihn lebend gesehen hatte.

Zweitens: der Müll. *In müllo veritas.* Durch das Herumgewühle im Müll hatte ich jede Menge Dinge über Sibilas Klienten herausgefunden (meistens viel mehr, als ich erwartet hatte). Und niemand hatte gesehen, was in Her-

reras Müllbeutel war. Die Polizei hatte wahrscheinlich seine Wohnung durchsucht; aber angenommen, Sebastián Herrera hätte in der Nacht vor seinem Tod irgendwas loswerden wollen, dann wäre es jetzt in diesem Beutel.
Und drittens: der Streik der Müllabfuhr. Der Müllbeutel, den Herrera am Mittwoch in den Container geworfen hatte, musste immer noch dort sein, denn der Container war in der Zwischenzeit nicht geleert worden. Jetzt hatte ich endlich einen Anhaltspunkt. Jetzt hatte ich die Möglichkeit, etwas zu erfahren, was niemand wissen konnte, nicht einmal die Polizei.

4. »Im Müll liegt die Wahrheit«

Der Müllcontainer vor dem Gebäude, in dem Sebastián Herrera gewohnt hatte, sah aus wie ein Tier, das auf dem Rücken lag, mit aufgeschlitztem Bauch und hervorquellenden Eingeweiden. Einige der Müllbeutel waren aufgeplatzt; Katzen, Ratten, Fliegen und Würmer lagen auf der Lauer und warteten darauf, dass es Nacht wurde.

Ich konnte nicht so lange warten wie die Katzen, Ratten, Fliegen oder Würmer. Ich konnte es kaum erwarten, etwas zu finden oder, für den Fall, dass ich nichts finden würde, die Sache endlich und ohne Gewissensbisse zu vergessen.

»Du hast es immerhin versucht. Niemand kann dir vorwerfen, dass du deine Hände in Unschuld wäschst. Ganz im Gegenteil.« Es waren Leute auf der Straße, deshalb beschloss ich, ganz locker vorzugehen, als sei das Wühlen in Müllcontainern eine durchaus normale und gewöhnliche Freizeitbeschäftigung.

Ich kämpfte mich durch die Müllberge hindurch zu dem Container vor, auf der Suche nach der Plastiktüte vom Sex-Shop. Von weitem betrachtet, sehen Müllcontainer nicht sehr groß aus, aber wenn man dann seinen Kopf hineinsteckt, dann sieht die Sache schon ganz anders aus. Und seinen Kopf in einen Müllcontainer zu stecken, der seit drei Tagen nicht mehr geleert worden ist, und das im Juni, wenn es schon heiß ist, das ist eine Erfahrung, die ich nicht unbedingt weiterempfehlen kann. Der Gestank war unerträglich und mir wurde schlagartig übel. Und ich machte mir Sorgen, dass irgendein Bekannter zufällig vorbeikommen könnte. Obwohl die Wahrscheinlichkeit eigentlich sehr gering war, denn ich war recht weit von zu Hause weg.

Ich hing kopfüber im Müllcontainer, meine Füße baumelten in der Luft, und beinahe wäre ich in diesen widerlichen Behälter hineingefallen, als ich eine weibliche Stimme hörte: »Anguera! Was machst du denn da?«

Ich drehte mich um, und – Schluck! – vor mir stand Señorita Montserrat Tapia, die hübscheste und freundlichste Schuldirektorin der Welt.

»Hallo, Señorita Tapia. Sie fragen sich bestimmt, was ich hier im Müllcontainer mache. Eine verständliche Frage. Sehen Sie, eine alte Dame dort aus dem Haus glaubt, ihr sei aus Versehen ein Ring in den Container gefallen, als sie ihren Müll herunterbrachte, und, nun ja, jetzt versuche ich, ihn zu finden.«

»Das ist aber sehr nett von dir. Soll ich dir helfen?«

»Nein, nein!«, rief ich halb beschämt, weil ich sie angelogen hatte, und halb erschrocken, weil sie so hartnäckig war.

»Nun denn, wasch dir hinterher die Hände.«

»Ja, ja, natürlich.«

Hastig setzte ich meine verzweifelte Suche fort. Müllbeutel über Müllbeutel, die meisten waren schwarz oder grau. Ich brauchte fünf Minuten, bis ich Herreras weiße Tüte mit dem roten Logo des Sex-Shops gefunden hatte.

»Flanagan!« Diesmal wusste ich, noch bevor ich mich umgedreht hatte, wer da sprach, denn wenn es eine unverwechselbare Stimme in meinem Viertel gibt, dann die von María Gual. Dort saß sie auf ihrem funkelnagelneuen

Mofa und strahlte mich an. Ihr Haar flatterte im Wind und ihr Lächeln war umwerfend. »Was ist los? Willst du dich umbringen? Ausgerechnet in einem Müllcontainer? Wäre es nicht einfacher, zu Hause den Gashahn aufzudrehen? Oder willst du die Gasrechnung sparen?«

»Nein! Ich gehöre zu dieser Sorte von Außerirdischen, die sich von Abfällen ernähren«, gab ich zurück und fragte mich, warum alle meine Bekannten ausgerechnet in diesem Augenblick ausgerechnet an diesem Ort vorbeikommen mussten. Und dann hängte ich meinen Kopf wieder in den Container, in der Hoffnung, dass María Gual dann endlich verschwinden würde.

Umsonst. Als ich glaubte, diese Folter keine Minute länger mehr ertragen zu können, und mich wieder aufrichtete, sah ich, dass María Gual immer noch auf ihrem Mofa saß und mich neugierig anstarrte.

»Gott sei Dank!«, rief sie. »Ich dachte schon, du seist tatsächlich erstickt.«

»Kannst du mir mal sagen, was du eigentlich hier willst? Hast du nichts Besseres zu tun, als Leuten zuzuschauen, die in Müllcontainern wühlen?«

»Ich glaube nicht, dass ich so was noch oft in meinem Leben zu sehen bekomme. Was suchst du eigentlich? Hat das irgendwas mit deinen Ermittlungen zu tun? Ich muss dich daran erinnern, dass ich deine Geschäftspartnerin bin.«

»Denkste!«, erwiderte ich, zog die Mülltüte von Sebastián Herrera aus dem Container und stieg über die Müllhaufen hinweg auf den Bürgersteig. Ich marschierte los, aber María Gual fuhr natürlich neben mir her und das Knattern ihres Mofas raubte mir den letzten Nerv. Sie trug eine Art kurzes, enges T-Shirt, das kurz über ihrem Bauchnabel endete, und einen Minirock, der nicht viel breiter war als ein Stirnband. Sie bot einen erfrischenden Anblick, aber ich war in diesem Moment mit anderen Dingen beschäftigt.

»Seit Monaten interessierst du dich nicht die Bohne für meine Arbeit«, knurrte ich. »Und deine Gartenlaube benutze ich auch nicht mehr als Büro.«

»He!«, rief sie voller Begeisterung aus. »Das ist ja eine Tüte vom Sex-Shop!«

Als sie das sagte, traf mich beinahe der Schlag, aber ich versuchte natürlich, mir nichts anmerken zu lassen.

»Lenk nicht vom Thema ab«, sagte ich. »Du interessierst dich doch in der letzten Zeit sowieso nur noch für Jungs ...«

»Bist du etwa eifersüchtig? Wow, ein Fall, bei dem eine Tüte von einem Sex-Shop eine Rolle spielt, muss echt interessant sein!«

»Nein, ist er nicht!«, schrie ich.

Ich blieb stehen, hielt ihr die Tüte dicht unter die Nase und zeigte ihr den stinkenden Inhalt. Sie verzog das Gesicht, schrie: »Iiiiii!«, und ihr Mofa fuhr eine Schleife. Sie bedachte mich mit einem bösen Blick, gab Gas und fuhr davon, was mich unglaublich erleichterte.

Ich bog um die nächste Ecke und zog mich in den Park zurück.

Der Park befindet sich hinter dem Häuserblock und zieht sich bis zum Gipfel des Hügels hin, auf dem die Texfa steht, die alte Textilfabrik, wo die Leiche von Herrera gefunden worden war.

Dort, zwischen zerschepperten Laternen, verkohlten Bänken, die irgendwelche Rowdys in Brand gesteckt hatten,

und mickrigen Bäumchen, die nur durch ein Wunder noch standen, brachte ich mein leicht ramponiertes Äußeres in Ordnung und öffnete dann den Müllbeutel von Sebastián Herrera.
Verpackungen von Fertiggerichten, »Drei Minuten in der Mikrowelle aufwärmen und dann servieren«. Eierschalen. Bierdosen. Ein zerknittertes Poster vom »Mädchen des Monats« aus der Zeitschrift *Penthouse* (übrigens ein ganz hübsches Mädchen, ein wenig freizügig angezogen vielleicht, aber ganz nett und sympathisch; für mich natürlich ein bisschen zu alt). Außerdem fand ich eine schmutzige Unterhose mit ausgeleiertem Gummiband und eine Quittung von einer Reinigung. Alles Objekte, die darauf hindeuteten, dass der Mann alleine lebte. Aber außer diesen und anderen wertlosen Abfällen machte ich vier wichtige Entdeckungen: Zwei davon passten nicht zusammen, eine war aufschlussreich und die andere mysteriös.
Die erste Entdeckung: eine kleinformatige Zeitschrift: »Ratgeber für den Autokauf«. Sie war abgegriffen und zerknittert, so als hätte Herrera oft in ihr geblättert, bevor er sie in einem Wutanfall weggeworfen hatte. Ich schaute auf das Datum. Sie war von diesem Monat, was bedeutete, dass er sie frühestens vor einer Woche gekauft haben konnte. Ich blätterte in der Zeitschrift, in der in alphabetischer Reihenfolge Marken, Modelle, Preise und Leistungen der Wagen aufgeführt waren.
Ein paar Anzeigen waren mit rotem Filzstift angestrichen worden. Und merkwürdigerweise handelte es sich dabei um die teuersten Modelle von BMW, Volvo, Mercedes Benz … und sogar ein Ferrari Testarossa war darunter! Und fast so, als wollte er demonstrieren, dass er sie nicht

nur zum Spaß angestrichen hatte, hatte er mit demselben Filzstift an den Rand der Seiten Zahlen gekritzelt. Es fiel mir nicht schwer, sie zu entschlüsseln. Die hohen Zahlen waren die Katalogpreise der jeweiligen Modelle, die niedrigen die Preise für Sonderausstattungen: Servolenkung, Ledersitze, Armaturenbrett aus edlem Holz … Der Mann schien keine Ausgaben zu scheuen.

Das alles kam mir natürlich merkwürdig vor. Preise von Luxusschlitten auszurechnen, das war eine seltsame Beschäftigung für einen Mann, der seit drei Monaten arbeitslos war. Es konnte sich natürlich um Wunschträume eines optimistischen Lottospielers handeln, aber in dem Müllbeutel fand ich keinen einzigen Lottoschein, und außerdem ließ diese penible Rechnerei wohl eher darauf schließen, dass jemand nicht nur vom Autokauf träumte, sondern ihn ernsthaft plante.

In direktem Gegensatz dazu stand meine zweite Entdeckung: der Bankauszug vom vergangenen Montag, dem 5. Juni. Herrera hatte mit seiner Visa-Karte zwanzigtausend Peseten abgehoben und laut dem Auszug hatte er nun nur noch sechsundvierzigtausend Peseten. Das war nicht sehr viel.

Die dritte Entdeckung war sehr aufschlussreich: ein – ebenfalls zerrissenes – Programmheft eines Nachtclubs namens *La Rive Gauche*. Die Show in diesem Lokal hieß »Heiße Sommernachtsträume«, und wenn man die Fotos der Mädchen betrachtete, die in dieser Show auftraten, dann verstand man diesen Titel. Sie sahen genau so nett und sympathisch aus wie das »Mädchen des Monats« aus dem *Penthouse*, und obwohl sie nicht ganz so freizügig angezogen waren, hätte ich keinen Pfifferling auf ihre Ehre verwettet. Auf jeden Fall waren die hier auch ein bisschen zu alt für mich. Aber der wichtigste Fund war eine Eintrittskarte für dieses Lokal mit dem aufgedruckten Datum »Mittwoch, 7. Juni, 20.00 Uhr«. Herrera war am Donnerstag umgebracht worden. Und am Mittwoch war er um elf Uhr abends zu Hause gewesen, denn ich hatte ja gesehen, wie er seinen Müll runtergebracht hatte. Das hieß, dass er das Lokal zwischen acht und zehn Uhr abends aufgesucht haben musste.

Die letzte Entdeckung war mysteriös. Ein vergilbter, fein säuberlich ausgeschnittener Zeitungsartikel, der achtlos zusammengeknüllt worden war, bevor man ihn weggeworfen hatte. Die Überschrift lautete: »Viele Grundstücke der Stadt unterliegen dem spanischen Erbzinsgesetz.« Da am oberen Rand des Ausschnitts das Datum stand, sah ich, dass die Zeitung vom April des vergangenen Jahres stammte. Ich fand es sonderbar, dass Herrera diesen Artikel ein Jahr lang aufbewahrt hatte. Ich las ihn aufmerksam durch. Er war aus dem Wirtschaftsteil einer Tageszeitung und richtete sich an Leute, die in ökonomischen und rechtlichen Themen bewandert sind. Deshalb verstand ich ihn nicht ganz. Er besagte, dass der Erbzins ein Recht sei, das Eigentümer von Grundstücken auch nach dem Verkauf dieser Grundstücke für eine unbestimmte oder vertraglich festgelegte Zeit behalten, und dass dieses Recht vererbbar und frei von jeder Erbschaftssteuer ist. Wenn der gegenwärtige Eigentümer eines solchen Grundstücks, das dem Erbzinsgesetz unterliegt, dieses nun an einen Dritten verkaufen möchte, muss er vorher den Rechteinhaber darüber informieren, da dieser ein Vorkaufsrecht hat und das Grundstück für denselben Preis zurückerwerben kann. Und so weiter. Ich habe ja schon gesagt, dass das nicht leicht zu verstehen war. Aber trotzdem (oder gerade deswegen) fand ich den Artikel interessant und beschloss, ihn aufzuheben. Ich steckte ihn zusammen mit den anderen Fundstücken in meinen Rucksack.

Den Rest des Mülls ließ ich dort liegen (so wie der Park aussah, machte ein bisschen Müll mehr oder weniger auch nichts mehr aus). Während ich zu dem Häuserblock zurückging, fing ich an, dank der Informationen, die ich jetzt hatte, eine Theorie aufzustellen.

Sebastián Herrera war völlig pleite gewesen. Aber offensichtlich hatte er die Hoffnung gehabt, dass sich das bald ändern würde. Möglicherweise auf nicht sehr legale Weise. Auf so wenig legale Weise, dass man ihm vier Kugeln verpasst hatte. Ich ließ meiner Phantasie freien Lauf und malte mir eine wilde Geschichte aus:

Verzweifelt über seine finanzielle Situation, beschließt Herrera, sich einer Verbrecherbande anzuschließen, die den großen Coup plant. Er und seine Komplizen treffen sich im *La Rive Gauche* (es passt doch zu Verbrechern, sich in einem Nachtclub voller Oben-ohne-Mädchen zu treffen). Aber während des Treffens am Mittwoch streitet er sich mit seinen Komplizen. Möglicherweise wegen einem der Mädchen. In einem Anflug von Kühnheit hat Herrera der Freundin des Bandenchefs Reizunterwäsche geschenkt (die er in dem Sex-Shop gekauft hatte, und die Tüte verwendet er später für seinen Müll) und der Bandenchef war wütend geworden (»Wie kannst du es wagen!«) und hatte ihn rausgeworfen. Wieder zu Hause, wird Herrera klar, dass er die Aussicht auf die reiche Beute vergessen kann, und er wirft, wütend und frustriert, die

Autozeitschrift und alles, was ihm in die Finger kommt, in den Müll. Vielleicht hat er deshalb auch Selbstgespräche geführt, als er den Müll herunterbrachte. Wahrscheinlich hat er all die Flüche und Beschimpfungen, die er eigentlich gerne seinen Komplizen an den Kopf geworfen hätte, vor sich hin gemurmelt. Aber diese waren inzwischen misstrauisch geworden und befürchteten, er könnte sie verpfeifen. Deshalb beschlossen sie, ihn umzulegen. Und am Donnerstag hatten sie ihn dann umgelegt.
Zum Beispiel.
Natürlich war diese Theorie etwas gewagt, aber sie war genauso plausibel und filmreif wie jede andere. Trotzdem haute irgendwas nicht so ganz hin. Herrera war in der Textilfabrik umgebracht worden. Und die Mörder wussten genau, dass die Polizei nach seinem Tod seine Wohnung durchsuchen würde. Aber wenn die Mörder ihre Tat wirklich geplant hatten, dann hätten sie eigentlich auch davon ausgehen müssen, dass Herrera irgendwelche belastenden Papiere oder Dokumente in seiner Wohnung aufbewahrte.
»Es gibt nur eine Möglichkeit«, sagte ich mir, nachdem ich mich in die Lage der Mörder versetzt hatte, »ihn umzubringen und die Wohnung zu durchsuchen, bevor die Leiche gefunden wird.«
Diese Gedanken gingen mir im Kopf herum, als ich vor dem Gebäude stehen blieb, in dem Herrera gewohnt hatte. Einer plötzlichen Eingebung folgend, drückte ich auf alle Klingeln gleichzeitig. Verschiedene Stimmen antworteten in verschiedenen Tonlagen. »Sesam, öffne dich«, sagte ich ganz schnell, so dass man es kaum verstehen konnte, und die Tür ging auf.

Vielleicht hatte ja irgendeine Nachbarin gesehen, wie ein Unbekannter die Wohnung von Herrera betreten oder verlassen hatte. Während ich in den zweiten Stock hochging, legte ich mir ein paar passende Sätze zurecht.
Ich klingelte an der Tür zu Wohnung Nummer zwei im zweiten Stock und konzentrierte mich wie ein Schauspieler vor seinem Auftritt auf meine Rolle.
Doña Juana Romero öffnete mir die Tür. Ich erkannte sie sofort an ihrer Kriegsbemalung, ihrer mit Kämmchen und Haarspray aufgetürmten Frisur und ihrem spitzenbesetzten, gepunkteten Morgenmantel, in dem die gute Frau aussah wie eine abgetakelte Flamencotänzerin.
Sie musterte mich von Kopf bis Fuß, wie ein Wolf, der gleich ein Lämmchen reißt. Und ich war so überrascht, sie zu sehen, dass ich schlagartig alle Sätze, die ich mir zurechtgelegt hatte, vergaß.
»Señora Romero!«, rief ich ganz spontan aus.
»Kennen wir uns?«, fragte sie verwundert und gab mir mit einer Handbewegung zu verstehen, dass sie eine ernst zu nehmende Person sei und sie nicht so ohne weiteres etwas herausrückte.
»Nein! Das heißt, doch ... Ich meine ...« Wie war noch der Anfang? Ach ja: »Mein Vater hat mich geschickt.« Ich sagte: »Mein Vater schickt mich ...«
»Dein Vater?«
Sie lächelte entzückt. Ihre Augen strahlten. Und plötzlich ging mir ein Licht auf und ich musste schlucken. Wir hatten beide denselben Gedanken: ihr Besuch bei Sibila. Die Wahrsagerin hatte ihr vorausgesagt, sie würde durch einen Freund oder einen Familienangehörigen einen distinguierten, aber schüchternen Herrn kennen lernen. Wa-

rum sollte ich nicht dieser romantische Bote sein? Eine innere Stimme sagte mir, dass ich mir damit nur Ärger einhandeln würde und mich lieber so schnell wie möglich aus dem Staub machen sollte.

»Nein, nein, nein«, stotterte ich. »Nein, mein Vater … Wissen Sie, gestern sollte ich dem Herrn hier gegenüber ein Päckchen bringen, aber stattdessen bin ich Fußball spielen gegangen und hab's einem Mann gegeben, der zufällig vorbeikam, und der sollte es weitergeben. Aber da man den Herrn von gegenüber umgebracht hat, wollte ich wissen, ob er das Päckchen wirklich bekommen hat …«

Wenn ich langsamer gesprochen und mein Anliegen etwas geordneter vorgebracht hätte, dann hätte meine Rede sogar ganz schlüssig geklungen. Aber wie ich bereits sagte, war ich ziemlich nervös und verwirrt und hatte das Gefühl, als bräche jeden Moment eine Katastrophe über mich herein. Ich fasste noch einmal zusammen: »Also, haben Sie gestern einen Unbekannten gesehen, der die Wohnung gegenüber betreten oder verlassen hat?«

»Was meinst du denn nur, mein Junge?«, fragte sie und tat übertrieben erstaunt. Aber ich nahm ihr dieses Theater natürlich nicht ab. Sie verzog ihre dicken, geschminkten Lippen zu einem breiten Lächeln und zeigte ihre großen Zähne, als verzeihe sie mir großzügig meine kleine Schwindelei. »Komm doch rein.«

Wie der böse Wolf, der das Lämmchen in seine Höhle lockt.

»Nein, nein«, wehrte sich das hilflose Lämmchen. »Ich wollte doch nur wissen …«

»Ich weiß wohl, was du wissen willst. Gestern hat man mir deine Ankunft vorausgesagt, weißt du?«

»Meine Ankunft?«
»Du sagst, dass dein Vater dich schickt, stimmt's?«
»Ja. Nein. Ich meine …«
»Um mit mir zu sprechen, oder?«
»Ja, aber …«
»Und dein Vater ist ein distinguierter Herr, nicht wahr?«
»Na ja, ich weiß nicht …«
»Und ein bisschen schüchtern, hab ich Recht?«
Warum sträubte ich mich eigentlich? Wenn ich sie in dem Glauben ließ, dass mein Vater ein Verehrer von ihr sei, dann würde es viel leichter für mich sein, sie auszuquetschen. Und ich sagte mir, dass ich dieses Missverständnis ja immer noch aufklären könne.
»Ja«, gab ich schließlich zu. *Was machst du denn da, Flanagan?*, kreischte die Stimme meines Gewissens. *Was machst du denn da, zum Teufel noch mal?* »Er ist sehr schüchtern.«
»Und Witwer?«
»Ja«, bestätigte ich und fühlte mich wie ein Pokerspieler, der sein ganzes Vermögen aufs Spiel setzt, obwohl er ein schlechtes Blatt auf der Hand hat. »Er ist Witwer.«
»Und was will er von mir?«
»Nun ja. Mit Ihnen reden. Wenn Sie wollen.«
Doña Juana konnte die Begeisterung, die dieser Satz bei ihr auslöste, kaum verhehlen. Dieser Satz wirkte – genau wie ich vorausgesehen hatte – wie ein Zauberspruch, der mir die Tür öffnete.
»Natürlich will ich gerne mit ihm reden! Komm doch rein.«

»Nein, nein. Ich lauf schnell los, um ihm Ihre Antwort zu überbringen. Er wird sich freuen.«
»Ich begleite dich!«
»Nein, nein, bloß nicht! Er würde sich nur erschrecken.«
»Erzähl mir doch, wo er wohnt, wie er heißt …«
Ich musterte sie, als wollte ich sagen: Sie glauben doch nicht, dass Sie all diese Informationen umsonst bekommen, oder?
»Vorher müssen Sie mir noch etwas sagen.«
Sie hatte verstanden und fragte: »Was möchtest du wissen? Frag nur. Was willst du wissen?«
»Haben Sie gesehen, ob gestern irgendjemand die Wohnung von Señor Herrera betreten oder verlassen hat?«
»Mein Junge«, sagte sie wichtigtuerisch, als wollte sie einen unerfahrenen, dummen Jungen über die Realität des Lebens aufklären. »Señor Herrera ist gestern Nachmittag tot aufgefunden worden. Heute Morgen ist die Polizei hier gewesen.«
»Ich weiß«, antwortete ich störrisch. »Deshalb befürchte ich ja, dass der Mann das Päckchen, das ich ihm für Señor Herrera gegeben habe, behalten hat …« An diesem Punkt angelangt, sagte ich mir, dass ich ein wenig wütend werden sollte, um mehr aus ihr herauszubekommen; deshalb runzelte ich die Stirn und schlug einen härteren Tonfall an: »Und ich finde, Sie könnten ruhig etwas hilfsbereiter sein, Señora Romero. Schließlich habe ich Sie nur gefragt, ob jemand die Wohnung gegenüber betreten oder verlassen hat. Ich glaube, das ist wirklich nicht zu viel verlangt. Wenn ich meinem Vater erzähle, dass Sie nicht bereit sind, mir zu helfen, wird er sicher nicht sehr erfreut sein …«

Doña Juana blinzelte wohlwollend, so wie das zukünftige Stiefmütter tun, um die Zuneigung ihrer zukünftigen Stiefsöhne zu gewinnen. Und dann lachte sie so herzlich, wie eine liebevolle und stolze Mutter über die Dummheit und Naivität ihrer Kinder lacht.

»Aber was denkst du denn, mein Sohn? Glaubst du etwa, ich spioniere meinem Nachbarn hinterher?«

Ich dachte: Ob Sie Ihrem Nachbarn, der noch dazu Junggeselle war, hinterherspionieren? Natürlich glaube ich das!

Aber das sagte ich ihr natürlich nicht. Ich setzte lediglich mein zuckersüßestes Lächeln auf. Sie verdrehte die Augen, wurde ernst und sagte: »Ja, ich habe einen Mann gesehen. Ganz zufällig. Als ich vom Markt zurückkam. Nein, als ich zum Markt ging. Na ja, auf jeden Fall habe ich ihn gesehen. Aber er sah nicht aus …«

»Wie sah er aus?«

»Nun ja, es war ein junger Mann. Jünger als Señor Herrera, so um die vierzig. Gut gebaut, dichtes Haar, mit so einer Schmachtlocke, die ihm tief in die Stirn hing. Aber er sah nicht aus …«

»Wie war er angezogen?«

»Jeanshose und Jeansjacke. Aber er sah nicht aus wie ein Bote, denn er hatte gar kein Paket dabei. Außerdem hatte er einen Wohnungsschlüssel. Ich habe gesehen, wie er herausgekommen ist und die Tür abgeschlossen hat.« Jetzt sprach sie wie eine Lehrerin, die Kleinkindern die Relativitätstheorie erklärt. Als erzähle sie das Märchen von Rotkäppchen und dem bösen Wolf. »Deshalb nehme ich an, dass er ein Freund oder ein Verwandter von Señor Herrera ist.«

Oder der Mörder, der Herrera erst umgebracht und ihm dann den Schlüssel geklaut hat, dachte ich und sagte: »Sind Sie sicher, dass er kein Paket dabeihatte?«
»Er hatte keins dabei, das habe ich dir doch schon gesagt.«
»Ich meine: Hatte er gar nichts dabei? Keine Mappe, keine Papiere, keinen Aktenkoffer …?«
»Doch, einen Aktenkoffer. Er hatte einen Aktenkoffer dabei, den er kurz abstellte, als er die Tür abschloss. Einer von diesen soliden Koffern, die nie kaputtgehen.«
»Gut. Was noch?«
»Wie? Was?«
»Was haben Sie noch gesehen?«
Doña Juana seufzte, mit diesem problematischen Stiefkind musste sie viel Geduld haben.
»Dann bin ich zum Fenster gelaufen … Ach nein, jetzt erinnere ich mich, ich wollte ja zum Einkaufen und bin genau in demselben Augenblick auf die Straße gegangen wie dieser junge Mann. Und dann habe ich zufällig gesehen, wie er auf ein Motorrad gestiegen und weggefahren ist.«
»Ein Motorrad?«
»Ja, ein großes, schwarzes Motorrad. Es sah sehr neu aus. Mit einem hohen Lenker …« Sie hob die Hände hoch und ahmte die Haltung eines Hells Angels auf seiner Harley Davidson nach. »Er ist auf dieses Motorrad gestiegen und weggefahren.«
»Und wann war das?«
»Gestern Mittag.«
Ich dachte: Möglicherweise lag Sebastián Herrera gestern Mittag schon tot in der Texfa.
»Haben Sie das alles der Polizei erzählt?«, fragte ich.

»Warum denn? Sie haben den Schuldigen doch schon, diesen Zigeuner.«
»Vielleicht ist dieser Zigeuner ja unschuldig! Vielleicht wird ein Unschuldiger verurteilt!«
»Ich will keine Schwierigkeiten mit der Polizei«, sagte Doña Juana Romero trotzig. »Außerdem gibt es keine Unschuldigen, mein Junge. Die hat Herodes alle getötet.«
Ich presste die Lippen fest zusammen und gab ihr mit meinem Blick zu verstehen, dass sie genau das Falsche gesagt hatte.
»In Ordnung. Auf Wiedersehen«, sagte ich kurz angebunden und strafte sie mit Verachtung.
»Aber warte doch, mein Junge! Du musst mir noch sagen, wer dein Vater ist und wo du wohnst ...!«
Ich rannte schon die Treppe hinunter.
Und hörte erst auf zu rennen, als ich zu Hause ankam. Während ich nach Hause rannte, grübelte ich darüber nach, ob ich wirklich die richtigen Methoden anwendete. Denn ein richtiger Detektiv hätte Doña Juana erst mit seinem eiskalten Blick eingeschüchtert und dann mit einem dicken Scheinchen bestochen.
Zu Hause erwartete mich mein Vater mit langem Gesicht. Ich dachte, er würde nun eine Erklärung dafür verlangen, warum ich die Kneipe so überstürzt verlassen hatte, aber es kam noch viel schlimmer. Er brummte mir eine Galeerenstrafe auf, noch bevor er überhaupt einen Grund dazu hatte.
Er hatte eine ganz miese Laune. Am frühen Nachmittag hatten Pili und Señor Eliseo, der uns ab und zu zur Hand ging, meine Eltern in der Kneipe abgelöst. Meine Eltern waren ausgegangen, um sich anzuschauen, was im Viertel

los war. Das hieß natürlich nichts anderes, als dass sie an der Anti-Drogen-Demonstration teilgenommen hatten, aber das wollten sie nicht offen sagen, da sie wussten, dass Pili und ich damit ganz und gar nicht einverstanden waren. Sie wussten genau, dass wir früher oder später herausfinden würden, dass die Demonstration von den bekanntesten Dealern des Viertels – natürlich alles *Payos* – angeführt worden war. Der Version meines Vaters zufolge waren meine Eltern zufällig in die Demonstration hineingeraten. Und plötzlich war der Demonstrationszug in Richtung Casas Buenas marschiert und hatte die Barrikaden, die die Roma errichtet hatten, niedergerissen. Dann war eine fürchterliche Schlägerei losgegangen und meine Eltern hatten sich inmitten dieses Tumults aus den Augen verloren. Sie waren in Panik geraten. Fast eine Stunde lang hatten sie sich auf diesem Schlachtfeld, auf dem *Payos* und Roma sich gegenseitig die Köpfe einschlugen, gesucht. Und mein Vater wäre beinahe von einem Molotowcocktail am Kopf getroffen worden. In der Zwischenzeit war eine durstige Meute in die Kneipe eingefallen und hatte lautstark nach alkoholischen Getränken verlangt, mit solcher Dringlichkeit, dass Pili und Señor Eliseo mit dem Bedienen nicht mehr nachkamen, und mit einem unverschämten Benehmen, das kaum zu tolerieren war. Sehr unangenehm, das alles. Mehr als unangenehm. Zum Verrücktwerden.

Danach hatte mein Vater, den diese Vorfälle sehr nervös gemacht hatten, angeordnet, dass bis auf weiteres er und Señor Eliseo in der Kneipe bedienen würden und weder meine Mutter noch Pili noch ich uns dort blicken lassen sollten, bis sich die Lage im Viertel gebessert habe. Er redete auf mich ein (»... denn hier können jederzeit wenig vertrauenerweckende Gestalten auftauchen ...«), während ich mir ausmalte, wie Doña Juana Romero hereinschneite und sich meinem Vater an den Hals warf oder ihm verschwörerisch zuzwinkerte, (»Du brauchst doch keine Angst vor mir zu haben, mein schüchterner Liebling«), und ich stellte mir vor, was für ein Gesicht mein Vater dann machen würde ...

»Juan! Was ich dir sage, ist todernst! Und du lachst!!«

»Nein, nein, Papa ... Ich habe gerade an etwas anderes gedacht.«

»Was ich dir zu sagen habe, ist todernst und du hast mir gefälligst zuzuhören!!«

Wetten, dass ihr nicht wisst, wer an diesem Abend in der Kneipe alle Teller gespült hat?

Genau! Euer ergebener Diener, Johnny Flanagan, hartgesottener Privatdetektiv.

Sherlock Holmes dachte beim Geigespielen über seine Fälle nach, Pepe Carvalho beim Verbrennen seiner Bücher im Kaminfeuer, Philip Marlowe bei ein paar Gläsern Gimlet, und Johnny Flanagan beim Tellerspülen, mit einer entzückenden rosa Schürze, die ihm seine Mama umgebunden hatte, damit er sein Hemd nicht schmutzig machte.

»Ich weiß gar nicht, warum deine Klamotten in der letzten Zeit immer so verdreckt sind. Und wie sie stinken!«

Ich nutzte eine kleine Verschnaufpause, um María Gual anzurufen. Vorher bereitete ich mich natürlich seelisch darauf vor, wieder ihre blöden Witze über mich ergehen lassen zu müssen.

»María? Hier ist Flanagan.«

»Oh, der große Häuptling der Müllmänner denkt an mich!

Er hat mich nicht vergessen! Das ist aber eine Ehre! Hast du dir schon die Hände gewaschen, du Ferkel?«
Dieses Mädchen raubte mir wirklich den letzten Nerv.
»Ich rufe dich an, weil ich dich um einen Gefallen bitten möchte.«
»Ach, ich kann mir schon denken, worum es geht. Aber das macht man doch nicht am Telefon! So was macht man persönlich, Flanagan«, sagte sie tadelnd. »Und zwar auf Knien und mit einem Blumenstrauß in der Hand.«
Ich legte auf. Schloss die Augen und zählte bis zehn. Das Telefon klingelte. Ich hob ab.
»Okay, schieß los, was willst du?«, fragte María Gual, »du bist ja ziemlich empfindlich in der letzten Zeit … Was willst du?«
»Ich wollte wissen, ob im Viertel irgendjemand einen Typen mit Motorrad kennt oder gesehen hat. Da du neuerdings Motorradfan bist und jede Menge Verehrer mit Motorrad hast und da du außerdem wieder meine Partnerin sein willst, habe ich mir gedacht, du könntest gleich mit der Arbeit anfangen und dich mal im Viertel umhören.«
»Ein Typ mit Motorrad?«
»Nicht irgendein Typ natürlich. Schreib auf. Hast du was zu schreiben?«
»Rockerfrisur.«
»Rockerfrisur und Jeansanzug. Und 'ne Harley Davidson. Mal sehen, was die Jungs dir so sagen.«
»Alle sagen, dass sie mich lieben, Flanagan. Nur du sträubst dich noch. Dabei weißt du doch, dass ich nur dich liebe.«
»Okay, Baby, du nervst«, knurrte ich.

5. Die Ruhe vor dem Sturm

Am darauf folgenden Tag machte ich mich gleich nach dem Aufstehen daran, den Bericht »Cano Arrieta« zu schreiben. Er sollte wie gewöhnlich kurz und präzise werden, aber ich lief zur Höchstform auf und füllte ganze fünf Schreibmaschinenseiten. Aber es war nicht sehr schwierig und ich war schnell damit fertig. Ich nahm ein Buch über Gegenwartsgeschichte, meine blühende Phantasie und meinen, sagen wir einmal, Widerspruchsgeist zu Hilfe. Dort, wo ich »verzagt« und »feige« hätte schreiben sollen, schrieb ich »entschlossen« und »mutig«; an der Stelle, wo ich darauf hätte hinweisen sollen, dass er bei seinen Eltern lebte, beschrieb ich eine Junggesellenbude, in der bildhübsche Blondinen ein und aus gingen, und statt eines langweiligen Jobs am Fernschreiber schilderte ich die ruhmreichen Taten eines jungen Helden im Falklandkrieg, sprach von dem Hilfskonvoi, den er unter dem Schnellfeuer der tamilischen Rebellen sicher durch Sri Lanka geführt hatte, von seiner Teilnahme an der Rallye Paris–Dakar, die er beinahe gewonnen hätte, und von dem Tag, als er in Australien, nur mit einem Taschenmesser bewaffnet, gegen einen Hai gekämpft hatte. In einem Tretboot hatte er den Atlantik überquert, nur um eine Wette zu gewinnen; im Golfkrieg war er sieben Stunden vor den Amerikanern in Kuwait City gelandet; er hatte Nitroglyzerin durch Nicaragua transportiert, so wie Yves Montand in *Lohn der Angst*; er war wie Sherlock Holmes die Niagarafälle hinabgesprungen, wie

Indiana Jones in die geheimnisvollen Tempel der Inkas eingedrungen und hatte wie Harold Lloyd stundenlang an einem Dachsims über Manhattan gehangen. Ich war sehr zufrieden mit dem Ergebnis. Und ich lachte in mich hinein, als ich mir vorstellte, was für ein Gesicht Adrián Cano machen würde, wenn Sibila für diesen Haufen Unsinn achttausend Peseten von ihm verlangte. Statt wie Doña Juana Romero unablässig »Woher weißt du das nur?« zu fragen, würde er empört ausrufen: »Aber was für einen Blödsinn erzählen Sie denn da?« Dann wäre der Ruf der Wahrsagerin endgültig ruiniert. Und außerdem war unser Klient Journalist. Vielleicht würde er seine Erfahrung in der Zeitung veröffentlichen. Vielleicht würde Sibila nie wieder als Wahrsagerin arbeiten können. Vielleicht war meine Rache ja doch etwas übertrieben.

Danach ging ich hinaus auf die Straße und schlug die Richtung zur Siedlung Casas Buenas ein, um Sibila mein Meisterwerk zu überbringen.

Die Lage im Viertel hatte sich nicht verbessert. In der Kneipe hörte man immer noch hitzige Kommentare über die Demonstration und die Krawalle. An den Straßenecken sah man Mannschaftswagen der Polizei, um die Gruppen von Polizisten standen, die wie Krieger aus irgendeinem Sciencefictionfilm aussahen.

Obwohl sich mein Herz vor Angst zusammenkrampfte, durchquerte ich todesmutig die Grünanlagen und lief dann mit energischen Schritten an dem Grundstück vorbei, auf dem einst die Baracken gestanden hatten, in Richtung Casas Buenas. Ich drang in dieses verwüstete Niemandsland ein, auf dem tonnenweise Müll, Schutt, Pflastersteine, zertrümmerte Möbelstücke und andere, bei der überstürzten Flucht vergessene und von unzähligen Verfolgern und Verfolgten zertrampelte Gegenstände herumlagen. Ich ging schnurstracks auf die Barrikaden zu, die mir den Weg zu Sibilas Haus versperrten. An den Hauswänden hatten die Molotowcocktails riesige schwarze Flecken hinterlassen, überall lagen Glasscherben herum, und an den Fenstern, die unversehrt geblieben waren, hatte man die Rollläden heruntergelassen. Nirgends hing Wäsche an der Leine.

Hinter den Barrikaden und in den Hauseingängen hatten sich Grüppchen von ärmlich gekleideten Leuten versammelt, die ängstlich auf irgendein schreckliches Ereignis zu warten schienen. Einige sahen niedergeschlagen und müde aus, als hätten sie die ganze Nacht nicht geschlafen. Aber ich spürte eine spannungsgeladene, kämpferische Atmosphäre. Die Bewohner hielten Eisenstangen und alte Rohre in den Händen, auf den Straßen lagen Unmengen von aufeinander gestapelten Pflastersteinen. Kinder waren kaum zu sehen. Ich hatte das Gefühl, eine belagerte, bombardierte Stadt zu betreten, die auf den entscheidenden Angriff der feindlichen Truppen wartete.

Zwei junge Roma kamen mir entgegen. Ihre verzerrten Gesichter, der blutige Verband, der das Gesicht des einen halb verdeckte, und die Eisenstange, die der andere in der Hand hielt, ließen mir das Herz in die Hose rutschen und es verschlug mir vor Angst die Sprache.

Die beiden bauten sich vor mir auf und ich blieb wie angewurzelt stehen. Der mit dem Kopfverband, der der Missmutigere von beiden zu sein schien, spuckte voller Verachtung vor mir auf den Boden und sagte: »He, du, was willst du hier?«

»Äh, also ich, äh, ich wollte …«, stotterte ich.
Ich bekam kein einziges vernünftiges Wort heraus. Der Anblick des schmutzigen, blutigen Verbandes brachte mich vollkommen aus der Fassung; wie hypnotisiert starrte ich auf die Eisenstange. Mit der anderen Hand wühlte er hektisch in seiner Hosentasche herum, wo er – wie ich vermutete – den Schaft eines Messers streichelte. Ich geriet so in Panik, dass ich für ein paar Sekunden jeden Kontakt mit der Realität verlor und die eindringliche Fragerei der beiden überhaupt nicht wahrnahm.
»Nun mach schon, Junge, sag endlich, was du hier willst.«
Jetzt prügeln sie mich zu Tode, dachte ich.
Und plötzlich tauchte – wie ein Hoffnungsschimmer – aus einer Gruppe im Hintergrund Carmen Ruano auf.
»Rafa, Manuel, lasst ihn, lasst ihn in Ruhe!«
Die Hand, die das Messer gestreichelt hatte, wurde aus der Hosentasche gezogen, die andere, die die Eisenstange hielt, entspannte sich.
»Ist das ein Freund von dir?«, fragte der mit dem Kopfverband Carmen.
Carmen schaute mich an. Und ich sie. Vielleicht hätte ich erleichtert sein sollen, genau wie ein erschöpfter Boxer beim erlösenden Gongschlag, aber stattdessen brachen tausend unterschiedliche Gefühle über mich herein. Und meine Knie wurden weich, als ich sie vor mir stehen sah, so ernst, so schön, so … so erwachsen. Am Tag zuvor war mir das gar nicht aufgefallen, aber jetzt, von nahem, strahlte sie eine ungewöhnliche Reife und Schönheit aus, obwohl sie natürlich immer noch die alte Carmen war, mit ihren hautengen Jeans, ihrem zerzausten, schwarzen Haar

und ihren Cowboystiefeln. Vielleicht wirkte sie so erwachsen, weil sie schwere Schicksalsschläge hatte einstecken müssen. Weil sie Dinge erlebt hatte, die selbst den Abgebrühtesten umwerfen, und weil sie gelernt hatte, sich trotzdem wieder aufzurappeln. Sie sah aus, als habe sie einen Kurs zum Thema »Wie man in fünf Sekunden erwachsen wird« mit Auszeichnung bestanden.

»Ist das ein Freund von dir?«, hatte einer der Wachposten gefragt. Und in diesem Augenblick war das für mich die wichtigste Frage der Welt.

»Ich verbürge mich für ihn. Er ist in Ordnung«, sagte Carmen ausweichend. Und dann sagte sie zu mir: »Wolltest du mich sprechen, Juan?«

Ich schüttelte den Kopf. Es tat mir Leid, sie enttäuschen zu müssen.

»Nein, ich wollte zu Sibila.«

»Ach so. Ich begleite dich.«

Die Wachposten zogen sich zurück. Sie hatten jegliches Interesse an mir verloren. Wenn sich eine von ihnen für mich verbürgte, dann genügte ihnen das. Wir gingen zu dem Gebäude, in dem Sibila wohnte. Eine Weile lang gingen wir schweigend nebeneinanderher, wie zwei Menschen, die sich so viele peinliche Dinge zu sagen haben, dass sie sie sich niemals sagen werden. Ich fühlte mich wie ein Boxer nach dem K. o. Ich kämpfte gegen die Versuchung an, sie in den Arm zu nehmen, sie zu küssen, ihr Versprechungen zu machen, die ich niemals einhalten würde. Ihr zu sagen, dass ich Reyes retten werde, und sie zu bitten, ihn zu vergessen und zu mir zurückzukehren. Ich fragte: »Wie geht es Reyes?«

»Schlecht. Was glaubst du wohl, wie es dir gehen würde,

wenn du für ein Verbrechen beschuldigt wirst, das du nicht begangen hast?«

»Er war es nicht«, sagte ich in einem Tonfall, der weder Frage noch Bestätigung war. »Warum haben sie ihn festgenommen?«

»Das hat irgendjemand so gedeichselt, dass alles so aussieht, als sei Reyes der Schuldige, Juan. Aber es ist nicht wahr, dass er sich mit diesem Herrera gestritten hat, wie im Viertel behauptet wird. Es war Herrera, der ihn ständig angepöbelt und beleidigt hat, weil er einfach ein mürrischer und verbitterter alter Knochen war. Aber Reyes hat sich nie von ihm provozieren lassen. Du weißt ja, wie er ist. Du kennst ihn doch. Ihren letzten Streit hatten sie in der Kneipe in der Markthalle. Ich war mit Reyes dort. Und Herrera hat ihn wieder angemacht, aber Reyes hat ihn nur angelächelt. Und das hat Herrera noch wütender gemacht. Alles, was Reyes zu ihm gesagt hat, war: ›Pass bloß auf, Kumpel, denn wenn du so weitermachst, kriegst du noch mal Schwierigkeiten.‹ Mehr nicht.«

Wir blieben vor der Tür zu Sibilas Haus stehen.

»Aber hat Reyes denn kein Alibi?«

»Das ist es ja, Juan. Am Tag vor dem Mord hat ihn ein Mann angerufen und zu ihm gesagt, er sei von einer Künstleragentur und habe für die Sommermonate einen Job für ihn, irgendwo an der Küste. Und dann hat er ihn in sein Büro in der Innenstadt von Barcelona bestellt.«

»Und?«

»Reyes ist zu der Verabredung gegangen, aber das Büro war geschlossen. Er hat eine Stunde lang gewartet, aber da niemand kam, ist er wieder ins Viertel zurückgefahren. Als die Polizei später sein Alibi überprüft hat, hat sich herausgestellt, dass es unter dieser Adresse gar keine Künstleragentur oder so was gibt. Nur ein leer stehendes Büro, verstehst du?«

Ich nickte.

Herreras Mörder hatten den Mord sorgfältig geplant und sich schon vorher Reyes als Sündenbock ausgesucht. Dabei hatten sie sich die allgemein bekannten Reibereien zwischen den beiden zunutze gemacht. Und dann hatten sie ihn in eine Falle gelockt. Vorsätzlich und heimtückisch.

Ich dachte an den Unbekannten mit dem Motorrad, der in Herreras Wohnung gewesen war, und an meine filmreife Theorie von dem geplanten Überfall und den Bardamen.

Carmen beobachtete mich schweigend. Wahrscheinlich wollte sie mich bitten, den Fall zu übernehmen, traute sich aber nicht, mich zu fragen, und wartete darauf, dass ich den ersten Schritt tat.

Ich räusperte mich.

»Du brauchst den Fall nicht zu übernehmen, wenn du nicht willst, Flanagan«, sagte sie, bevor ich überhaupt meinen Mund aufgemacht hatte.

»Wer übernimmt ihn denn?«, hörte ich mich fragen.

Ich weiß nicht, warum ich das gesagt habe.

Vielleicht wäre es zu einfach gewesen, den Helden zu spielen, dachte ich, nachdem ich mich von Carmen verabschiedet hatte und mit dem Aufzug hinauffuhr. Ihr zu erklären: Ich werde deinen Freund retten und ihn dir gesund und munter zurückbringen, Carmen.

Nein, das klang unter diesen Umständen viel zu pathetisch.

Fünf Minuten später zog ich die Mappe, in der mein phantastischer Bericht steckte, aus meinem Rucksack und überreichte ihn Sibila, der Wahrsagerin. Aber es kam ganz anders, als ich erwartet hatte. Sie warf ihn achtlos auf den Tisch und machte keinerlei Anstalten, ihn zu lesen. »Das ist alles so schrecklich«, sagte sie. »Findest du nicht?«

Ich habe ja schon gesagt, dass ich seit der Trennung von Carmen ziemlich verwirrt war. Und nachdem ich sie nun auch noch getroffen hatte, war ich völlig konfus. Obwohl es beinahe unglaubwürdig klingt, kapierte ich im ersten Moment nicht, dass Sibila sich auf die Vorfälle in unserem Viertel bezog. Es vergingen einige Sekunden, bevor mir klar wurde, dass ich meine Rachepläne vergessen konnte.

»... Du hättest diese Demo sehen sollen. Die bekanntesten Heroin-Dealer des Viertels haben am lautesten gebrüllt, dass dem Drogenhandel im Viertel ein Ende bereitet werden müsse. ›Drogen raus, Zigeuner raus‹, haben sie geschrien. Mein Gott, was für ein Wahnsinn. Und der arme Reyes. Der Ärmste ist hoffnungslos verloren.«

»Nein, er ist nicht hoffnungslos verloren«, widersprach ich ihr heftig. »Er ist unschuldig.«

»Dass er unschuldig ist, heißt noch lange nicht, dass er nicht hoffnungslos verloren ist.«

Sie sah so deprimiert und niedergeschlagen aus, dass ich mich einfach verpflichtet fühlte, ihr ein bisschen Mut zu machen. Schließlich waren wir Freunde.

»Ich habe ein paar Nachforschungen angestellt«, sagte ich.

Sie schaute mich so überrascht an, als wollte sie fragen: Du?

»Immerhin bin ich Privatdetektiv. Schließlich führe ich ja auch für dich Ermittlungen durch, nicht wahr? Also habe ich mich auch im Fall Reyes ein wenig umgehört. Ich weiß, dass er unschuldig ist. Ich habe alle Unternehmungen des Opfers, Sebastián Herrera, am letzten Tag vor dem Mord rekonstruiert.«

»Wirklich?«

Sibila beugte sich interessiert vor und stützte die Ellbogen auf ihre Knie auf. Ich hatte das Gefühl, dass sie schon nicht mehr ganz so niedergeschlagen war.

»Ja. Hör zu, ich weiß, dass dieser Herrera wenig Geld hatte, aber eine größere Summe erwartete. Er hatte nämlich vor, sich einen Volvo oder einen Ferrari Testarossa zu kaufen. Am Mittwochabend ist er in einen Nachtclub gegangen, ins *La Rive Gauche*.«

»Ins *La Rive Gauche*?«

»Kennst du den Laden?«

»Ja, ich habe von dem Club gehört. Der scheint in der letzten Zeit in Mode zu sein. Und was hast du sonst noch herausgefunden?«

»Ich habe die Beschreibung des Mörders.«

»Tatsächlich?« Sibila sprang vor Überraschung auf.

»Rockerfrisur, Jeansanzug, Harley Davidson.«

»Aber, aber ...« Sie wirkte fast ein wenig euphorisch, aber ich glaube, in Wirklichkeit war sie sehr erschrocken. »Und was hast du jetzt vor? Wirst du zur Polizei gehen?«

»Nein, noch nicht. Mir fehlen Beweise. Man wird nicht auf mich hören.«

Sie umfasste meine Schultern, schaute mir in die Augen und sagte: »Nein, Juan. Halt dich aus dieser Sache raus. Erzähl der Polizei alles, was du weißt, und dann wird die ...«

»Die Polizei wird gar nichts unternehmen. Die hat doch

schon einen Schuldigen. Und irgendjemand muss schließlich die Beweise herbeischaffen, oder?«
»Aber doch nicht ausgerechnet du.«
Es tat mir gut, dass sie sich solche Sorgen um mich machte. Das entschädigte mich für vieles. Ich lächelte. Ich fühlte mich wie ein Held.
»Wer denn sonst?«, fragte ich.
Sie wirkte unschlüssig. Deshalb sagte ich, in einem Tonfall, den die Helden aus alten Filmen immer so gut draufhaben: »Mach dir keine Sorgen. Ich pass schon auf mich auf.«
Sie lächelte und streichelte mich, und mir wurde ganz mulmig zumute, wenn ich daran dachte, dass ich ihr auf so eine hinterlistige Art und Weise eine Falle gestellt hatte. Ich stand auf und nahm den Bericht vom Tisch.
»Also gut«, sagte ich, was bedeuten sollte: »Ich gehe jetzt.«
»Warte!« Bevor ich reagieren konnte, hatte sie mir den Bericht aus den Händen gerissen. »Geschäft ist Geschäft. Und wie ich sehe, hast du deine Arbeit erledigt.«
Sie warf einen Blick auf den Roman, den ich mir ausgedacht hatte.
»So wie es aussieht, glaube ich kaum, dass in der nächsten Zeit irgendein Klient hierher kommt … Donnerwetter!«, rief sie plötzlich aus und war auf einmal sehr an dem Bericht interessiert. »Was ist das denn für ein Typ?«
»Na ja, ein ganz normaler Typ eben.«
Sie las den Bericht weiter, besser gesagt, sie verschlang ihn. Von Zeit zu Zeit gab sie irgendeinen Kommentar von sich wie: »Kaum zu glauben«, »Das kann doch nicht wahr sein«, »Das ist ja ein Typ wie aus dem Kino.« Ich fing an, mich unwohl zu fühlen. Ich kam mir vor wie einer von

diesen wahnsinnigen Wissenschaftlern, die gefährliche Monster erschaffen, von denen sie später gefressen werden.

»Na ja, so wild ist das alles gar nicht.«

»Was? Er hat sich in ein kolumbianisches Gefängnis einsperren lassen, nur um den Boss der Kokainmafia interviewen zu können, und dann ist er durch den Regenwald geflohen ... Und du sagst, das sei alles gar nicht so wild?«

»Na ja, ich will nicht bestreiten, dass der Knabe manchmal ganz nette Einfälle hat ...«, sagte ich und fügte dann voller Hoffnung hinzu: »Wie dem auch sei, du wirst ihn ja sowieso nicht kennen lernen.«

Sibila schaute von dem Bericht auf.

»Was soll das heißen? Er hat morgen um sechs eine Verabredung mit mir.«

»Aber hier im Viertel ist der Teufel los. Die da unten lassen ihn bestimmt nicht durch. Du müsstest mal sehen, wie sich die Jungs da unten aufführen. Sie haben Eisenstangen und Messer ...«

»Du meinst, sie lassen ihn nicht durch?«, fragte sie lachend. »Aber Flanagan, glaubst du wirklich, dass ein Typ, der solche Abenteuer erlebt hat und der in der Lage ist, einen Hai mit einem Taschenmesser zu erlegen, sich von ein paar Grünschnäbeln aufhalten lässt? Das ist doch Unsinn ...«

Ich zuckte mit den Schultern und wandte mich ab, um hinauszugehen.

Wenn Sibila mich nicht zurückgehalten hätte, dann wäre sicher nichts weiter passiert. Eingeschüchtert von den Nachrichten über unser Viertel, hätte Adrián Cano höchstwahrscheinlich auf den Termin mit Sibila verzichtet. Und

wenn er sich doch ein Herz gefasst hätte, dann hätten die Jungs von unten ihn schon in die Flucht geschlagen.
Aber Sibila rief mich zurück. »He, warte!« Ich drehte mich um und sah, dass Sibila ein buntes Portemonnaie aus ihrer bunten Tasche nahm und mir zwei Tausendpesetenscheine gab. »Für diesen Bericht hatten wir zweitausend vereinbart, nicht wahr?« Und da fiel mir wieder ein, dass sie mich seit Beginn unserer Zusammenarbeit betrog, und das Blut kochte in meinen Adern und mein verletzter Stolz schrie nach Rache.
Deshalb ging ich, als ich wieder auf der Straße war und die beiden Typen sah, die mir zuvor den Weg verstellt hatten, schnurstracks auf sie zu.
»He«, sagte ich und räusperte mich. »He!« Sie fixierten mich aus den Augenwinkeln. Ich sagte: »Morgen um sechs kommt ein Freund von Sibila, ein gewisser Adrián Cano … Und Sibila sagt, ihr sollt ihn durchlassen.«
»Und warum, bitte schön?«, fragte der mit der Eisenstange.
»Weil er ein Klient von ihr ist«, stammelte ich.
»Hier ist kein Platz für Klienten, und schon gar nicht für Leute wie euch«, sagte der mit dem Kopfverband barsch.
»Na ja, also …« Da ich gezwungen war zu improvisieren, entschied ich mich für die einfachste Lösung. »Die Sache ist nämlich so … Also eigentlich ist er gar kein Klient.«
»Nein?«, fragte der mit dem Kopfverband.
»Also was nun?«, fragte der mit der Eisenstange.
»Er … Er ist Journalist und versucht zu beweisen, dass Reyes diesen Herrera nicht getötet hat.«
»Wirklich?«

»Ja, er ist eine Art Privatdetektiv. Ein ziemlich berühmter sogar. Sibila hat ihn engagiert, und morgen kommt er, um sich über die näheren Umstände des Mordes zu informieren. Aber er kommt inkognito, versteht sich. Der Mörder kann ja jemand aus der Nachbarschaft sein. Also tut er so, als sei er ein Klient von Sibila. Und Sibila sagt, ihr sollt ihn durchlassen.«

Ich ging weg und ließ die beiden in einer weitaus fröhlicheren Stimmung zurück, als ich sie angetroffen hatte.

»Ich wusste doch, dass Reyes unschuldig ist«, rief der eine lachend.

Zu Hause angekommen, suchte ich die Nummer von Adrián Cano im Telefonbuch und rief ihn an.

»Señor Adrián Cano?«

»Ja, am Apparat.«

»Ich rufe Sie im Auftrag von Sibila, der Wahrsagerin, an.«

»Ja?«

»Ich möchte Sie daran erinnern, dass Sie morgen Nachmittag um sechs einen Termin bei ihr haben.«

»Ja, aber …«, antwortete die verzagte Stimme zögernd.

»Damit will ich sagen, dass Sie sich wegen der Barrikaden und der Nachrichten über unser Viertel keine Sorgen zu machen brauchen. Alle sind über Ihre Ankunft informiert. Man wird Sie gebührend empfangen und Ihnen Begleitschutz geben, damit Ihnen nichts passiert.«

»Ja, aber …«

»Sibila erwartet Sie.«

»Ja? Aber ich …«

»Sie sagt, sie ahne, dass Ihre Zukunft sehr viel versprechend sei.«

»Wirklich? Na ja, dann …«

»Wir erwarten Sie morgen um sechs. Sie werden doch kommen, oder?«

»Ja, ja, natürlich.«

Während ich mit meiner Familie zu Mittag aß, ließ ich mir die ganze Situation noch einmal durch den Kopf gehen und versuchte, objektiv zu sein. Abgesehen von meiner Lügengeschichte über Adrián Cano, die mir langsam über den Kopf wuchs, gab es eine Frau im Viertel, die (mit meiner Hilfe) versuchte, sich meinem (angeblich verwitweten) Vater an den Hals zu werfen. Und Carmen Ruano erwartete von mir, dass ich wer-weiß-was unternahm, um ihren Freund zu retten. Nur damit sie mir dann endgültig den Laufpass geben konnte. Super.

»Hast du keinen Hunger, Juanito?«, fragte mich meine Mutter besorgt.

»Nenn mich nicht Juanito!«, explodierte ich und bestätigte damit das Sprichwort, dass es immer die Falschen trifft.

»Ist das etwa eine Art, mit deiner Mutter zu reden, Juanito?«, fuhr mein Vater dazwischen.

»Nein, Papa. Entschuldige, Papa.«

Das ist also Johnny Flanagan, Privatdetektiv. Ich hoffe, dass meine zukünftigen Biographen diese peinlichen Details niemals erfahren werden.

Es gab nur einen einzigen Hoffnungsschimmer am Horizont, und ich klammerte mich so verzweifelt daran wie ein Sterbender, der sich im Angesicht seines Todes an die schönen Momente seines Lebens erinnert. Dieser Hoffnungsschimmer hieß *La Rive Gauche*. Zwar wusste ich nicht, ob es dort irgendeine Spur gab, die mich im Fall

Herrera weiterbrächte, aber auf jeden Fall war ich – warum soll ich das verheimlichen? – sehr neugierig, mir diesen Ort, zu dem Leute meines Alters normalerweise keinen Zutritt haben, einmal von innen anzuschauen.

Ich warf einen Blick auf den Veranstaltungskalender. Im *La Rive Gauche* gab es eine Show um zwanzig Uhr, die wahrscheinlich für Rentner und Leute vom Lande gedacht war, und eine weitere um Mitternacht. Herrera war zu der Zwanzig-Uhr-Show gegangen und genau dasselbe würde ich auch tun.

Das Problem war nur, wie ich dort reinkommen sollte. Ich begann, mir einen Plan zurechtzulegen. Um sechs Uhr rief ich Pili zu mir: »Du musst mir helfen!«

»Wobei?«

»Älter auszusehen.«

Ich zog mir den Smoking an, den mir meine Ex-Freundin Nines im vergangenen Winter geschenkt hatte, ein Spitzenhemd, eine Fliege und meine neuen Schuhe. Pili kämmte mir die Haare zurück, schmierte pfundweise Brillantine hinein und gab mir dann mit einem unechten Schnäuzer und einer Sonnenbrille den letzten Schliff.

»Na, wie sehe ich aus?«

»Wie ein Junge, der sich als Erwachsener verkleidet hat«, nahm sie mir jede Illusion.

Frustriert ließ ich mich auf mein Bett fallen, riss mir den Schnäuzer ab und warf ihn neben die Sonnenbrille auf den Boden.

»Außerdem«, sagte ich, »kann ich in einem schummrigen Lokal sowieso nicht den ganzen Abend mit Sonnenbrille rumlaufen.«

Denn ich hatte schon eine ziemlich genaue Vorstellung

vom *La Rive Gauche*. Schummriges Licht, rote Lampions, zuvorkommende Kellner und jede Menge leicht bekleidete Tänzerinnen. Ehrlich gesagt hatte ich mir schon zu viele Hoffnungen gemacht, um meinen Plan einfach fallen lassen zu können.

Ich musste hingehen.

Ich steckte den Zeitungsausschnitt über den Mord an Herrera in die Jacketttasche meines Smokings. Neben dem Artikel war ein Foto von Herrera abgebildet, auf dem der arme Kerl so verbittert aussah, als hätte er schon damals geahnt, was für ein schlimmes Ende es mit ihm nehmen würde. Ich ging auf die Straße und wollte mich gerade auf den Weg machen, als jemand neben mir rief: »Alle Achtung, mein Junge, du siehst aber elegant aus!« Die Stimme klang genauso unangenehm in meinen Ohren wie das Quietschen von Kreide auf einer Schiefertafel.

Es war Doña Juana Romero, die wie immer in allen Farben des Regenbogens gekleidet war und nach Parfüm stank. Und wie immer setzte sie ein Lächeln auf, mit dem sie jedes Glas auf zehn Meter Entfernung hätte zerspringen lassen können. Zweifellos hatte sie gesehen, dass ich aus der Kneipe gekommen war.

Und in diesem Moment wünschte ich mir nichts sehnlicher, als ein Mensch zu sein, der wegen jeder Kleinigkeit in Ohnmacht fällt. Einfach in Ohnmacht zu fallen und erst wieder aufzuwachen, wenn der Spuk vorüber ist. Die Frau kam auf mich zu, um mir übers Haar zu streicheln. Was ihr auch gelang, da ich vor Schreck nicht schnell genug reagierte und ihr nicht mehr ausweichen konnte.

»Hier wohnst du also«, flötete sie. Natürlich hätte ich das einfach abstreiten können, aber wie ich bereits gesagt habe, befand sich euer verehrter Flanagan zu diesem Zeitpunkt mitten in einer schweren Lebenskrise und war nicht gerade der Schlagfertigste.

»Bitte!«, rief ich völlig überrumpelt. »Erzählen Sie meinem Vater nichts. Er hat mit mir geschimpft, als er erfuhr, dass ich Sie besucht habe …«

»So schüchtern ist er?«, murmelte sie entzückt.

»Warten Sie, bis er Sie anspricht. Er soll den ersten Schritt tun.«

»Seine Verlegenheit ist ein untrügliches Zeichen, dass er mich liebt.«

Ich hätte nie gedacht, dass ein paar simple Worte einem das Blut in den Adern gefrieren lassen können, aber ich musste feststellen, dass ihre Worte genau diese Wirkung auf mich hatten.

»Bitte sagen Sie ihm nichts«, flehte ich ängstlich. »Bitte.«

Dann rannte ich los und nahm mir vor, Doña Juana Romero einfach zu vergessen und allen Widrigkeiten zum Trotz meine Pläne auszuführen. Ich betrat einen Schreibwarenladen, in dem auch Scherzartikel für das bevorstehende Johannisfest verkauft wurden, und gab ein Vermögen für Knallfrösche aus. Dann nahm ich die U-Bahn, denn ich war fest entschlossen, ins *La Rive Gauche* reinzukommen, selbst wenn ich dafür die Eingangstüren in die Luft sprengen müsste.

6. Der Neffe von Mandrake

Der Nachtclub *La Rive Gauche* befand sich in einer der vornehmen Gegenden der Stadt, in der Nähe der von hohen Mauern umgebenen Häuser an der Landstraße nach Esplugues, zwischen den letzten, mit noblen Dachterrassen und Swimmingpools ausgestatteten Luxusapartmenthäusern von Pedralbes und den ersten prunkvollen Villen mit hohen Zäunen, Gärten, Garagen und Dienstboten. Um dort hinzukommen, musste ich erst die U-Bahn, dann den Bus nehmen, mehrere Male umsteigen und trotzdem noch ungefähr eine Viertelstunde zu Fuß gehen. Offensichtlich war dies ein Ort für Leute mit eigenem Wagen. Das große, zweistöckige Gebäude, das nach dem Vorbild eines Schuhkartons gebaut worden war, stand eingezwängt zwischen den Mauern einer Nonnenschule und dem hohen Zaun eines vornehmen Tennisclubs. Das große, brachliegende Grundstück hinter dem Gebäude wurde als Parkplatz genutzt. Ich vermutete, dass die Innenausstattung etwas luxuriöser war. Das einzig Prunkvolle außen an dem Gebäude war die mit Reliefs, goldenen Rahmen und barocken Filigranarbeiten geschmückte Eingangstür, die aussah, als stammte sie aus einer Theaterkulisse. Über ihr hing eine riesige, glänzende Markise und ein Neonschriftzug, der den Namen des Lokals verkündete. Diese Eingangstür war verschlossen. Die Vorstellung begann um zwanzig Uhr und es war erst kurz vor neunzehn Uhr.

Auf dem schmalen Weg zwischen der Hauswand und dem Zaun des Tennisclubs ging ich um das Gebäude herum und gelangte auf den Parkplatz, auf dem lediglich drei Autos abgestellt waren. Aus einem der Wagen stieg ein Mann im Smoking, der sein langes Haar im Nacken zusammengebunden hatte. Er ging zu der anderen Seite des Gebäudes, auf der sich die breite, asphaltierte Zufahrt zum Parkplatz befand. Ich folgte ihm unauffällig. Ich suchte andere Eingänge zu dem Nachtclub, denn ich war mir sicher, dass es zumindest die gesetzlich vorgeschriebenen Notausgänge geben musste. Und ich fand mehr als das. Gegenüber der Mauer der Nonnenschule entdeckte ich ein großes Tor, vor dem ein Lieferwagen stand, aus dem lange Pfeiler, geschmückt mit glänzenden, bunten Kugeln, Flaggen und Girlanden, ausgeladen wurden. Ein mürrischer, schlampiger Typ pulte mit einem Zahnstocher zwischen seinen Zähnen und schaute den anderen bei der Arbeit zu, weshalb ich vermutete, dass es sich um den Türsteher handelte. Der Mann mit dem Pferdeschwanz ging durch das Tor und grüßte den mürrischen Türsteher mit einem gelangweilten »Guten Abend«. Der mürrische Typ antwortete nicht, deshalb fand ich ihn ja so mürrisch.
Ich ging zurück auf die Straße und lief dann zu einer Tankstelle, die ich auf dem Hinweg entdeckt hatte. Ganz in der Nähe gab es einen Müllcontainer, und obwohl mein Smoking nicht gerade die angemessenste Kleidung dafür war, fing ich an, darin herumzuwühlen. Das schien langsam zu einer Angewohnheit von mir zu werden. Von all den vielen interessanten Objekten im Container wählte ich eine leere Motorölbüchse aus.
Als ich zum *La Rive Gauche* zurückkam, stand die prunk-

volle Eingangstür bereits offen, und daneben zwei kräftige Türsteher, die genau wie ich Smoking und Fliege trugen, mich aber an Größe und Kraft um ein Vielfaches übertrafen, und ein paar Stellwände mit geschmacklosen Plakaten, auf denen viel versprechende Fotos die Show in diesem Lokal anpriesen. Um nicht von dem ungeschliffenen, mürrischen Türsteher gesehen zu werden, schlich ich wieder auf dem Weg neben dem Tennisclub zum Parkplatz, auf dem mittlerweile zehn oder zwölf Wagen und ein Bus standen, aus dem eine Gruppe von fröhlichen und sonntäglich gekleideten Leuten vom Land ausstieg. Ich wartete, bis alle in dem Lokal verschwunden waren, versteckte mich dann hinter dem Bus, legte die drei größten Knallfrösche aufeinander, flocht die Zündschnüre zu einem Zopf und stopfte die Knallfrösche in die leere Motorölbüchse. Danach zerrieb ich ein halbes Dutzend kleinerer Knallfrösche und legte mit dem Pulver eine lange Spur bis zu den Zündschnüren. Ich klemmte die Büchse an einer Stelle, an der mich der grobschlächtige, griesgrämige Türsteher nicht sehen konnte, zwischen zwei Steine und legte eine Verschnaufpause ein. Jetzt kam das Schwierigste. Ich legte eine Streichholzschachtel auf das Ende der Pulverspur, zündete ein Streichholz an und steckte es so in die Schachtel, dass es ein wenig aus den anderen Streichhölzern herausragte.

Dann rannte ich zu der Hauswand, bog langsam um die Ecke und spazierte gelassen auf den Türsteher zu. Er stand immer noch vor dem Tor und bohrte mit einem Zahnstocher in seinen von Karies befallenen Zähnen. Der Lastwagen war bereits weggefahren und das Tor war geschlossen, nur die kleine, darin eingelassene Tür stand noch offen.

Ich malte mir aus, wie der Funken des ersten Streichholzes bereits auf alle anderen übergesprungen war. Wahrscheinlich war die Schachtel zischend in Flammen aufgegangen. Als ich an dem Türsteher vorbeiging, sagte ich beiläufig zu ihm: »Hören Sie, dahinten auf dem Parkplatz treiben sich ein paar Halbstarke rum. Ich glaube, die wollen Ihnen einen Streich spielen.«

Der Türsteher schaute in die angegebene Richtung, und ich spazierte weiter, als ginge mich das alles nichts an.

Wenn alles klappte, dann mussten die Streichhölzer bereits die Pulverspur in Brand gesetzt haben. Und die Flamme züngelte schon zu den Zündschnüren der Knallfrösche, die in der Motorölbüchse steckten.

WUUUOOOOM!!

Die Explosion war so stark, dass ich das Gefühl hatte, jemand hätte mir einen Schlag auf den Rücken verpasst. Ich glaube, ich habe sogar aufgeschrien, und ein paar Sekunden lang war ich unfähig zu reagieren. Hinter mir stieß der Türsteher einen fürchterlichen Fluch aus, und als ich mich zu ihm umdrehte, sah ich, dass er zum Parkplatz rannte.

Es hatte geklappt. Ich konnte es kaum fassen. Ich ging durch die Tür in eine mir unbekannte Welt, so aufgeregt und neugierig wie ein Abenteurer, der zu einer Expedition in einen unerforschten Dschungel aufbricht. Ich ging ein paar Treppenstufen hinauf und stand auf einmal hinter der Bühne, wo einige Arbeiter auf dem Boden herumhämmerten, um Kulissen zu befestigen, wo kostümierte Leute hektisch durch die Gegend liefen und wo niemand die Anordnungen der anderen zu beachten schien. Hinter ein paar Schiebewänden entdeckte ich eine erstaunlich dicke Tänzerin, die lauthals nach der Kostümbildnerin verlangte. Zwei Mädchen, die nur einen Tanga und eine Art BH in Form von silbrig glänzenden Händen trugen, gingen angeregt plaudernd an mir vorbei. Ein als Harlekin kostümierter Tänzer übte in einer Ecke Tanzschritte ein. In einer Glaskabine saß ein Techniker, der Schaltknöpfe betätigte und den Soundcheck machte. Ganz hinten führte eine steile Treppe zu einer langen Galerie knapp unter der Bühnendecke hinauf. Von ihr gingen sechs oder sieben Türen zu den Garderoben ab. Dort herrschte ein geschäftiges Treiben; Künstler, die kamen und gingen; Türen, die geöffnet und geschlossen wurden.

Plötzlich stand ein Mann mit rot gefärbten Haaren und geblümtem Hemd vor mir. Er stürzte sich auf mich, als hätte er schon eine Ewigkeit auf mich gewartet.

»Bist du der Neffe von Mandrake?«, fragte er mich. Ohne meine Antwort abzuwarten, plapperte er weiter drauflos und entfernte ein paar Fusseln, die offensichtlich auf dem Kragen meines Smokings waren. »Bist du nicht etwas zu jung? Na ja, egal. Im Saal ist es dunkel, deshalb wird es nicht auffallen. Du weißt ja, dass du dich unters Publikum mischen sollst, und wenn dein Onkel einen Freiwilligen auf die Bühne bittet, stehst du spontan auf und tust so, als hättest du keine Ahnung. Aber ich nehme an, das habt ihr schon geübt. Alles klar? Nun geh schon, der Inspizient erwartet dich.«

Er schubste mich auf die Bühne. Mit zitternden Knien wankte ich über die Bretter. Zu meiner Rechten half ein Mädchen einer Kollegin, sich einen überdimensionalen Federhut aufzusetzen. Zu meiner Linken unterhielten sich drei Mädchen angeregt miteinander und zeigten – ich habe keine Ahnung, warum – auf ihre Beine und andere Kör-

perteile. Dank des Prospekts, den ich in Sebastián Herreras Mülltüte gefunden hatte, war ich darauf vorbereitet gewesen, leicht bekleidete Mädchen anzutreffen, aber ich hätte nie gedacht, dass diese Revuetänzerinnen hinter den Kulissen noch weniger anhaben. Ich könnte euch natürlich erzählen, dass ich so gelassen und selbstsicher durch die Gegend lief wie ein Intendant, der mit allem sehr zufrieden ist, aber das entspräche ganz und gar nicht der Realität. In Wahrheit war mir so heiß, dass mir der Schweiß literweise von der Stirn tropfte; mein Gesicht war knallrot, mein Herz klopfte rasend, mein Kopf glich einem Ameisenhaufen, meine Augen fielen mir aus dem Kopf, meine Ohren rauschten und mir lief es abwechselnd heiß und kalt über den Rücken. Es wunderte mich, dass noch niemand bei meinem Anblick zum Telefon gestürzt war, um einen Krankenwagen zu rufen.
Ich prallte gegen einen Mann mit einem mächtigen Schnäuzer und einem rosa Jackett, der mich am Kragen packte und schüttelte. Das brachte mich auf den Boden der Tatsachen zurück, aber trotzdem dauerte es noch ein paar Sekunden, bis ich einen Ton herausbrachte.
»Du bist der Neffe von Mandrake? Aber du bist ja viel zu jung! Wie alt bist du?«
»Achtzehn«, log ich.
»Von wegen achtzehn! Wo ist Mandrake?« Der Mann mit dem mächtigen Schnäuzer und dem rosa Jackett ließ mich stehen, drehte sich um und brüllte: »Verflucht, Mandrake ...!«
Ich suchte hinter einem Apparat Zuflucht, der den größten Teil der Kulisse einnahm. Er sah aus wie eine Art gelbes Raumschiff, das wie ein Hochzeitsauto mit vielen

Lichterketten und Girlanden geschmückt war. Am unteren Teil des Apparats war ein hydraulischer Mechanismus angebracht, eine Art Kran, mit dem man wahrscheinlich verblüffende Spezialeffekte erzielen konnte. Aber von nahem betrachtet, sah diese Bühnenmaschinerie nach gar nichts aus. Alles wirkte provisorisch, angestaubt und unecht. Aluminiumfolie, die mehr schlecht als recht aufgeklebt war; Stäbe, die mit Kordel und Klebeband befestigt waren.

»Wie alt ist dein Neffe, Mandrake?«, fragte der Schnauzbärtige in irgendeiner Ecke, wo ich ihn nicht sehen konnte.

»Zwanzig!«

»Du sagst zwanzig, er sagt achtzehn und dabei ist er noch nicht mal fünfzehn! Der dürfte noch nicht mal als Gast ins *La Rive Gauche*!«

Ich hörte, wie Mandrake in seiner Ecke, wo ich ihn nicht sehen konnte, heftig protestierte, aber der Mann mit Schnäuzer ignorierte ihn einfach. Er fiel ihm ins Wort und brüllte: »Lorenzo! Wo steckst du, verflucht noch mal, Lorenzo?«

Ich stand am Fuß der steilen Treppe, die zu der Galerie mit den Garderoben führte. Ich sah, dass oben die meisten Türen offen standen, und ich beschloss, mir die Garderoben einmal näher anzuschauen. Genau in diesem Moment kam ein Mädchen herunter, das einen höchst interessanten und extravaganten Flitterbikini trug und angeregt mit einem hässlichen Typen im Kostüm eines Feuerwehrmanns plauderte. Es war ganz offensichtlich, dass diese Frau ihrem Körper nicht halb so viel Beachtung schenkte wie ich. Wahrscheinlich war sie so an ihren Körper gewöhnt (sicher hatte sie ihn, genau wie ich meinen, von Kindheit an), dass ihr nicht bewusst war, wie er auf ihre Umgebung wirkte. Und ich bekam tellergroße Augen, mein Unterkiefer klappte herunter, meine Zunge hing raus, ich sabberte so, dass ich beinahe auf meiner eigenen Spucke ausgerutscht wäre, verfehlte die erste Treppenstufe und hätte mich beinahe der Länge nach hingelegt.

In diesem Moment antwortete Lorenzo dem Schnauzbärtigen im rosa Jackett von der Galerie herab.

»Hier bin ich«, rief er mit flötender, femininer Stimme.

»Lorenzo«, schrie der Schnauzbärtige zu ihm hinauf. »Hast du den Neffen von Mandrake gesehen? Schau ihn dir mal an! Sieh zu, was du aus ihm machen kannst! Der darf auf keinen Fall ins Publikum! Er soll mit Mandrake auf die Bühne, als Assistent!«

Mandrake erwiderte verärgert, dass seine Nummer dann witzlos sei. Der Schnauzbärtige antwortete ihm, dass sein Neffe nicht ins Publikum könne, weil sie sonst alle wegen Verletzung des Jugendschutzgesetzes im Kittchen landen würden. Mandrake versicherte, dass sein Neffe ein gestandener Mann sei, mit Haaren auf der Brust und allem Drum und Dran.

Ich war oben auf der Galerie angekommen und wollte gerade in die erste Garderobe huschen, als zu meiner großen Überraschung ein blondes Mädchen herauskam, das so schön war, dass ich sie im ersten Moment für eine von diesen Halluzinationen hielt, die man angeblich in der Wüste hat. Sie wäre beinahe über mich gestolpert. Von der Gürtellinie aufwärts bestand ihr Kostüm lediglich aus zwei winzigen Sternchen, die an strategischen Punkten angebracht waren. Ich wusste nicht, wo ich hinschauen und was ich mit meinen Händen anstellen sollte. Mir war bewusst, dass ich aussah, als hätte ich den Verstand verloren. Ich musste schlucken.

»Entschuldigung …«, keuchte ich.

»Hallo, wie geht's?«, sagte sie trällernd. »Ich bin die Helena.« Sie schenkte mir ein Lächeln, das mich mitten ins Herz traf. »Wie findest du mein Kostüm?«, fragte sie so arglos, dass ich endgültig den Verstand verlor.

Ich versuchte verzweifelt, mich daran zu erinnern, wie man auf solche Fragen antwortet, aber bevor mir irgendetwas eingefallen war, tauchte wie aus dem Nichts ein Widerling mit einem schwarzen Alpaka-Anzug, einem penetranten Parfüm und schlechten Manieren auf, packte sie am Arm und zerrte sie von mir weg.

»Ich finde, du siehst bescheuert aus«, sagte er, obwohl ich sicher war, dass sie mich gefragt hatte und nicht ihn.

»Aua, du tust mir weh«, beschwerte sich Helena, meine schöne Helena.

»Komm mit.«

Beinahe hätten sie einen spindeldürren, femininen Mann mit kahl rasiertem Schädel umgerannt, der mich fragte: »Du bist der Neffe von Mandrake?«

Der flötenden Stimme nach zu urteilen, handelte es sich um Lorenzo, der sich einmal ansehen sollte, »was er aus mir machen könne«.

»Ja«, antwortete ich, während ich der schönen Helena hinterherschaute.

Er betrachtete mich einen Moment lang, schob dann seine Hand unter mein Kinn und murmelte: »Ach, diese Akne, wie schade, wie schade, warum achtet ihr jungen Leute auch so wenig auf euren Teint?« Dann ging er die Treppe

hinunter und schrie: »Perfekt! Du, ich hab's! Ramón! Ramón!«
»Was?«, fragte eine Stimme.
»Ich hab's! Die Sache mit dem Neffen von Mandrake. Wir verkleiden ihn als Mädchen! Rosario! Rosario!«
Rosario, die dabei war, der dicken Tänzerin einen Federumhang überzuziehen, antwortete: »Was ist? Ich bin hier unten!«
»Hör mal zu, nimm dir den Neffen von Mandrake vor, zieh ihm ein Paar Netzstrümpfe an, diesen lustigen Bikini mit den Bommeln, die violette Federhaube, die spitzen Stöckelschuhe und ein Cape, das seinen Körper ein bisschen versteckt. Ach, und Schminke, viel Schminke! Ich will, dass sie heute Nacht die Schönste ist!«
Das konnte ja heiter werden.
Voller Panik floh ich ans Ende der Galerie, in die Richtung, in die der Widerling und die schöne Helena gegangen waren. Dort war ein Bühnenarbeiter damit beschäftigt, eine Art selbst gebastelten Feuerlöscher mit einem kurzen Schlauch, der in einer Art Hörrohr endete, anzubringen. Ich stellte mich hinter ihn, tat so, als sei ich höllisch an seiner Tätigkeit interessiert, und schaute mich verstohlen um, um sicherzugehen, dass mir auch niemand gefolgt war. Der Mann drückte auf einen roten Hebel und der Feuerlöscher spuckte mit einem zischenden Geräusch gelben Rauch aus. Ich beschloss, mich lieber aus dem Staub zu machen.
Rechter Hand ging ein schmaler Flur ab, in dem es nach Schimmel, Farbe, Lack und vielen anderen Dingen roch, was eine widerliche Mischung ergab. Linker Hand befanden sich drei Türen, die geschlossen waren. Ich hörte die

Stimme des Fieslings. Sie klang sanft, viel zu freundlich, geradezu bedrohlich. Gemein und gehässig.
»Am Mittwoch bist du zu spät gekommen, Schätzchen. Am Donnerstag bist du bei der zweiten Nummer aus dem Schritt gekommen und gestern hast du das Playback vermasselt, weil du den Text vergessen hast.«
»Ja, aber fass mich bitte nicht an«, hörte ich sie murmeln.
»In meinem ganzen Leben ist mir noch nie so ein mieses Revuegirl wie du untergekommen, mein Schatz.«
»Du sollst mich nicht anfassen.« Helenas Stimme zitterte bedrohlich.
»Du bist unter aller Kanone, meine Süße.«
»Fass mich nicht an, Atilano.« Jetzt klang ihre Stimme weinerlich, hilflos, beschämt. »Bitte.«
»Halt lieber dein süßes Schnäuzchen, meine Kleine. Ich bin es, der dich bezahlt, und wenn ich rede, dann haben die, die von mir bezahlt werden, den Mund zu halten. Kapiert?«
»Bitte«, flehte sie. »Bitte.«
Vorsichtig öffnete ich die erste Tür. Um ehrlich zu sein, hatte ich den Zweck meines Besuches völlig vergessen, aber in diesem Augenblick wurde mir klar, dass hinter dieser Tür die Büroräume des Lokals liegen mussten, wo ich möglicherweise Hinweise auf Sebastián Herreras Aktivitäten finden könnte. Aber das große, dunkle, schmutzige Zimmer, das ich betrat, war kein Büro, sondern eine Art Abstellkammer, die mit Requisiten voll gestopft war: Bäume aus Pappmaché, mittelalterliche Lanzen, mit Aluminiumfolie umwickelte Blitze aus Styropor, gigantisch große Kopfmasken, riesige Rohre, Eimer mit grüner Far-

be. Das Gemurmel dieses Atilano, der im Nebenraum immer noch auf das arme Mädchen einredete, ging mir auf die Nerven.

Irgendwo klingelte ein Telefon.

»Ja?«, knurrte der Fiesling nebenan. »Ja, ich bin's, Atila!« Der Name Atila passte viel besser zu ihm als Atilano. »Ja, ich bin hier noch beschäftigt. Warum, zum Teufel, soll ich runterkommen? Könnt ihr nicht ohne mich mit der Vorstellung anfangen? Probleme? Was für Probleme?«

Und dann ging mein Temperament mit mir durch; ich fühlte mich wie ein tapferer Ritter, der die Prinzessin aus den Klauen eines schrecklichen Ungeheuers befreit.

Beinahe mechanisch nahm ich einen Eimer grüner Farbe und schlich auf Zehenspitzen zu der Tür des Nachbarraums. Ich stellte den Eimer vor der Tür ab, zog mich hastig in die hinterste Ecke des Flurs zurück und nahm dort meinen Beobachtungsposten ein.

Atila sagte: »Okay, ich komme runter«, und dann zu Helena: »Ich gehe kurz runter. Du wartest hier, ich habe noch ein Wörtchen mit dir zu reden.«

Die Tür ging auf. Durch den Türspalt konnte ich für den Bruchteil einer Sekunde das Mädchen sehen. Ihre Augen schimmerten vor Tränen und ihr Make-up war vom Weinen verschmiert. Auch sie entdeckte mich und starrte mich überrascht an. Ich lächelte ihr aufmunternd zu, und sie, die Ärmste, versuchte zurückzulächeln. Im nächsten Augenblick kam Atilano aus dem Büro gestürmt und stapfte geradewegs in den Farbeimer. Er stolperte vor Schreck, taumelte zurück und fiel dann mit einem lauten Plumps rücklings ins Büro. Grüne Farbe spritzte nach allen Seiten. Die Augen der schönen Helena leuchteten auf, und sie

legte sich eine Hand auf den Mund, um nicht laut aufzulachen. Ich hätte mir keine bessere Belohnung wünschen können.
Ich flüchtete über die Galerie in Richtung Treppe. Ein gut gebauter, sehr männlich wirkender junger Bursche in einem olivgrünen Smoking, mit sorgsam gestutztem Bart, gestriegelten Haaren und hochnäsigem Gesichtsausdruck kam mir entgegen. Ihm folgte eine Frau mit blauen Haaren und dicken Brillengläsern. Das konnte nur Rosario sein.
»He, du! He!«, schrie sie hinter ihm her. »Bist du der Neffe von Mandrake?«
Der bärtige junge Mann im olivgrünen Smoking drehte sich zu ihr um und sagte voller Stolz: »Jawohl, der bin ich.«
»Ich bin Rosario. Ich kümmere mich um die Kostüme. Komm bitte mit.«
»Kann ich denn nicht in diesem Smoking auftreten?«
»Nein, nein, wir haben ein viel originelleres Kostüm für dich.«
Das Geschrei von Atilano, der mit grün gesprenkelter Hose und fuchtelnden Armen am Ende der Galerie aufgetaucht war, lenkte die Aufmerksamkeit der gesamten Belegschaft auf sich, so dass ich unbemerkt die Treppe hinunter verschwinden konnte.
Ich erreichte die Tür zum Saal. Da sie halb offen stand, konnte ich sehen, dass der Saal noch hell erleuchtet war. Ich blieb stehen. Ich war noch nicht alt genug, um mich einfach unters Publikum mischen zu können. Und noch dazu sah ich jünger aus, als ich eigentlich war, deshalb beschloss ich zu warten, bis die Vorstellung anfing, um mich

dann diskret aus dem Staub zu machen. Ich versteckte mich hinter einem Vorhang; von dort aus konnte ich beobachten, wie die Sache mit dem Neffen von Mandrake weiterging.
Denn kurz darauf tauchte der bärtige junge Mann wieder auf. Er lief brüllend durch die Gegend und war beinahe so aufgeregt wie Atilano über seine grün gesprenkelte Hose. Aber er trug keine grün gesprenkelte Hose, sondern Netzstrümpfe, einen Bikini mit lustigen Bommeln auf der behaarten Brust, eine violette Federhaube, knallrote Stöckelschuhe, ein weites Cape und Make-up, viel Make-up, zentnerweise Make-up.
Er sagte: »Nein, nein und nochmals nein. Ich weigere mich, so auf die Bühne zu gehen!«
»Aber du siehst wirklich lustig aus«, beteuerte Rosario immer wieder, um ihn aufzuheitern.
»Wer ist das?«, fragte plötzlich der Mann mit dem Schnäuzer und dem rosa Jackett, der von der anderen Seite auf die Bühne kam.
»Der Neffe von Mandrake«, erklärte Rosario.
»Das ist nicht der Neffe von Mandrake!«
»Aber natürlich ist er das«, bekräftigte ein Typ im Zaubererkostüm, der nur Mandrake sein konnte.
»Nicht für eine Million gehe ich so auf die Bühne, habt ihr gehört? Nicht für eine Million!«, schrie der Neffe von Mandrake. »Ich habe bei Lee Strasberg in New York studiert, ich bin bei Stanislavsky und Grotowski ausgebildet worden! Ich bin Schüler der Theaterschule von Barcelona!«
Unterdessen war der Typ mit den weißen, im Nacken zusammengebundenen Haaren aufgetaucht und gab Anwei-

sungen. Es kam mir so vor, als wäre die gesamte Theatertruppe beinahe vor ihm auf die Knie gefallen.

»Sehr witzig, dieser Clown, sehr witzig«, sagte er anerkennend und meinte damit den als Mädchen kostümierten Neffen. »Aber dieser Bart ist nicht gerade sehr subtil. Der muss ab! Und diese Brust! Die muss enthaart werden. Subtil zu sein, darauf kommt es an, ihr müsst lernen, subtil zu sein, liebe Leute!«

»Mein Bart bleibt dran!«, kreischte der Neffe von Mandrake, den Tränen nahe. »Mein Bart gehört mir!«

Der Zauberer legte seinem Neffen den Arm um die Schultern und zog ihn beiseite. »Lasst mich kurz mit ihm reden.« Er zog ihn in die Nähe des Vorhangs, hinter dem ich mich versteckt hielt, und beinahe hätte ich mir vor Lachen in die Hose gepinkelt.

»Um Himmels willen, Gabriel«, tadelte der Onkel seinen Neffen im Flüsterton. »Sei doch nicht dumm. Willst du diesen Job oder nicht?«

»Aber das ist unter meiner Würde«, schluchzte der Neffe.

»Na, irgendwie muss man eben anfangen. Du brauchst doch Geld, oder?«

»Ja, natürlich brauche ich Geld, aber …«

»Na also, dann lass dir den Bart abrasieren.«

»Womit habe ich das nur verdient?«, wimmerte der arme Neffe von Mandrake. »Womit habe ich das nur verdient?«

Dann ertönte ein Klingelzeichen, der Direktor befahl allen, ihre Plätze einzunehmen, und die Lichter gingen aus. Ein paar Gestalten huschten hektisch durch die Dunkelheit, und als die ersten Takte der Musik erklangen und der

Vorhang aufging, schlich ich mich in den schützenden Halbschatten des Saals. Es war ein Riesenunterschied, die Kulissen nicht von nahem, sondern vom Zuschauerraum aus im Rampenlicht zu betrachten. Die Glühbirnen waren keine einfachen Glühbirnen mehr, sondern bunte Lichtfunken, die ein wunderschönes Bild formten, und die grünen und gelben Rauchschwaden, die zu verschiedensten Grüntönen verschwammen, wirkten wie geniale Pinselstriche. Und dort bewegten sich geschmeidig die Mädchen mit ihren silbern schillernden Körpern, und dort war der hässliche Kerl im Kostüm eines Feuerwehrmanns, und die Frauen mit ihren Federhauben wackelten im Rhythmus der Musik mit ihren Hüften. Einfach phantastisch.

Das ließ mich alles, was ich soeben durchlebt hatte, vergessen und auf den Planet Erde zurückkehren. Und ich erinnerte mich an den eigentlichen Grund meines Besuchs. Ich hatte immer noch nichts herausgefunden. Ich musste in Erfahrung bringen, was Sebastián Herrera am Mittwoch im *La Rive Gauche* gemacht hatte. Ich warf einen Blick auf das hellauf begeisterte Publikum und konnte mir Herrera einfach nicht als anonymen Zuschauer vorstellen, der mit der Menge hereingekommen und wieder gegangen war, ohne dass ihn jemand zur Kenntnis genommen hätte. Es wollte mir einfach nicht in den Kopf, dass er einfach nur ein ganz gewöhnlicher Gast in diesem Lokal gewesen sein sollte. Das war alles viel zu luxuriös, viel zu teuer für einen armen, arbeitslosen Schlucker wie Herrera. Sebastián Herrera war nicht hierher gekommen, um sich die Vorstellung anzuschauen.

Während ich darüber nachgrübelte, schlich ich mich in großem Bogen an der hell erleuchteten Theke vorbei, an der es vor Kellnern nur so wimmelte, zum Ausgang. Ich hatte keine Ahnung, wen ich nach Sebastián Herrera fragen sollte. Ich war überzeugt davon, dass mich jeder, dem ich über den Weg liefe, an den Ohren aus dem Lokal schleifen würde. Und selbstverständlich wollte ich mich nicht auf diese Weise demütigen lassen.

Deshalb schob ich den Vorhang zur Seite und ging hinaus. Ich stand in einer kleinen Vorhalle, die im Gegensatz zum Theatersaal hell erleuchtet war. Dort befand sich die Garderobe, wo auch die Eintrittskarten für die Show verkauft wurden. Alle Gäste hatten bereits im Saal Platz genommen, und die Garderobenfrau sah so aus, als hätte sie nichts zu tun. Sie langweilte sich und auch meine Gegenwart schien sie nicht im Geringsten zu interessieren. Sie war klein, hatte sehr weiße Haut, sehr schwarzes, kurzes, mit Gel gestyltes Haar und ein junges, hübsches Gesicht, das aber leider durch den missmutigen Gesichtsausdruck, die viel zu schwarz getuschten Wimpern und den viel zu rot geschminkten Mund nicht richtig zur Geltung kam.

Ich sagte zu ihr: »Hi! Ich bin der Neffe von Mandrake.«

Sie warf mir einen Blick zu, der mir unmissverständlich klar machte: »Verpiss dich.« Aber dann runzelte sie die Stirn und musterte mich neugierig. Als käme ich ihr irgendwie bekannt vor. Und natürlich fing ich auch an zu überlegen, woher ich sie wohl kannte. Wer war dieses Mädchen? Wo hatten wir uns schon einmal gesehen?

»Wie interessant«, sagte sie gleichgültig. »Was willst du? Deinen Smoking abgeben?«

»Hast du dieses Foto schon gesehen? Mein Onkel hat mir eben erzählt, dass er diesen Mann am vergangenen Mittwoch hier im Lokal gesehen hat …«

Sie warf einen Blick auf den Zeitungsausschnitt, und plötzlich schien ihr die Fliege, die sie um den Hals trug, die Luft abzuschnüren.
»Erinnerst du dich an ihn?«, hakte ich nach und wurde ein wenig nervös.
»Nein. Keine Ahnung. Ich meine …«, antwortete sie sichtlich verwirrt. »Warte mal.«
Sie riss mir den Zeitungsausschnitt aus der Hand und verschwand durch den Vorhang hinter ihr, ohne mir Zeit zu weiteren Fragen zu lassen. Ich musste auf der Hut sein. Denn ich war mir sicher, dass ich diesmal einen Volltreffer gelandet hatte, aber das Verhalten des Mädchens gefiel mir ganz und gar nicht. Ich hörte Geflüster hinter dem Vorhang. Kaum läuteten bei mir die Alarmglocken, wurde der Vorhang erneut zur Seite geschoben, die schlecht gelaunte Garderobenfrau kam heraus, klappte einen Teil des Tresens hoch und sagte einladend: »Er sagt, du sollst reinkommen.«
Ich fragte sie gar nicht erst, wer. Mechanisch ging ich an ihr vorbei in Richtung Vorhang. Aus den Augenwinkeln konnte ich beobachten, dass die Garderobenfrau mir nicht folgte, sondern durch die Vorhalle zur Eingangstür ging. Instinktiv ahnte ich, dass sie die beiden Gorillas von draußen rufen würde.
Die Garderobe hinter dem Vorhang war sehr geräumig, vorne standen sechs oder sieben Garderobenständer, große Metallgestelle auf Rädern. Im Winter hingen dort wahrscheinlich die Mäntel der Gäste. Aber an diesem warmen Juniabend hingen nur fünf oder sechs Kostümjacken, ein völlig unangebrachter Pelzmantel, ein Regencape und ein Schirm an einem der Ständer.

Deshalb konnte ich vom Vorhang aus genau sehen, wer am anderen Ende des Raums auf mich wartete. Es war Don Atilano höchstpersönlich. Er stand in Unterhose vor mir, die grün gesprenkelte Hose in der einen Hand und den Zeitungsausschnitt mit dem Foto von Sebastián Herrera in der anderen.

»Komm rein«, forderte er mich auf. Aber ich rührte mich natürlich nicht vom Fleck.

Ich hörte Schritte hinter mir. Wieder wurde der Vorhang zur Seite geschoben.

»Sie haben mich gerufen, Don Atilano?«, schallte eine dunkle, raue Stimme durch den Raum.

Meine Körpertemperatur sank schlagartig um ein paar Grad.

»Was willst du hier, mein Junge?«, fragte mich Don Atilano mit donnernder Stimme.

Ich stotterte: »Ich wollte wissen, ob Sie vi…, ob Sie vi… ob Sie vielleicht wissen, wer dieser Typ auf dem Foto ist. Ob Sie ihn kennen, meine ich.«

»Nein, ich kenne ihn nicht. Ich weiß nicht, wer das ist«, gab er schneidend zurück.

»Ach so, na gut, dann ist ja alles klar. Mehr wollte ich gar nicht wissen!«, rief ich mit gespielter Erleichterung aus. Ich trat einen Schritt zurück, aber in diesem Moment legte sich die Pranke des Gorillas auf meine Schulter und ich konnte meine Fluchtgedanken vorerst vergessen.

»Warte!«, schrie Don Atilano. »Ich habe mit diesem Typ auf dem Foto, der ermordet worden sein soll, nichts zu tun. Aber du hast etwas mit ihm zu tun. Und ich würde gerne wissen, was. Was willst du hier, mein Junge?«

Ich wimmerte: »Aua, aua, aua«, und versuchte, mich aus

den Pranken des Gorillas zu befreien. Ich wusste, dass er sich niemals mit einem einfachen »Nichts« zufrieden geben würde. Aber ich ließ es trotzdem auf einen Versuch ankommen: »Nichts.«

»Spann mich nicht auf die Folter!«, schrie Don Atilano. »Was willst du hier, mein Junge?«

Ich räusperte mich. Holte tief Luft. Versuchte es noch einmal.

»Nichts.« Und dann schaffte ich es, mich aus den Klauen des Gorillas zu winden. »Aua … Lassen Sie mich los. Ich habe einen Geburtsfehler …«

Während ich diesen Blödsinn vor mich hin stammelte, hörte ich Don Atilano sagen: »Tu ihm nicht zu sehr weh, Dionisio. Nur so viel, bis …«

Das waren die Zauberworte.

7. Große Worte

»Tu ihm nicht zu sehr weh, Dionisio«, sagte Señor Atilano. »Nur so viel, bis …«

Bis zu diesem Moment hatte ich regungslos, schweigend und unentschlossen dagestanden, war dem Geschehen hilflos ausgeliefert gewesen. Aber das waren die Zauberworte, die mich zum Leben erweckten, und auf einmal war ich wie ausgewechselt. Ich fing an, wild zu zappeln, laut zu schreien und mich gegen mein Schicksal aufzulehnen.

Es interessierte mich nicht die Bohne, was Atilano von mir wollte. Ich hörte ihm gar nicht zu. Bevor er seinen Satz zu Ende gesagt hatte, sprang ich nach vorne, hing mich an den nächstbesten Garderobenständer, drehte mich um die eigene Achse und stieß den Ständer gegen den Gorilla. Die Räder waren gut geölt und bewegten sich mit erstaunlicher Leichtigkeit. Der Ständer sauste auf den Gorilla zu, und ich rannte schon zum nächsten Garderobenständer, stieß ihn gegen den ersten, und dann noch einen und noch einen. Scheppernd prallten sie ineinander, und dahinter versuchte der Gorilla mit rudernden Armen, mich zu erwischen. Er fluchte, weil er mich nicht zu fassen bekam. Atila befahl ihm lautstark, mich endlich einzufangen, aber die leichten, rollenden Garderobenständer stellten für diesen grobschlächtigen Zerberus ein unüberwindliches Hindernis dar. Mein schmächtiger Körperbau hingegen erlaubte es mir, durch die Ständer hindurchzuschlüpfen. Alles war sehr chaotisch, aber irgendwie schaffte ich es, mich bis zum Vorhang vorzukämpfen, während der Gorilla von verchromten Garderobenständern umzingelt war, die ein Eigenleben zu führen schienen. Ich schlug den Vorhang zurück und kroch genau in dem Moment unter dem Tresen durch, als der zweite Türsteher und die Garderobenfrau, angelockt von dem Geschrei und Getöse, die Vorhalle betraten. Nur ein paar Meter trennten uns voneinander, und ich hatte offen gestanden keine Lust, mich mit diesem Riesen auf einen Zweikampf einzulassen. Mein einziger Fluchtweg war die Tür zum Theatersaal. Wie ein geölter Blitz schlüpfte ich durch die Tür und stieß vor Panik gellende Schreie aus.

Genau in diesem Augenblick hatte der Zauberer Mandrake seine Vorstellung mit einer seiner einfachsten Nummern begonnen. Er sagte: »Schauen Sie sich diese fünf olympischen Ringe genau an. Sie sind so ineinander verhakt, dass man sie nicht voneinander lösen kann …«

Und da tauchte ich hinten im Saal auf und schrie wie ein Besessener: »Hilfe! Hilfe! Hiiiiilfe!« Das Publikum drehte sich geschlossen zu mir um, die meisten standen von ihren Plätzen auf, ein paar Frauen kreischten erschrocken, und einige fingen an zu kichern, weil sie glaubten, mein Auftritt gehöre zur Vorstellung. Ich zwängte mich durch die Tür, die hinter die Kulissen führte, raste wie der Wirbelwind an der Bühne vorbei, sprang die Treppenstufen runter, rannte durch das Tor, durch das ich auch hereingekommen war, und verschwand in der Ferne. Ich rannte, was das Zeug hielt.

In der U-Bahn, die mich in mein Viertel zurückbrachte, war ich auf einmal ganz niedergeschlagen, weil mir klar wurde, dass ich trotz all der Aufregung kein Stück weitergekommen war. Ich hatte lediglich herausgefunden, dass die Erwähnung des Namens Sebastián Herrera den Geschäftsführer des *La Rive Gauche* sehr nervös machte und dass sich Don Atilano, wenn er sehr nervös war, wie einer von diesen Gangstern aus alten Schwarzweißfilmen aufführte. Und auch der misstrauische Blick der schlecht gelaunten Garderobenfrau gab mir zu denken. Hatte sie mich wiedererkannt oder bildete ich mir das nur ein? Und wenn sie mich tatsächlich wiedererkannt hatte, wo hatten wir uns dann schon einmal gesehen? Diese Frage war nicht schwer zu beantworten. Schließlich konnte ich sie kaum im Hotel *Raffles* in Singapur gesehen haben, aus dem einfachen Grund, weil ich nämlich noch nie in Singapur, geschweige denn im Hotel *Raffles* gewesen war. Das Mädchen konnte mich nur aus dem Viertel kennen. Zwar war unser Viertel so groß, dass man unmöglich alle, die dort wohnten, persönlich kennen konnte, aber andererseits wiederum war es klein genug, um jeden, der dort wohnte, irgendwann schon einmal gesehen zu haben. Eine einzige U-Bahnstation, ein paar Zeitungskioske, ein einziger Briefkasten, eine kleine Markthalle, eine einzige Einkaufsstraße, ein paar Bushaltestellen … Es war also nicht unwahrscheinlich, dass wir uns schon einmal über den Weg gelaufen waren. Nur dass sie sich an mich erinnerte, ich mich aber nicht an sie. Vielleicht hatte sie mittlerweile eine andere Frisur oder lief im Viertel nicht mit Weste und Fliege herum. Ich war keinen Schritt weitergekommen, ich hatte immer noch keinen Anhaltspunkt. Das heißt, ich befand mich in der Wüste, wo ich einem Schild folgte, auf dem »Hier entlang« stand, ohne weitere Erläuterungen, ob der Weg nun in die Zivilisation führte oder nir-

gendwohin oder ob man auf ihm gar in einen Hinterhalt geriet.
Tröstlich war einzig und allein der Gedanke an meine Freundin, die schöne Helena. Die Erinnerung an ihr Lächeln, an das Augenzwinkern, mit dem sie sich bei mir bedankt hatte. Aber kurz darauf war ich schon wieder niedergeschlagen. Sie hatte mich so angelächelt, wie eine Tante ihren frechen Neffen anlächelt. Und wahrscheinlich hat sie sich, wie alle anderen auch, über mich lustig gemacht, als sie sah, wie ich voller Panik flüchtete.
Ich war niedergeschlagen und deprimiert und in einem Anflug von Pessimismus machte ich mich auf das Schlimmste gefasst.
Und tatsächlich versank ich in noch tiefere Depressionen, als ich dann in meinem Viertel ankam.
Auf dem Marktplatz, am Ausgang des U-Bahnhofs gegenüber der Zweigstelle der Sparkasse, sah ich mich von ein paar finsteren, mit Motorradketten, Holzstöcken und Eisenstangen bewaffneten Gestalten umzingelt. Die meisten von ihnen waren sehr jung, einige sogar noch jünger als ich, aber ihr Anführer war ein älterer Herr, der aussah wie ein braver Familienvater.
»Was hast du hier im Viertel verloren, mein Junge?«, bellte er mich an.
»Er ist von hier. Das ist der Sohn von Juan Anguera, dem Kneipenwirt«, nahm mich einer der Jungen, der auf dieselbe Schule ging wie ich, in Schutz. Der ältere Herr schlug einen weniger feindseligen, aber ebenso autoritären Tonfall an und sagte: »In Ordnung. Mach, dass du nach Hause kommst. Um diese Uhrzeit hast du hier nichts mehr zu suchen.«

»Was ist denn los?«, fragte ich, obwohl ich genau wusste, was los war.
»Wir haben uns zu Bürgerwehren zusammengeschlossen«, erklärte mir der Junge, der mich in Schutz genommen hatte, und warf sich dabei so stolz in die Brust, als wäre er in eine Eliteeinheit der Polizei aufgenommen worden. »Wir überwachen alle Zugänge zum Viertel. Da die Polizei nichts unternimmt, kümmern wir uns eben selbst darum, dass sich kein Junkie mehr im Viertel blicken lässt.«
»Und was macht ihr, wenn ihr doch einen findet?«
»Wir garantieren dir, dass dem dann jede Lust vergeht, sich noch einmal hier blicken zu lassen«, antwortete er, und es war ihm anzusehen, dass er ganz gierig war, endlich ein Opfer zu finden, an dem er das Gesagte in die Praxis umsetzen konnte. »Wenn die Junkies schnallen, dass sie hier keinen Stoff mehr kaufen können, dann verschwinden auch die Dealer aus dem Viertel, verstehst du?«
Ich fragte mich, warum sie dann nicht gleich gegen die Dealer vorgingen, was viel einfacher gewesen wäre, weil die direkt vor ihrer Nase waren. Vielleicht war das die Antwort: eben weil sie direkt vor ihrer Nase waren. Außerdem fragte ich mich, warum die Polizei nichts gegen die Dealer unternahm, die doch immerhin stadtbekannt waren. Aber auf diese Frage gab es keine Antwort, oder besser gesagt, die Leute schienen sich diese Frage erst gar nicht zu stellen.
Es wurde bereits dunkel. Auf dem Weg nach Hause kam ich an drei oder vier weiteren Patrouillen vorbei. Es war immer dasselbe Bild: Ein paar ältere Herren und jede Menge junge Burschen, die sich mit Bier oder Cognac Mut

(oder Wut, je nachdem) antranken. Die Bürgerwehren würden die ganze Nacht über Wache schieben. An einigen Straßenecken hatten sie in Blechtonnen Feuerchen gemacht, die das bevorstehende Johannisfest anzukündigen schienen. Wenn man an diese Bürgerwehren und an die Barrikaden in der Siedlung Casas Buenas und die aggressive Atmosphäre dachte, dann konnte man nur das Schlimmste befürchten.

Aber eigentlich war das alles nichts Neues. In anderen Vierteln und in anderen Städten waren schon ähnliche Dinge passiert. Im Viertel San Cosme in Prat de Llobregat, zum Beispiel, und im Dorf Herrera de la Mancha in der Provinz Jaén. Ich erinnerte mich an die Zeitungsfotos von zusammengeschlagenen Junkies, die mit weit aufgerissenen Augen und erschrockenem Gesichtsausdruck auf dem Boden lagen, umringt von Leuten mit hoch erhobenen Häuptern, wie Jäger, die stolz ihre Beute vorführen. Bilder von brennenden Häusern, von tobenden Massen, von Kindern, die andere Kinder, Romakinder, auf dem Schulweg als Mörder beschimpften. Das war nichts Neues, okay, aber es ist etwas ganz anderes, darüber in der Zeitung zu lesen oder in den Nachrichten zu hören, als es am eigenen Leibe zu erfahren.

Ich malte mir aus, dass Carmen diesen Alptraum durchleben müsste, dass sie unter Polizeischutz zur Schule gebracht werden müsste, von den Müttern der anderen Kinder bespuckt und als Mörderin beschimpft. Und das alles nur wegen ihrer dunkleren Hautfarbe und den Sitten ihrer Eltern. Diese Vorstellung fand ich unerträglich. Wie sollte ich mir diesen absurden Hass, diese Aggressivität gegenüber Menschen erklären, denen man ein paar Tage zuvor

noch freundschaftlich auf die Schulter geklopft und ein paar Runden Bier ausgegeben hatte?
Sehr viel später sollte das Oberhaupt einer Romafamilie des Viertels zu mir sagen: »Sie greifen uns an, weil wir ein freies Volk sind. Wir haben unsere eigenen Gesetze und leben unser eigenes Leben, und das ist es, was uns die Leute, die ein entfremdetes Leben leben, vorwerfen. Es gibt viele Leute, die neidisch auf uns sind, weil wir stolz auf unsere Lebensweise sind. Und aus Neid entsteht Hass. Freiheit hat den Dummköpfen, die sogar eine Gebrauchsanweisung brauchen, um aufs Klo zu gehen, schon immer Angst gemacht. Freiheit hat diesen unsicheren Menschen, die glauben, ›anders‹ wäre ein Synonym für ›schlecht‹, und die alle, die anders leben als sie, ablehnen, immer schon Angst gemacht. Natürlich gibt es Kriminelle unter den Zigeunern, genau wie unter den Schwarzen, den Chinesen, den Eskimos und den Weißen, vor allem aber unter den Weißen. Aber wir werden einzig und allein deshalb angegriffen, weil wir anders sind, weil wir anders sein wollen und weil wir stolz darauf sind, anders zu sein.« So was in der Art hat Onkel Joaquín sehr viel später zu mir gesagt, aber ich glaube, dass das nicht alles erklärt. Diese blindwütige Aggression ist nicht mit Vernunft zu erklären. Denn wäre man mit Vernunft vorgegangen und hätte sich einfach nur an die Tatsachen gehalten, dann wäre jedem sehr schnell klar geworden, dass in meinem Viertel sowohl Roma als auch *Payos* mit Drogen dealten, aber dass das dicke Geschäft ganz andere Leute machten, Leute von außerhalb des Viertels, Leute, die weder in Blechhütten noch in Fünfzig-Quadratmeter-Wohnungen hausten. Und die Vernunft sagte einem auch, dass diese dicken Fische

keine Roma waren, sondern *Payos*. Aber mit Vernunft kann man in solchen Fällen nicht viel ausrichten. Dieser irrationale Hass, die Entdeckung, dass unter den Bürgerwehren Nachbarn von mir waren, die ich bisher für »nette Leute von nebenan« gehalten hatte, erschütterte meinen Glauben an die Menschheit und an eine bessere Zukunft.

Und ich war frustriert, weil ich im Fall Reyes Heredia nicht weitergekommen war.

Wenn ich beweisen könnte, dass er diesen Herrera nicht umgebracht hatte, dann würde sich die Lage im Viertel vielleicht beruhigen, und alle, die jetzt das Maul so weit aufrissen, würden betreten schweigen müssen.

An diesem Abend erheiterte uns mein Vater beim Abendessen mit einer Geschichte, die er am Nachmittag erlebt hatte. Eine extravagante Dame, die sehr auffällig gekleidet und geschminkt war, hatte sich an die Theke gesetzt, einen Milchkaffee bestellt und versucht, ihm die Ohren voll zu quatschen. Das wäre nicht weiter merkwürdig gewesen, denn ein Kneipenwirt hat mit allen möglichen Gästen zu tun. Aber die Art, wie die Frau die Unterhaltung begonnen hatte, war sehr seltsam gewesen.

(Ich wäre am liebsten im Erdboden versunken.)

»Ich habe gehört, Sie haben vor kurzem Ihre Frau verloren«, hatte sie ihn gefragt.

Mein Vater dachte, sie beziehe sich auf den Tag der Demonstration, als meine Eltern sich im Gewühl aus den Augen verloren und stundenlang gesucht hatten. Deshalb antwortete er, ja, er habe sie vor kurzem verloren.

»Und darf ich Sie fragen, wie?«

Anscheinend interessierte die Frau dieses Thema bren-

nend. Mein Vater hatte gerade viel zu viel zu tun, um sich mit Einzelheiten aufhalten zu können.
»Nun ja … Ich weiß nicht … In diesem Chaos … diese vielen Menschen, das Geschrei …« Er bediente ein paar Gäste, kassierte, gab Wechselgeld heraus, betätigte die Kaffeemaschine.
»Chaos? Menschenmenge?«, fragte Doña Juana erschüttert. »Dann war es also ein Unfall?« Und als mein Vater wieder in ihrer Nähe war, fragte sie noch einmal: »War es ein Unfall?«
»Natürlich war es ein Unfall«, rief mein Vater verständnislos aus, während er sich die Hände an einem Küchentuch abwischte. »Was dachten Sie denn? Dass wir das absichtlich getan haben?«
»O mein Gott …« Die Frau schien sehr betroffen zu sein. Sie spitzte die Lippen, kräuselte die Stirn, verzog das Gesicht, als nähme sie an einem Wettbewerb im Grimassenschneiden teil, und sagte: »Es muss schrecklich gewesen sein, nicht wahr?«
Mein Vater fand, dass es ehrlich gesagt so schlimm nun auch wieder nicht gewesen sei. Aber er dachte, die Frau bezöge sich auf den Krawall und die Molotowcocktails und die vielen Verletzten und das Eingreifen der Polizei, die Bürgerwehren und die aggressive Atmosphäre. Deshalb sagte er: »Ja, natürlich. Es war schrecklich. Unglaublich, dass heutzutage noch so etwas passieren kann.«
»So ist das Leben nun einmal«, philosophierte Doña Juana und machte ein trauriges Gesicht. »Damit müssen wir uns abfinden.«
»Ich glaube nicht, dass wir uns damit abfinden müssen«, protestierte mein Vater in einem Anflug von Idealismus.

»Eines Tages wird der Mensch solche schrecklichen Dinge verhindern können.«
Doña Juana fuhr erschrocken auf.
»Glauben Sie?«
»Ja, natürlich«, gab mein Vater überzeugt zurück. »Das verstehe ich unter Fortschritt. Und ich glaube an den Fortschritt.«
Die Frau traute ihren Ohren nicht.
»Glauben Sie, dass der Fortschritt uns erlauben wird, ewig zu leben?«
Mein Vater blinzelte sie verwirrt an. Er verstand nicht, was diese unlogische Frage nun wieder sollte. Er fand die Frau ziemlich merkwürdig, und er hatte das ungute Gefühl, dass sie ihm jeden Augenblick eine peinliche Szene machen könnte.
»Ewig zu leben?«, fragte er. Er wusste nicht, was er sagen sollte, stammelte: »Entschuldigung«, und ging zur Kaffeemaschine.
Aber die Frau ließ nicht locker.
»Verzeihen Sie«, sagte sie. »Ich nehme an, Sie beziehen sich auf das Einfrieren, stimmt's?«
»Einfrieren?«, fragte mein Vater. »Was meinen Sie damit?«
»Ich habe gehört, dass man sich einfrieren lassen kann. So wie Walt Disney.«
»Wie wer?«
»Wie Walt Disney. Und nach ein paar Jahren wird man wieder aufgetaut und kann geheilt werden.«
»Ach ja?«
Mein Vater versuchte sich zu erinnern, wo er den Lindenblütentee hingetan hatte oder ob es in der Hausapotheke

irgendein starkes Beruhigungsmittel gab. Aber auf einmal wurde die Dame sehr nervös. Sie bezahlte, nahm ihre Handtasche und verabschiedete sich hastig: »Verzeihen Sie, ich muss jetzt gehen. Ich merke schon, dass Sie nicht gerne über dieses Thema sprechen. Verzeihen Sie, wenn ich schmerzhafte Erinnerungen in Ihnen geweckt habe.« Aber beim Hinausgehen hatte sie ihn noch einmal vieldeutig angelächelt und gesagt: »Sie sind ja so schüchtern!«
Und dann war sie hinausgegangen.
»Findet ihr das nicht sehr merkwürdig?«, fragte mein Vater, nachdem er uns die Geschichte erzählt hatte. Und dann wandte er sich an mich und fragte: »Worüber lachst du denn?«
Ich tat so, als hätte ich einen Hustenanfall, weil ich mich verschluckt hätte, stand hastig vom Tisch auf und schloss mich im Badezimmer ein, wo ich mir ein Handtuch in den Mund stopfte, um nicht laut loszuprusten.
Später, als ich schlaflos im Bett lag, versuchte ich, mich mit dem Gedanken an Adrián Canos Besuch bei Sibila am nächsten Tag um achtzehn Uhr aufzuheitern. Der Streich des Jahrhunderts. Meine Rache. Der Anfang vom Ende des guten Rufs einer betrügerischen Wahrsagerin. Aber selbst diese Aussicht konnte mich nicht aufheitern. Auf einmal kam mir meine Rache übertrieben vor, ich hatte das Gefühl, eine wunderbare Freundschaft aufs Spiel zu setzen, eine Freundin zu verlieren, die mir in den schlimmsten Augenblicken meines Lebens geholfen hatte. Und die Gedanken, die mich eigentlich hätten aufheitern sollen, fingen an, mich zu quälen. Mein einziger Trost war, mir einzureden, dass die Dinge schon so schlecht liefen, dass es gar nicht mehr schlechter werden konnte.

Aber auch das war ein Irrtum, wie ich am nächsten Tag feststellen sollte.
Der Sonntagmorgen ist in einer Kneipe immer etwas Besonderes. Wir machen das Lokal ein bisschen später auf, und es kommen nicht, wie in der Woche, Arbeiter, die ihren Kaffee und Cognac trinken und ihr Brötchen essen, oder Domino spielende Rentner, sondern Familien, die zwischen zwölf und eins hier ihren Aperitif trinken.
Aber an diesem Sonntagmorgen war alles ganz anders: Von acht Uhr an trudelten die ersten Männer der Bürgerwehren ein, die mit verschlafenen Gesichtern einen starken Kaffee oder ein Frühstück bestellten. Señor Eliseo, der normalerweise in der Kneipe aushalf, war noch nicht da. Deshalb bat mein Vater mich, ihm zur Hand zu gehen. Ich lief zur Bäckerei, um Brötchen und Croissants zu kaufen, und dann fing ich an, Milchkaffees zuzubereiten und zu servieren, ernst und konzentriert, ohne mit irgendjemandem zu sprechen oder einen Kaffee umzuschütten oder ein Glas kaputtzumachen. Aus den Kommentaren der Gäste konnte ich entnehmen, dass die Nacht recht bewegt gewesen sein musste. Sie hatten ein halbes Dutzend Drogensüchtige, die ins Viertel gekommen waren, um Stoff zu kaufen, »eingefangen« und windelweich geprügelt. Und einige der Gäste feierten dieses Ereignis, als handle es sich dabei um eine heroische Tat.
Gegen zehn wurde es leer in der Kneipe. Kurz darauf traf schlurfend Señor Eliseo ein, so wortkarg, als interessiere ihn all das nicht, was um ihn herum passierte. Er fing an, Gläser und Teller zu spülen, ohne ein Wort über die nächtlichen Bürgerpatrouillen zu verlieren. Mein Vater bat mich, das Lokal auszufegen.

Das tat ich gerade, als eine Welle von Hass und Gewalt und Zerstörung über uns hereinbrach und die Fensterscheiben unter lautem Geklirre zu Bruch gingen.
Sechs oder sieben Skinheads, alle mit Fliegerjacken und Jeans bekleidet, mit kahl rasierten Schädeln, Doc-Martens-Stiefeln mit metallverstärkten Kappen, um den Mund gewickelten Schals und mit Baseballschlägern, Eisenstangen oder Ketten in der Hand. Einer von ihnen fegte mit seinem Baseballschläger alle Gläser, Tassen und Teller von der Theke, die scheppernd zu Boden fielen. Ein anderer schlug mit einer Kette die Schüsseln mit den Häppchen entzwei. Noch ein anderer warf eine Bierflasche in den Fernseher und der Bildschirm zersplitterte mit einem dumpfen Geräusch. Die drei Gäste, die friedlich an einem Tisch gesessen und geplaudert hatten, sprangen voller Panik auf und drückten sich an die Wand.
Ich stand vor Schreck wie gelähmt da und hielt mich an dem Besen fest.
Mein Vater schrie: »He, he, he«, und griff unter der Theke nach einem Knüppel, den er dort für alle Fälle aufbewahrte. Aber der Anführer der Bande kam ihm zuvor. Er lehnte sich über die Theke, bohrte ihm den Schläger in die Brust und drückte ihn gegen die Regale hinter dem Tresen.
»Eh, keine Bewegung, du Wichser!«, rief er, während einer seiner Jungs hinter die Theke ging.
Er packte meinen Vater am Kragen und schubste ihn in die Ecke, in der wir normalerweise den Aufschnitt für die Brötchen schneiden. Der Skinhead schrie, als sei er verrückt geworden. Obwohl ich annehme, dass er schon verrückt war, bevor er uns diesen Besuch abstattete.

»Was hattest du vor, du Arschloch, he? Was hattest du vor, he?«

Ich bin wirklich kein Held, aber in diesem Augenblick sah ich nur rot und wurde wild wie ein Stier und Angst und Empörung ließen mich jegliche Kontrolle über mich verlieren.

»Jetzt reicht's aber!«, schrie ich.

Ich schwang meinen Besen und stürzte mich auf sie. Es gelang mir, ein paar von den Skinheads mit meinem Besenstiel zu treffen. Was dann geschah, weiß ich nicht mehr so genau. Ich stieß gegen eine Mauer von Händen, Fäusten und Stöcken. Der Besen flog durch die Luft, als würde er von einer Hexe geritten. Ich lag auf dem Boden und wand mich, um Tritten auszuweichen, rappelte mich wieder auf, ruderte mit den Armen und kreischte, mehr tot als lebendig vor Angst, das schwöre ich euch, denn ich war ganz sicher, dass diese Bestien mich umbringen wollten.

Trotz der Schals hatte ich sie wiedererkannt und das trug nicht gerade zu meiner Beruhigung bei. Der Boss der Bande war ein schwabbeliger Fettkloß, der sich von großen Mengen Bier und Mehlspeisen ernährte. Bevor er Skinhead wurde, war er Möchtegernrocker mit Vespa, dann Heavy-Metal-Fan und später Punki gewesen. Ganz egal, was, Hauptsache, er konnte Krawall machen. Im Viertel war er bekannt wie ein bunter Hund und trug voller Stolz den Spitznamen *Führer*. Ein anderer war ein leichenblasser Milchbubi voller Minderwertigkeitskomplexe, der alles mitmachte, nur um das Gefühl zu haben, wichtig zu sein und in dieser Welt unauslöschbare Spuren zu hinterlassen. Wenn ich mich recht erinnere, dann nannten sie ihn *Drakula*. Mit dem Dritten hatten wir es schon einmal zu tun gehabt, als er noch Heavy-Metal-Freak gewesen war. Man nannte ihn Charly, und er hatte des Öfteren versucht, mir mit seiner Kette eins überzubraten. Wie man sich im Viertel erzählte, rühmten sich diese Jungs damit, einen arabischen Arbeiter zusammengeschlagen und einen Bettler bei lebendigem Leibe angezündet zu haben. Kurz und gut, eine ganz gefährliche Bande.

Sie rissen mich an den Haaren, legten mich bäuchlings auf die Theke und drückten meinen Kopf in das schmutzige Spülwasser. Meine Nase schlug gegen die schmutzigen Teller, die sich in der Spüle stapelten, und ich kratzte mir an einer Gabel die Wange blutig. Ich verstand nicht, warum sie so wütend waren. Ich wusste nicht, was sie wollten, ich hatte keine Ahnung, warum sie derartig aufgebracht waren. Ich hatte mich immer bemüht, Abstand zu ihnen zu halten. Ich wusste nur, dass ich keine Luft mehr bekam, dass ich drauf und dran war zu ersticken. Ich machte den Mund auf, strampelte mit den Beinen, schluckte Wasser, und als ich mich schon damit abgefunden hatte, gleich das Bewusstsein zu verlieren, zog der *Führer* mit einem heftigen Ruck meinen Kopf aus dem Spülbecken. Ich hörte wieder die Flüche von meinem Vater und Señor Eliseo und das Geräusch von zersplitterndem Glas. Aber dann hörte ich nur noch ein bedrohliches Flüstern. Der *Führer* presste seinen Mund an mein rechtes Ohr, flüsterte mir spuckend Geheimnisse ins Ohr.

»Damit du lernst, deine Nase nicht in fremde Angelegenheiten zu stecken!«, zischte er mich an wie eine Giftschlange. »Verstanden? He? Hast du das kapiert?«

»Ja, ja!«, schrie ich, obwohl ich immer noch nichts kapierte.
»Das hier war nur eine Warnung! Verstanden?«
»Ja, ja!«
»Wenn du noch mal dumme Fragen stellst, wenn du dich weiter in die Angelegenheiten von diesem Scheiß-Zigeuner einmischst, dann bleibt in dieser Kneipe kein Stein auf dem anderen und dir brechen wir sämtliche Knochen. Verstanden?«
»Ja, ja, verstanden!«
Jetzt verstand ich. Ansatzweise, zumindest. Genug, um sicher zu sein, dass ich bei meinen Nachforschungen im *La Rive Gauche* nicht völlig auf dem falschen Dampfer gewesen war.
Sie zogen mich brutal an meinen Klamotten hoch, und ich fiel in hohem Bogen von der Theke, riss ein paar Barhocker um und schlug mit meinem Kinn gegen ein Stuhlbein. Das war ein großartiger Abgang. Und zum Abschied verpasste mir einer von diesen Affen noch einen Tritt gegen die Hüfte. Ich sah nur noch Sternchen. Tränen schossen mir in die Augen, und ich presste die Lippen aufeinander, um nicht laut loszuschluchzen.
»Lasst uns hier abhauen!«, befahl der *Führer*, und um zu demonstrieren, dass er das Sagen hatte, packte er zwei seiner Leute am Kragen und zerrte sie nach draußen. »Lasst uns abhauen.«
»Guck mal, wie dieser schwule Sack heult«, sagte einer, bevor er rausging.
Grölend und lachend verließen sie das Lokal. Ich blieb auf dem Boden liegen. Ich stellte fest, dass ich mich nicht bewegen konnte. Ich zitterte am ganzen Körper. Mein Vater

kam angelaufen, um mir zu helfen. Und dann kamen auch die drei Gäste und Señor Eliseo und meine Mutter und Pili.
»Juan! Haben sie dir wehgetan?«
»Mir? Wie kommt ihr denn da drauf?«
Ich war wütend, ich schämte mich, weil sie mich weinen sahen. Ich konnte es nicht ertragen, dass mein Vater sich solche Sorgen machte.
»Du hättest dich da raushalten sollen, Juan«, sagte er vorwurfsvoll, aber sanft. »Es wäre besser gewesen, den Mund zu halten und sie einfach machen zu lassen.«
Er begriff nicht, was geschehen war. Er wusste ja nicht, dass die Skinheads es auf mich abgesehen und nur wegen mir diesen Krawall geschlagen hatten. Er hatte nicht gehört, was der *Führer* mir ins Ohr geflüstert hatte, und deshalb glaubte er, sie wären auf mich losgegangen, weil ich mit dem Besen auf sie eingedroschen hatte.
Sie halfen mir auf die Beine und brachten mich ins Badezimmer, um mir das Blut abzuwaschen. Abgesehen von dem Kratzer an der Wange, hatte ich eine Platzwunde an der Lippe, an einer Augenbraue und am Kopf.
»Kannst du gehen?«
»Ich glaube schon. Aua!«
»Die haben dir einen ganz schönen Tritt verpasst. Und noch dazu mit diesen Stiefeln. Ich dachte schon, sie hätten dir was gebrochen.«
»Nein, sie haben mir nichts gebrochen.«
»Ich glaube, du musst am Kopf genäht werden.«
»Nein, nein. Ich glaube nicht.«
»Tut es weh?«
»Nein. Keine Spur.«

»Ich weiß nicht, was wir diesen Burschen getan haben«, sagte meine Mutter, eher erstaunt als betrübt. »Ich verstehe das nicht, ich verstehe das einfach nicht. Ich verstehe nicht, warum sie das getan haben.«

»Die haben keinen Grund, diese Schweine«, sagte Pili. Auch sie konnte ihre Tränen kaum zurückhalten.

Ich fühlte mich sehr schuldig, weil ich mich für diese Sache verantwortlich fühlte, aber mir war klar, dass niemandem damit geholfen wäre, wenn ich ihnen die Wahrheit erzählt hätte.

Später dann spekulierten mein Vater und die Gäste, die ihm halfen, die verwüstete Kneipe ein bisschen in Ordnung zu bringen, über die Gründe des Überfalls: »Vielleicht haben sie spitzgekriegt, dass in deiner Kneipe auch Zigeuner bedient werden ...«, sagte einer leicht vorwurfsvoll.

»Genau wie in allen anderen Kneipen«, erwiderte mein Vater erbost. »Wenn sie sich anständig benehmen, wieso sollen sie dann nicht bedient werden? Schließlich sind sie Gäste wie alle anderen auch! Sogar bessere als viele andere!«

»Oder vielleicht wollten sie sich für irgendwas rächen.«

»Einmal habe ich mich geweigert, ihnen Bier zu verkaufen, weil sie schon stockbesoffen waren«, erinnerte sich mein Vater.

»Na also, da hast du's.«

»Aber das ist schon drei Monate her.«

»Sie nutzen jetzt die Gelegenheit, weil es hier im Viertel drunter und drüber geht. Du hättest ihnen das Bier verkaufen sollen. Dir kann es doch egal sein, ob sie besoffen sind oder nicht. Wenn sie das Bier nicht von dir bekommen, dann eben von einem anderen. Schau dir doch an, was für ein Bombengeschäft Sirvent vom *Café Berlin* mit denen macht. Die hängen den ganzen Tag bei dem rum. Die Kneipe ist sozusagen ihr Hauptquartier. Sirvent lacht über ihre Sprüche und lässt ihnen alles durchgehen. Fast könnte man meinen, er ermuntert sie sogar.«

Ich kannte die Kneipe, über die sie sprachen. Ich kochte vor Wut und verstand auf einmal die Hauptdarsteller in all diesen Filmen, die ganz am Anfang brutal überfallen werden und dann monatelang, jahrelang trainieren, bis sie schließlich ihre perfekten Rachepläne in die Tat umsetzen.

Ich malte mir aus, wie ich in einem Fitness-Center trainierte, Karate und Kung-Fu lernte, und wie ich dann eines schönen Tages ins *Café Berlin* ging und zum *Führer* sagte: »Na, du Fettsack, ich glaube, mit dir habe ich noch ein Hühnchen zu rupfen …«

Klar, das war natürlich unmöglich. Im Kino vergehen die Jahre des harten Trainings wie im Flug, aber im richtigen Leben nicht. Und wenn ich eins nicht hatte, dann war das Zeit. Ich wusste, dass ich auf der richtigen Spur war, denn dadurch, dass Don Atilano mir diese Bande auf den Hals gehetzt hatte, hatten sich all meine Vermutungen bestätigt.

Die Frage ist nur: Wie hatte er herausgefunden, wo ich wohne? Antwort: die Garderobenfrau mit den schwarzen Haaren und der blassen Haut, die mich wiedererkannt hatte. Dieser verfluchte fragende Blick. Nun gut, als Nächstes würde ich sie mir mal vorknöpfen. Denn Flanagan, euer ergebener Diener, war nicht bereit aufzugeben, im Gegenteil, jetzt kam er erst richtig in Fahrt, trotz seiner

Angst (na ja, vielleicht sollte ich besser sagen: Panik!), dass die Skins ihre Drohungen wahr machten.
Mein Vater beschloss, den Überfall nicht bei der Polizei anzuzeigen. »Das hat doch sowieso keinen Sinn«, murmelte er, was eigentlich hieß: »Ich habe Angst, dass sie wiederkommen.« Und die anwesenden Gäste waren einverstanden. »Ein schlechter Moment, um sie anzuzeigen«, sagten sie. »Diese Jungs sind im Moment unberechenbar.«
»Ich habe gehört, dass sie im Ciudadela-Park einen Transvestiten totgeschlagen haben.«
»Wir lassen die Dinge lieber, wie sie sind«, sagte mein Vater.
Und ich wäre vor Scham am liebsten gestorben.

8. Ich sehe was, was du nicht siehst

Erlaubt mir, dass ich euch nun von Adrián Cano Arrieta erzähle.

An diesem sonnigen Sonntagmorgen im Juni war er mit dem Gefühl aufgestanden, dass dies ein sehr wichtiger Tag in seinem Leben sei, der erste Tag des Rests seines Lebens oder so ähnlich.

Denn er war schon seit geraumer Zeit unzufrieden mit seinem Leben. Er war es leid, dass man ihn »Adrianito« oder »Nito« oder »Kleiner« nannte, dass seine Mama ihn jeden Abend zudeckte, dass sie ihm seine Gläschen Milch servierte und ihm täglich die Brötchen kaufte, die er so gerne mochte. Er war es leid, bei seinen Eltern zu wohnen, er war es leid, keine Freundin zu haben, er war es leid, jedes Mal zu zittern anzufangen, wenn er sich einem gut aussehenden Mädchen näherte, und er war es leid, in der Zeitungsredaktion nur eine kleine Nummer zu sein, er war es leid, dass seine Kumpel ihm mitleidig auf die Schulter klopften, dass ein alter Kollege, so wie gestern, ihm über die Haare strich, wie man das bei Kindern oder geistig Zurückgebliebenen tut. All das war er leid, und er war fest entschlossen, das zu ändern. Ein für alle Male.

Natürlich wusste er, dass eine radikale Veränderung nicht so leicht war, dass es nicht ausreichte, »Basta!« zu rufen, damit die Ketten von ihm fielen oder ihm Flügel wuchsen. Deshalb hatte er beschlossen, Sibila aufzusuchen.

In der Redaktion hatte er gehört, dass man die Wahrsagerin sehr gelobt hatte.
Die Frau eines Kollegen hatte die Wahrsagerin einmal besucht und war völlig verblüfft gewesen, wie gut sie über ihre Vergangenheit, ihre Gegenwart und ihre Zukunft Bescheid gewusst hatte. Und der Kollege hatte erzählt, dass nach diesem ersten und einzigen Besuch bei der Wahrsagerin ihre Ehe viel besser geworden sei.
»Na gut, lass uns das doch mal ausprobieren«, hatte sich Adrián gesagt.
Und voller Hoffnung fuhr er an dem besagten Sonntag mit seinem gerade erst erworbenen Renault Clio in das Viertel, in dem Sibila wohnte. Es war ihm zwar nicht ganz geheuer, obwohl man sich für seine persönliche Sicherheit verbürgt hatte, aber er unterdrückte jeden Zweifel und die Versuchung umzukehren und redete sich ein, dass sich an diesem Tag sein Leben verändern würde.
Er konnte nicht ahnen, in welchem Maße es sich verändern würde.
Ich stand am Fenster von Sibilas Nachbarwohnung und beobachtete, wie er seinen Renault Clio parkte. Ich wusste sofort, dass er es war, weil der Wagen ein paar Hopser machte, bevor er den Motor abwürgte und der Wagen endgültig zum Stehen kam. Ich sah, wie er ausstieg und vier Schritte, genau vier Schritte, keinen mehr und keinen weniger, auf die Barrikade zuging, hinter der Rafa, Manuel und andere Wache hielten. Und plötzlich sah er, wie Männer mit Kopfverbänden und Eisenstangen auf ihn zukamen, und er drehte sich auf dem Absatz um und rannte zum Auto zurück, um für immer und ewig auf eine Veränderung in seinem Leben zu verzichten. Es war ihm tau-

sendmal lieber, dass seine Mutter ihn weiterhin verwöhnte, als sich mit einer Eisenstange den Schädel einschlagen zu lassen. Aber der Autoschlüssel fiel ihm aus seinen zitternden Händen, und das Begrüßungskomitee hatte Zeit genug, auf ihn zuzugehen. Als er sich mit dem Schlüssel in der Hand wieder aufrichtete, sah er sich von Leuten umzingelt, die auf den ersten Blick keinen sehr vertrauenswürdigen Eindruck machten. Und er wollte schon anfangen, zu schluchzen und um Gnade zu betteln, um ihre Herzen zu erweichen, als einer von ihnen seinen zahnlosen Mund zu einem liebenswürdigen Lächeln verzog und Adriáns rechte Hand ergriff.

»Sie sind Journalist, nicht wahr? Herzlich willkommen, Kumpel.«

»Sie brauchen keine Angst zu haben, Kumpel, wir beißen nicht.«

»Wir haben Vertrauen in Sie, mein Freund«, sagte der Mysteriöseste von allen und zwinkerte ihm zu.

»Und wenn Sie irgendwas brauchen, wenden Sie sich ruhig an uns.«

Adrián brachte die ganze Zeit über kein vernünftiges Wort heraus. Er ließ sich zu einem ziemlich heruntergekommenen Gebäude ziehen, wo sie ihn in einen Aufzug schoben, der unerklärlicherweise funktionierte. Zum Abschied schüttelten sie ihm die Hand, als würde er eine lange Flugreise antreten.

Während Adrián im Aufzug nach oben fuhr, musste er lächeln.

Es wurde zwar ein etwas schiefes, ein leicht dümmliches Lächeln, aber es war immerhin das erste Anzeichen von Selbstvertrauen. Dieser merkwürdige Empfang schien zu

bestätigen, dass die magische Lösung all seiner Probleme kurz bevorstand.
Zur gleichen Zeit konnte ich beobachten, dass Sibila außergewöhnlich nervös wurde, als ihre Türklingel ertönte und einer von den Männern unten die Ankunft des Journalisten ankündigte. Ich nahm meinen Beobachtungsposten ein, kniete mich vor das Fenster zum Innenhof, die Augen dicht an der halb geöffneten Jalousie, und hatte eine hervorragende Aussicht auf das Beratungsbüro der Wahrsagerin. Ich konnte genau erkennen, dass meine betrügerische Freundin sich kokett vor einen Spiegel stellte, um ihrem Make-up den letzten Schliff zu geben und sich mit beiden Händen über die Hüften zu streichen, die in einem eng anliegenden schwarzen Kleid steckten, das kurz unterm Kinn begann und kurz unterm Po endete. Mir fielen auch ihre Frisur – sie trug einen schlichten, aber eleganten Knoten – und ihre Stöckelschuhe auf, in denen sie noch größer und schlanker wirkte. Ich fand, dass das kein angemessener Aufzug für eine Hexe war. Aber ich fand auch, dass sie noch nie so attraktiv ausgesehen hatte. Die Wahrsagerin hatte sich für den berühmten Journalisten und mysteriösen Abenteurer in Schale geworfen.
Mir schien, dass Adrián Cano mit seiner Brille und diesem hilflosen Blick, als würde er sich ständig fragen, wo denn bloß seine Mama sei, eher wie ein Jammerlappen aussah. Er trug ein kariertes, für diese Jahreszeit viel zu warmes Wolljackett, eine Krawatte, die ihm wie eine Schlinge am Hals baumelte, und ein Hemd, das vermutlich völlig durchgeschwitzt war. Ich vermutete, dass seine Mami ihm geraten hatte, sich warm genug anzuziehen, um sich nicht

zu erhalten, denn wie es in einem alten spanischen Sprichwort so schön heißt: Bevor der vierzigste Mai nicht vorbei, mach dich nicht von deinem Wämslein frei. Und da war nun der gehorsame Sohn in seinem wollenen Wams und schwitzte Blut und Wasser.
Und ich fand, er sah auch sehr verdattert aus. So verdattert, dass Sibila ihre Begrüßungsworte dreimal wiederholen musste, »Guten Tag, Señor Cano«, bevor er endlich antwortete: »Äh, guten Tag. Oh, woher wissen Sie meinen Namen? Das ist ja phantastisch! Ach so, den habe ich Ihnen ja selber am Telefon gesagt. Oh, wie dumm von mir.«
Ich hätte ihm gerne mein Taschentuch gereicht, damit er sich das Kinn abwischen konnte, weil er nämlich vor Aufregung gesabbert hatte.
»Treten Sie ein.«
»Äh, was? Ach ja.«
»Setzen Sie sich.«
»Äh, was? Ach ja.«
»Möchten Sie etwas trinken?«
»Äh, was? Ach ja. Nein, danke.«
Er schien von Sibilas Augen hypnotisiert zu sein. Von Zeit zu Zeit betrachtete er ihre Knie und stieß einen tiefen Seufzer aus.
Sie setzten sich hin, nur wenige Meter von mir entfernt. Ich konnte sie genau sehen und alles hören, was sie sagten.
»Nun gut … Sind Sie aus einem bestimmten Grund zu mir gekommen oder möchten Sie eine ganz allgemeine Beratung?«
»Nein, nein«, antwortete er. »Eine ganz allgemeine Bera-

tung. Ich meine, aus einem bestimmten Grund. Mehr oder weniger.«
»Und was ist der Grund?«
»Nein. Also. Ganz allgemein. Nichts Bestimmtes. Aber besonders interessiert bin ich daran, eine Frau zu finden.«
Sibila schien ebenfalls besonders an diesem Thema interessiert zu sein.
»Suchen Sie eine ganz bestimmte Frau?«
»Nein. Nun ja, doch. Nun ja, keine bestimmte, aber schon eine Frau. Ich weiß nicht, ob Sie verstehen, was ich meine.«
»Mal sehen. Zeigen Sie mir einmal Ihre linke Hand.«
Adrián Cano starrte die Wahrsagerin immer noch hingerissen an; das wirkte auf mich beinahe ein bisschen krankhaft. Er war so hingerissen, dass er nicht mehr wusste, wo er seine Hände hatte, und als es ihm dann endlich wieder einfiel, dauerte es noch einen Moment, bis er herausgefunden hatte, welches die rechte und welches die linke Hand war. Sibila widmete sich sehr aufmerksam seiner Handfläche.
»Also, ich sehe sehr viele Frauen«, sagte sie.
»Ich sehe auch viele Frauen, aber ich sehe nicht *meine Frau.*«
»Dann suchen Sie also *die Frau*?« Adrián Cano nickte. Sibila las ihm weiter aus der Hand. »Und doch müssen Sie während Ihrer langen Reisen viele Frauen kennen gelernt haben.«
»Während meiner langen Reisen?«
»Reisen in ferne, exotische Länder …«
»Andorra?«, warf er schüchtern ein.

Sibila musterte ihn.
»Extrem gefährliche Situationen …«
Adrián Cano machte den Mund auf, um etwas zu sagen, schloss ihn wieder und erst beim zweiten Versuch brachte er endlich einen Ton heraus: »Als wir den Kassettenrekorder aus Andorra herausgeschmuggelt haben?«
Sibila lachte höflich.
»Wie ich sehe, bist du intelligent, gebildet, großzügig und hast Sinn für Humor«, sagte sie und fing überraschenderweise an, ihn zu duzen. »Aber Spaß beiseite. Wir müssen uns konzentrieren«, fügte sie hinzu und konzentrierte sich. »Der Golfkrieg«, sagte sie. »Kuwait City. Sie waren der erste Journalist, der noch vor den Amerikanern dort war.«
Das war's. Mal sehen, was Adrián Cano jetzt sagen würde. Jetzt war die Wahrsagerin ins Fettnäpfchen getreten. Ich rieb mir die Hände. Ich hätte meinen Beobachtungsposten um keinen Preis verlassen.
Adrián Cano machte wieder den Mund auf und zu, und das dreimal, bevor er etwas sagte.
»Woher weißt du das?«, fragte er schließlich.
Woher weißt du das? Als ich diese Frage hörte, fing ich an zu wanken. Oder vielleicht wankte auch das ganze Gebäude. Jedenfalls schienen weder Sibila noch Adrián das zu merken. Sie saßen sich immer noch gegenüber, setzten ihre Unterhaltung unbeirrt fort und redeten Unsinn. Sibila sah von der Hand auf, die sie in ihrer hielt, als handle es sich um einen geheiligten Gegenstand, und die beiden schauten sich tief in die Augen.
»Woher weißt du das?«
»Woher wohl wissen wir Wahrsagerinnen das, was wir wissen?«

»Aus der Zeitung?«
Sibila betrachtete wieder hingebungsvoll die Pfote dieses Fatzkes. Adrián starrte voller Ehrfurcht auf ihre schlichte, aber gepflegte Frisur, ja, das war das richtige Wort, voller Ehrfurcht.
»Ich sehe etwas in einem fernen Land.«
»In einem fernen Land?«
»Australien.«
»Australien?«
»Ein Hai.« Adrián schwieg. »Und du warst nur mit einem Taschenmesser bewaffnet.«
»Das stand nicht in der Zeitung«, sagte Adrián.
Und ich stand keuchend da, die Zunge hing mir aus dem Hals und die Augen fielen mir aus dem Kopf. Ich verstand nicht, was da vor sich ging. Ich wollte nicht verstehen, was da vor sich ging. Ich dachte, dass ich vielleicht unter, wie die Psychiater es nennen, »auditiven Halluzinationen« litt. Aber als meine Sinne wieder normal funktionierten, war nicht schwer zu erraten, was da vor sich ging. Dieser Fatzke hatte sich in Sibila verliebt, und in ihren großen, leuchtenden Augen sah er die Bewunderung, die sie für den Abenteurer empfand, den ich (ich!) erfunden hatte. Er konnte besser in ihren Augen lesen als sie aus seiner Hand. Und dieser schamlose Kerl nutzte die Situation aus. Er benutzte *meine* Geschichte, *um sich an sie ranzumachen*. Und wie er sich an sie ranmachte! Man musste nur einmal sehen, wie sie Händchen hielten, wie verzückt sie mit ihm sprach, wie sie die Augen niederschlug, wie sie kicherten, so ein Geturtel, so ein Quatsch. Ich sollte diesen Kerl wegen Plagiats anzeigen!
Wahrsagerin und Klient benahmen sich wie zwei Teena-

ger, die die erste Liebe entdecken. Selbst unter meinen Freunden hatte ich noch nie jemanden so dümmlich lächeln sehen, noch nicht einmal mich, selbst als ich in Carmen Ruano verknallt war. Man musste sich ja beinahe für die beiden schämen!
Aber das war noch nicht alles. Ich war schon so genervt, dass ich meinen Beobachtungsposten gerade aufgeben wollte, als ich Sibila plötzlich sagen hörte: »Ich glaube, du bist der Einzige, der etwas gegen die Unruhen hier im Viertel tun kann.«
»Ich?«, erwiderte Adrián und überspielte den Schreck mit einem ironischen Unterton, als wollte er sagen: »Das sagst du jedem.«
»Ja. Hör zu. Weißt du, wie alles angefangen hat?«
»Ich habe gehört, dass ein Roma jemanden umgebracht hat. Ist das so?«
»Nein. Es stimmt zwar, dass ein gewisser Sebastián Herrera umgebracht worden ist. Ein alter, verbitterter Knochen, der sich immer mit uns Roma angelegt hat. Aber trotzdem war es kein Roma, der ihn umgebracht hat.«
»Nein?«
»Nein. Ich weiß ... und das weiß ich aus bester Quelle ...« Und durch ihren Tonfall gab sie ihm zu verstehen, dass sie das dank ihrer paranormalen Fähigkeiten erfahren hatte. Ich glaube, ich spinne! »Dass der Mörder sich noch auf freiem Fuß befindet. Und er arbeitet in einem Nachtclub, im *La Rive Gauche*.«
Heee! Moment mal! Ich hatte nie behauptet, dass der Mörder dort arbeitete. Johnny Flanagan sprang entrüstet in seinem Versteck auf. Diese Frau wollte bei ihrem Klienten Eindruck schinden, um ihn zur Mitarbeit zu bewegen,

und dabei ging sie völlig unverantwortlich mit den Informationen um, die ich ihr anvertraut hatte. Die war ja gefährlicher als ein Affe, der mit einer Handgranate spielt!

»Im *La Rive Gauche*?«

»Ja. Soweit ich weiß, war Herrera in irgendwelche dunklen Geschäfte verwickelt und hielt sich häufig dort auf. Du wirst in diesem Nachtclub sicherlich einiges herausfinden.«

Ich dachte: ???!!!???, falls man so etwas denken kann.

»Glaubst du, dass der Eigentümer des Lokals in dunkle Geschäfte verwickelt ist und dass Sebastián Herrera sein Komplize war, und dass sie sich gestritten haben und der Besitzer des Lokals Sebastián Herrera umgebracht hat?«

Sie hätte sagen können: »Ich weiß es nicht«, oder: »Ich bin mir nicht sicher.« Aber sie sagte: »Ja. Das glaube ich.«

Kann mir mal einer erklären, warum sie gesagt hat: »Ja, das glaube ich«???

Und nach einem bedeutungsvollen Schweigen fügte sie hinzu: »Adrián, verstehst du, worum ich dich bitte?« Er schluckte geräuschvoll. Sie flehte: »Wenn du den wahren Mörder entlarvst, wenn du beweisen kannst, dass Reyes Heredia, der zu Unrecht angeklagte Roma, unschuldig ist, dann werden die Unruhen ein Ende haben und die Katastrophe wird von unserem Viertel abgewendet. Nur du kannst das schaffen.« Und ohne Pause fügte sie hinzu: »Wirst du das tun?«

Ich schrie innerlich: »Sag nein, sag nein!« Aber er – was sollte er auch anderes sagen? – sagte natürlich: »Ja, natürlich. Du kannst auf mich zählen.«

»Gehst du noch heute Abend hin?«, fragte Sibila mit einem verführerischen Lächeln. »Es geht wirklich um Leben oder Tod. Ich habe gehört, dass heute Abend die Verhandlungen zwischen den Abgesandten der Bürgerwehren, den Abgesandten der Roma, dem Bürgermeister und dem Kriminalkommissar beginnen. Wenn wir nicht so schnell wie möglich beweisen können, dass Reyes Heredia unschuldig ist, dann haben wir Roma bei diesen Verhandlungen überhaupt keine Chance und die Lage wird immer schlimmer werden. Außerdem kannst du, wenn du heute noch hingehst, morgen wiederkommen und mir alles erzählen.«

»Natürlich werde ich heute noch hingehen. Ich könnte gar nicht ruhig schlafen, wenn ich das nicht vorher erledigen würde.«

Ich stand in meinem Versteck und riss den Mund auf, um leise ein populäres zweisilbiges Schimpfwort auszustoßen. Meine grauen Zellen spielten verrückt. Ich raufte mir die Haare. Das durfte einfach nicht wahr sein! Ich konnte nicht zulassen, dass dieser Einfaltspinsel ins *La Rive Gauche* ging. Der würde dort sofort ins Fettnäpfchen treten. Wenn er auch nur den Namen von Sebastián Herrera fallen ließ, würde dieser wahnwitzige Atilano seine Gorillas auf ihn hetzen und die würden ihn in der Luft zerreißen. Abgesehen davon, dass ich dann mein Leben lang Gewissensbisse hätte, bestünde die Gefahr, dass Don Atilano sich an mich und an meine neugierigen Fragen erinnerte und zu dem Schluss kommen könnte, dass ich es gewesen war, der dem Reporter den entscheidenden Tipp gegeben hatte. Und wenn Don Atilano zu diesem Schluss käme, dann würde er wieder seine Freunde, die Skinheads, mobilisieren, die dann die Kneipe meiner Eltern endgültig dem Erdboden gleichmachen würden.

Ich konnte nicht zulassen, dass dieser blöde Reporter ins *La Rive Gauche* ging!
Aber als ich endlich wieder fähig war zu reagieren, stand Adrián Cano schon im Treppenhaus, wo Sibila sich von ihm verabschiedete. Ich wollte schon hinausrennen – aber was, wenn ich den beiden dort in die Arme liefe? Also kehrte ich um, biss mir vor Wut in die Fäuste, um nicht laut loszuschreien, und hüpfte auf einem Bein durch die fremde Wohnung, als müsste ich ganz dringend aufs Klo.
Ich hörte, wie der Aufzug runterfuhr. Sibilas Wohnungstür wurde zugemacht. Da rannte ich los. In Riesensätzen sprang ich die Treppe hinunter, die mir auf einmal endlos vorkam. Der Aufzug war schneller als ich.
Als ich endlich auf der Straße stand, war Adrián Cano schon souverän auf die Wachposten zugegangen und grüßte sie siegesgewiss mit einem strahlenden Lächeln. Rafa, Manuel und die anderen waren liebenswürdig und zuvorkommend und begleiteten ihn zu seinem Wagen. Ich blieb abrupt stehen, denn die Anwesenheit dieser unliebsamen Zeugen passte mir ganz und gar nicht. Was sollte ich tun? Einfach auf Cano, den berühmten Journalisten, den Reporter, der für uns die Kastanien aus dem Feuer holen sollte, zugehen und vor aller Augen zu ihm sagen: »Bitte, Señor Cano, Sie dürfen keine Nachforschungen anstellen«? Die Jungs hätten mich gelyncht!
Von weitem sah ich, wie er seinen funkelnagelneuen Renault Clio startete und schnittig davonfuhr.
Ich rannte los wie der geölte Blitz, um mir ein Taxi zu suchen. Aber ich möchte gerne wissen, welcher Glückspilz mitten in einem Katastrophengebiet, in dem Barrikaden

gebaut, Autos in Brand gesteckt und Steine geworfen werden, wohl ein Taxi findet. Ich lief zu der großen Straße, die neben dem Friedhof gebaut wurde, weil ich annahm, dass ich dort eher ein Taxi finden würde. Aber auch das war ein Irrtum.

Unterdessen raste Adrián Cano in seinem brandneuen Renault Clio einem neuen Leben entgegen. Er verstand Sibilas Bitte als eine Art Mutprobe, die er bestehen musste, um ein neues, freies, erfülltes Leben zu beginnen. Er war überzeugt davon, dass er, wenn er den Mörder von Sebastián Herrera entlarvte, automatisch auch bei der Zeitung befördert und Sibilas ewige Liebe gewinnen würde.

Daran dachte er, als er auf halber Strecke anhielt, in eine Kneipe ging, in der Redaktion anrief und sich mit dem Kulturredakteur verbinden ließ. Er fragte ihn: »Kennst du den Eigentümer vom *La Rive Gauche?*«

»Klar. Wer kennt ihn nicht? Don Atilano Cañas.«

»Was weißt du über ihn?«

»Gerüchte. Geschichten. Man erzählt sich, dass er vor zehn oder fünfzehn Jahren in der Mediterráneo-Bank gearbeitet habe und dann mit einem hübschen Sümmchen durchgebrannt sei. Sagen wir, hundert Millionen Peseten. Er ist nach Südamerika gegangen. Als er, sagen wir, sechzig Millionen auf den Kopf gehauen und das Leben in Saus und Braus satt hatte, kam er nach Spanien zurück. Er ist zur Mediterráneo-Bank gegangen, hat die vierzig Millionen, die er noch hatte, auf den Tisch gelegt und gesagt: ›Sie haben zwei Möglichkeiten: Sie können mich anzeigen, dann wandere ich in den Knast und Sie werden die fehlenden sechzig Millionen nie wiedersehen; oder Sie geben mir diese vierzig Millionen hier, damit ich ein Geschäft aufmachen kann, und von den Gewinnen zahle ich Ihnen dann monatlich alles zurück.‹ Gesagt, getan. Man erzählt sich, dass er mithilfe dieser vierzig Millionen das *La Rive Gauche* eröffnet habe. Das erzählt man sich über Don Atilano Cañas. Gerüchte, Klatsch, Geschichten.«

»Glaubst du, dass er ein gewalttätiger Mensch ist?«

»Man munkelt, dass ihn eine seiner besten Revuetänzerinnen im vergangenen Jahr wegen Körperverletzung angezeigt hat. Offensichtlich hatte sie ihn um eine Gehaltserhöhung gebeten, aber er hat sich geweigert, sie haben sich gestritten, er hat zu ihr gesagt: ›Du wirst überhaupt nicht mehr tanzen, meine Liebe‹, und dann hat er ihr beide Beine gebrochen. Später dann, während der Gerichtsverhandlung, hat die Tänzerin ihre Anzeige zurückgezogen und behauptet, sie sei eine Treppe runtergefallen und habe sich die Beine gebrochen. Aber sie hat nicht gesagt, ob jemand sie die Treppe runtergeschubst hat.«

»Gut. Äh.« Schluck. »Danke.«

Adrián zitterten die Beine. Aber klar, wenn diese Mutprobe einfach gewesen wäre und wenn Don Atilano Cañas ein frommes Lämmchen wäre, dann wäre das keine Mutprobe mehr. Also bestellte sich Adrián ein paar Cognacs, da er zu den Leuten gehörte, die glauben, Alkohol mache Mut. Aber mein Vater sagt (und der versteht etwas davon, denn schließlich hat er eine Kneipe), dass Alkohol nicht mutig mache, sondern unvorsichtig, und das ist etwas ganz anderes, wie wir gleich sehen werden.

Adrián Cano kam um Punkt zwanzig Uhr, als das Lokal gerade aufgemacht hatte, beim *La Rive Gauche* an und zu diesem Zeitpunkt hatte er schon vier Gläser Cognac intus.

Bei der schwarzhaarigen, missmutigen Garderobenfrau kaufte er sich eine Eintrittskarte und betrat torkelnd den Saal. Er setzte sich an einen der hinteren Tische und bestellte beim Kellner noch einen Cognac. Seine Augen glänzten glasig und mit dümmlichem Gesichtsausdruck schaute er sich in dem Lokal um. Er bildete sich tatsächlich ein, die Welt läge ihm zu Füßen und er sei zu jeder Heldentat fähig.

Der Cognac wurde serviert. Er trank das Glas halb leer, dann gingen die Lichter im Saal aus und die Vorstellung fing an. Der Vorhang ging hoch, und die Bühne war voller blinkender Lichter und bunter Rauchschwaden, die durch die Luft schwebten, und voller Frauen, die ihre federgeschmückten Körper im Rhythmus der Musik bewegten. Adrián trank seinen Cognac aus, stand auf und bahnte sich einen Weg durch Tische und Stühle. Er hatte zwar ein konkretes Ziel, ging aber nicht gerade schnurstracks darauf zu.

Ein hell erleuchtetes Schild mit der Aufschrift »Toiletten« wies ihm den Weg. Nachdem er die Tür passiert hatte, befand er sich in einem kleinen Flur mit vier weiteren Türen. Auf den beiden Türen gegenüber stand »Damen« und »Herren«. Die Tür zu seiner Rechten hatte keine Aufschrift, führte aber zu den Garderoben und dem Vorraum. Auf der Tür zu seiner Linken war zu lesen: »Direktion. Zutritt verboten«.

Adrián suchte die Toilette, und als er erneut in dem Flur mit den vier Türen stand, fiel sein Blick auf das Schild »Direktion. Zutritt verboten«. Er sagte sich, dass er nun endlich etwas tun müsse, dass er schließlich in den Nachtclub gekommen sei, um einen Mörder zu entlarven, und noch

nichts unternommen habe. Er hatte sich noch nicht einmal einen Plan zurechtgelegt.
Es waren keine Stimmen zu hören. Es bestand also keine Gefahr. Wenn er zufällig jemandem über den Weg liefe, könnte er behaupten, dass er sich in der Tür geirrt habe, dass er die Toiletten suche.
Er stieß die Tür auf. Sie führte in ein geräumiges Büro mit zwei Schreibtischen, auf denen Computer standen. Aktenschränke aus Metall, Drehstühle, untadelige Ordnung. Vermutlich arbeiteten Geschäftsführer und Buchhalter hier nur morgens.
Im Hintergrund des Raums führte eine Treppe wer-weißwohin.
Adrián setzte sich auf einen der Drehstühle vor einen der Computer. Ähnliche Computer kannte er aus der Redaktion, weshalb er ungefähr wusste, wie sie funktionierten. Er fand einen Schalter und betätigte ihn. Das »Klack«, das ertönte, war so laut, dass er vor Schreck zusammenfuhr und ängstlich auf die Tür starrte. Der Bildschirm flimmerte, ein Text erschien, und der Apparat gab diverse Töne von sich, die Adrián in noch größere Alarmbereitschaft versetzten.
Hinter der Tür sagte jemand: »Sag Dionisio Bescheid, Elisa! Er soll in mein Büro kommen!«
Die raue Stimme eines jähzornigen Mannes, der sich mit energischen Schritten näherte; wahrscheinlich hatte er nur für einen kurzen Moment das Büro verlassen und kehrte nun an seinen Arbeitsplatz zurück.
Adrián kniete sich auf den Boden und versteckte sich hinter dem Schreibtisch. Er hörte, wie die Tür aufging. Jemand wollte gerade eintreten, als eine Frauenstimme rief:

»Don Atilano! Don Atilano!« Das war also der Kerl, der seinen Tänzerinnen die Beine brach, wenn sie ihn um eine Gehaltserhöhung baten, und der vermutlich auch Sebastián Herrera umgebracht hatte. Auf allen vieren kroch Adrián hinter den anderen Schreibtisch, der näher bei der Treppe stand, die ihm einen möglichen Fluchtweg bot. Die Frauenstimme sagte: »Dionisio parkt gerade den Wagen eines Gastes ein. Er kommt gleich.«
Adrián lugte über die Schreibtischplatte hinweg nach der Tür. Sie stand halb offen, und im Türrahmen erkannte er das Profil eines großen, ganz in Marineblau gekleideten Mannes, der sich mit irgendjemandem auf dem Flur unterhielt. Adrián richtete sich auf und huschte eins, zwei, drei, vier, fünf Treppenstufen hinauf. Oben war es stockdunkel, die Musik von der Show war hier besser zu hören. Der Kerl mit der rauen Stimme betrat das Büro.
»Wieso ist dieser Computer an? Elisa! Wer hat diesen Computer angemacht? Du? Ich war doch eben noch hier und da war der Computer aus! Wer hat ihn angemacht?«
Das Frauenstimmchen jammerte: »Ich weiß es nicht. Ich weiß doch nicht einmal, wie so ein Ding funktioniert.«
Adrián hielt die Luft an und arbeitete sich Millimeter für Millimeter bis zur letzten Treppenstufe vor. Er stand in einem dunklen Flur, in dem es nach Schimmel, Farbe, Lack und vielen anderen Dingen roch, was eine widerliche Mischung ergab. Von unten und vom anderen Ende, wo der Flur einen Knick machte, drang ein wenig Licht herein.
Mithilfe seines Feuerzeugs entdeckte Adrián eine Tür, auf der auch »Direktion« stand, allerdings ohne den Hinweis, dass der Zutritt verboten sei. Er war drauf und dran, die

Tür aufzumachen und sich in dem Raum zu verstecken, als die raue Stimme ungeduldig sagte: »Gut, dann sag Dionisio, dass Luis und ich in meinem Büro sind!«
Bei dieser Bemerkung ging Adrián ein Licht auf. »In meinem Büro« bedeutete wahrscheinlich (und tatsächlich bedeutete es das auch) in *diesem Büro*. Während Adrián voller Panik dachte: »O wei, o wei, was mache ich jetzt, o wei, o wei, da kommen sie«, lief er zu der zweiten Tür des Gangs, die aber nicht aufging. Dann versuchte er es bei der dritten Tür, während die energischen Schritte der beiden beleibten Männer schon auf der Treppe zu hören waren. Die dritte Tür ließ sich öffnen, und er stand in diesem riesigen Raum, in dem ich auch am Tag zuvor herumgestöbert hatte. Ramponierte Requisiten, Bäume aus Pappmaché, mittelalterliche Lanzen, mit Aluminiumfolie umwickelte Blitze aus Styropor, Besen, aufgerollte Teppiche, überdimensionale Kopfmasken, riesige Rohre, Eimer mit grüner Farbe.
Er hatte die Tür noch nicht ganz hinter sich zugezogen, als er hörte, dass die energischen Schritte schon auf dem Flur waren. Und er hörte, wie Atilano die Türklinke vom Nachbarraum runterdrückte. Da ließ Adrián die Tür zur Requisite ins Schloss fallen, »klick«, das Geräusch war nicht zu überhören, die Schritte hielten inne, die rauen Stimmen verstummten und das Herz des Reporters krampfte sich vor Schreck zusammen. Taumelnd lief er weiter in den Raum hinein, er wusste, dass zwei misstrauische Augenpaare voller Entsetzen auf dieselbe Tür starrten wie er. Mithilfe seines Einwegfeuerzeugs entdeckte er neben sich einen riesigen Kopf aus Pappmaché, der eine Art Riesenkröte darstellte.

Er zögerte keine Sekunde lang: Er stülpte sich diese Maske über, die ihm bis über die Schulter reichte, ging in die Hocke und drückte sich mit dem Rücken gegen die Wand. Ein paar Sekunden vergingen. Offensichtlich konnte sich Don Atilano Cañas nicht entschließen, die Tür zur Requisite aufzureißen und zu schreien: »Ist da jemand?« Adriáns Knie fingen an zu zittern, und er kam sich lächerlich vor, wie er so mit dieser riesigen Kröte auf dem Kopf in der Dunkelheit hockte. Er fand, dass das nicht gerade die beste Methode war, um einen Mörder zu entlarven. Und vor allem überhaupt nicht würdevoll.

Deshalb stand er, nachdem ein paar Sekunden vergangen waren, wieder auf und versuchte, den Pappmachékopf abzusetzen. Aber die verfluchte Maske war ihm bis über die Ellbogen gerutscht und er konnte seine Arme nicht mehr bewegen. Auch der zweite Versuch scheiterte. Beim dritten Versuch fing er an, sich wie ein Kreisel um seine eigene Achse zu drehen; von den Cognacs, die er getrunken hatte, wurde ihm schwindlig und er hatte das Gefühl zu ersticken.

Er hörte das Klappern der Absätze nicht und auch nicht die trällernde Stimme einer Frau, die ankündigte, dass sie etwas holen gehe.

»Glaub ja nicht, dass es mir Spaß macht, in dieser Rumpelkammer was zu suchen«, sagte das Mädchen. »Da sind bestimmt Ratten.«

Ich weiß nicht, ob es dort Ratten gab. Was dieses Mädchen dann dort zu sehen bekam, war eine Art Riesenkröte, die sich schnaufend um ihre eigene Achse drehte.

Die Tänzerin schrie auf. Ihr Schrei klang wie das Pfeifen einer Lokomotive, bevor sie in einem Tunnel verschwindet. Er war so durchdringend, dass unten die Vorstellung unterbrochen wurde und Don Atilano und ein Gorilla namens Luis mit geballten Fäusten in den Flur stürmten, um was oder wen auch immer unter Einsatz ihres Lebens zu verteidigen.

Alle stürzten sich auf den armen Adrián, der sich in eine Kröte verwandelt und sich nun doch entschlossen hatte, um Hilfe zu schreien.

Er konnte von Glück sagen, dass ich in der Nähe war, um ihm aus der Patsche zu helfen.

9. Hier fehlen drei Millionen

Als ich bereits ein paar Kilometer gelaufen war und mich schon damit abgefunden hatte, die Strecke als Marathonläufer zurückzulegen, um das *La Rive Gauche* zu erreichen, fand ich endlich ein Taxi. Ich stürzte mich darauf wie ein Windhund auf den Hasen, aber der Unterschied zwischen einem Windhund und mir ist, dass ich das Taxi bezahlen musste. Glücklicherweise hatte ich einen Großteil des Geldes, das ich bei Sibila verdient hatte, in meinem Rucksack bei mir. Deshalb stieg ich also in das Taxi ein und schrie: »Bringen Sie mich zum *La Rive Gauche*!«

Der Mann gähnte, nahm mit stoischer Ruhe einen Stadtplan zur Hand und faltete ihn gelangweilt auseinander.

»Mal sehen … Ja … *La Rive Gauche*. Das ist ein Nachtclub, oder? Wo war der noch mal?«

»Fahren Sie auf die Straße nach Esplugues. Ich zeige Ihnen den Weg.«

»Schön. In Ordnung. Fahren wir durch die Innenstadt oder über die Umgehungsstraße?«

»Wie Sie wollen, aber fahren Sie endlich los!«

»Hör mal, mein Junge, schrei mich nicht an«, warnte mich der Mann, der sich offensichtlich in seiner Ehre verletzt fühlte.

Wir fuhren über die Umgehungsstraße direkt in einen kilometerlangen Stau. Das stellte meine Geduld auf eine harte Probe. Mein Kopf rauchte vom Denken. Ich dachte an Adrián Cano, an das, was er alles anstellen würde, und an das, was ich die schwarzhaarige Garderobenfrau fragen musste, wenn ich ihr endlich gegenüberstand. Und ich dachte mir auch einen Plan aus, um in das Lokal reinzukommen. Denn an diesem Tag trug ich noch nicht einmal einen Smoking.

»Halten Sie vor der nächsten Kneipe an«, befahl ich dem Taxifahrer aufgeregt. »Bitte.«

Der Mann sah mich an, wie man einen Gorilla ansieht, der dabei ist, aus seinem Käfig auszubrechen. Aber er befolgte meine Anordnung und hielt vor der nächsten Kneipe. Ich sprang aus dem Wagen und rannte in das Lokal, und in der Eile vergaß ich völlig, dass Taxifahrer für ihre Arbeit Geld haben wollen. Der Taxifahrer lief schreiend hinter mir her. Als er neben mir stand, bestellte ich beim Kellner gerade einen Kasten Bier.

»Hey, wie alt bist du überhaupt?«

»Coca-Cola. Ich meine, geben Sie mir bitte einen Kasten Coca-Cola.«

»Hör mal, Junge«, fuhr mich der Taxifahrer an. »In meinem Metier ist es üblich, dass die Fahrgäste bezahlen!«

»Entschuldigen Sie, aber wir sind noch nicht beim *La Rive Gauche*.«

Er beäugte mich misstrauisch.

»Kannst du mir mal sagen, was du im Schilde führst?«

»Ich führe gar nichts im Schilde. Ich habe Durst. Können Sie mir helfen, den Kasten Cola zum Auto zu tragen?«

Wortlos gab er mir zu verstehen, dass er mir den Kasten gerne auf den Kopf knallen würde. Ich verstand den Wink mit dem Zaunpfahl, bezahlte einen gesalzenen Preis für die Cola, und der Kasten kam mich so teuer zu stehen, als wäre er nicht aus Plastik, sondern aus hochkarätigem Gold, und dann schleppte ich ihn auch noch ganz alleine zum Taxi. Wir setzten unsere Fahrt fort. Ich bat den Taxifahrer, ein paar hundert Meter vor dem Ziel anzuhalten. Er sagte keinen Ton, aber er ließ mich nicht aus den Augen. Ich zahlte ihm eine astronomisch hohe Summe und ging dann, den Kasten Cola auf der Schulter, energischen Schrittes in Richtung Nachtclub.

Wenigstens war die Uhrzeit günstig. Denn es war erst halb acht und die Vorstellung würde erst um acht Uhr beginnen. Mit ein bisschen Glück hatte der Laden vielleicht noch zu und mein Reporter wartete noch vor dem Eingang.

Aber das *La Rive Gauche* hatte schon auf. Oder zumindest hatte man schon den Nebeneingang geöffnet, der immer noch von diesem sturen Kerl bewacht wurde. Bevor ich auf ihn zuging, zerzauste ich mir die Haare, die ich mir am Tag zuvor mit Brillantine zurückgekämmt hatte, schmierte mir ein bisschen Dreck ins Gesicht und schickte ein Stoßgebet zum Himmel, dass der Typ kein gutes Personengedächtnis haben möge. Dann humpelte ich dreist auf ihn zu und baute mich vor ihm auf. Ich stellte den Kasten Cola auf den Boden und beschloss, mein Glück zu versuchen: »Den haben die von der Theke bestellt. Ich lasse den Kasten hier stehen, okay?«

Ich drehte mich auf dem Absatz um und hoffte, dass mein Bluff klappen würde. Und er klappte tatsächlich.

»He, du Bürschchen!«, pfiff mich der Türsteher zurück. »Was soll das heißen: ›Ich lasse den Kasten hier stehen‹? Bildest du dir etwa ein, ich bringe den selber rein?«

»Man hat mir gesagt, ich soll den Kasten ins *La Rive Gau-*

che bringen. Das hier ist doch das *La Rive Gauche*, oder?«, ging ich zum Gegenangriff über.

»Zur Theke vom *La Rive Gauche*, haben sie dir gesagt. Und das hier ist die Tür, mein Junge. Entweder du bringst den Kasten rein oder du nimmst ihn wieder mit. Was du dann deinem Chef erzählst, das ist mir scheißegal. Das wär ja noch schöner!«

Ich hievte mir den Kasten wieder auf die Schulter und motzte laut vor mich hin, während ich reinging und mir sagte, dass man immer damit rechnen müsse, dass die Leute einem widersprechen. Hätte ich versucht, ganz locker mit dem Kasten reinzugehen, hätte mich dieser Flegel bestimmt daran gehindert.

Ich schulterte den Kasten, so dass er mein Gesicht halb verdeckte, und betrat die magische Welt der Theaterkulissen, die ich schon am Vortag kennen gelernt hatte. Um zum Saal zu kommen, musste ich an der Treppe vorbei, die zu den Garderoben führte. Und in diesem Moment hatte ich eine geniale Idee. Ich dachte an die schöne Helena und der Gedanke an sie ließ mich Adrián Cano schlagartig vergessen.

Ich stellte den Colakasten auf den Boden und stieg zur Galerie hoch. Wie erwartet traf ich Helena gleich in der ersten Garderobe an. Sie war in Unterwäsche, aber das schien ihr nichts auszumachen, und wenn ihr das nichts ausmachte, dann machte es mir auch nichts aus. Ich klopfte an die offene Tür und machte ein Gesicht wie ein schüchterner Verehrer, der gekommen ist, um ihr einen Blumenstrauß zu schenken. Nur hatte ich leider den Blumenstrauß vergessen. »Helena?«

Sie schaute mich an und schürzte erstaunt ihre reizenden

Lippen, als sie die Schnittwunden und Blutergüsse in meinem Gesicht sah.

»Was hast du denn mit deinem Gesicht gemacht?«, fragte sie mich erschrocken. Wirklich rührend, wie sie sich um mich sorgte!

»Nichts Besonderes. Das ist Akne. In meinem Alter, na ja, man kennt das ja. Und du? Was hast du mit deinem Gesicht gemacht?«

»Ich?«

»Als ich dich gestern sah, glaubte ich, es könne gar nicht hübscher sein, aber heute muss ich feststellen, dass ich mich geirrt habe.« Hört euch das an! Flanagan, der alte Schmeichler! »Was hast du gemacht?«

Sie lächelte auf diese Art, dass man am liebsten in die Luft springen und lauter verrückte Sachen machen möchte. Ich deutete ihr sympathisches Lächeln als Willkommensgruß, legte meinen Zeigefinger verschwörerisch auf meine Lippen, ging in die Garderobe und nahm mir die Freiheit heraus, die Tür hinter mir zu schließen. Sie schaute mich immer noch belustigt an.

»Du bist nicht der Neffe von Mandrake«, flüsterte sie voller Bewunderung. Ich lächelte und zuckte lässig mit den Schultern, als sei es etwas Besonderes, nicht der Neffe von Mandrake zu sein. Ich bin eben ein bescheidener Mensch.

»Du hast den Farbeimer hingestellt, damit er darüber stolpert, stimmt's?« Ich, die Bescheidenheit in Person, nickte zustimmend und wir legten uns die Hand vor den Mund und lachten hämisch, hihihi. »Und was machst du hier? Was suchst du?«

»Du wirst es nicht glauben, aber ich ermittle in einem Mordfall.«

»In einem Mordfall?«

Ich wühlte in meinem Rucksack herum, um den Zeitungsausschnitt mit dem Foto von Sebastián Herrera herauszuholen, aber natürlich fand ich ihn nicht. Don Atila hatte ihn behalten. Das machte die Sache schon etwas komplizierter.

»Ja. Das ist so …«, begann ich.

»Stört es dich, wenn ich mich umziehe? Ich muss gleich auf die Bühne.«

»Nein, natürlich nicht«, rief ich. Ich, die Bescheidenheit in Person, setzte mich auf einen Stuhl, legte meine Hände auf meine Knie, saß stocksteif da und machte Glubschaugen.

Sie trat hinter eine spanische Wand, um sich umzuziehen. Dadurch wurde die Atmosphäre im Raum etwas frostiger und ich war leicht frustriert. Aber immerhin war es ihr gutes Recht, sich umzuziehen, wo sie wollte. Nun gut, ich schluckte meinen Frust runter und erzählte ihr, was ich dort suchte. Am vergangenen Mittwoch sei ein Mann in diesem Lokal gewesen und noch in derselben Nacht oder am Morgen darauf habe man ihm vier Kugeln verpasst. Ich wolle wissen, was für ein Zusammenhang zwischen diesem Mann, dem *La Rive Gauche* und Don Atilano, dem Barbar, bestehe.

»Am vergangenen Mittwoch?«, fragte sie und streckte ihr hübsches Köpfchen hinter der spanischen Wand hervor. Nachdenklich wiederholte sie: »Am vergangenen Mittwoch?« Und plötzlich schien sie sich an etwas zu erinnern: »Am vergangenen Mittwoch …« Dann trat sie hinter der spanischen Wand hervor, mit den beiden silbrig schimmernden Sternchen, die an strategischen Punkten angebracht waren, und sah so schön aus, dass ich beinahe von meinem Stuhl gefallen wäre. Und sie sagte: »Ja, am vergangenen Mittwoch ist was Merkwürdiges passiert.« In diesem Moment ertönte ein langes Klingelzeichen, um die Schauspieler auf die Bühne zu rufen. Sie hob abwehrend die Hände. »Nur keine Aufregung«, sagte sie. »In der ersten Nummer trete ich noch nicht auf. Lass mich nachdenken … Am Mittwoch bin ich zu spät gekommen. Und Don Atilano hat mich in sein Büro gerufen, um mir eine Standpauke zu halten, wie immer … Und ich war in seinem Büro, als ich hörte, dass da unten der Bär los war. Atila sagte zu mir: ›Warte hier. Ich gehe mal nachschauen, was da los ist‹, und ging runter. Kurz darauf kam er zusammen mit Elisa, der Garderobenfrau, und einem älteren Herrn, der ziemlich schäbig gekleidet war und recht ärmlich aussah, zurück …«

»Das muss Sebastián Herrera gewesen sein.«

»Schon möglich. Er hatte einen Aktenkoffer bei sich.«

»Und was ist dann passiert?«

»Sie haben mich natürlich aus dem Büro geworfen. Aber ich konnte noch hören, dass sie über Geld gesprochen haben.«

»Über Geld?«

»Dieser Mann sagte, dass ihm im Lokal Geld geklaut worden sei. Dass aus seinem Koffer drei Millionen Peseten verschwunden seien.«

»Und was hat Atila gesagt?«

»Dass das gar nicht sein könne. Dass er nichts wisse, dass er kein Wort verstehe.«

»Hattest du das Gefühl, er war ehrlich?«

»Ja, eigentlich schon. Ich bin dann runtergegangen – ich

bin nämlich sehr neugierig, musst du wissen – und habe unten im Büro einen von den Barmännern getroffen, einen gewissen Vicente, der ist ein herzensguter Mensch. Ich habe ihn gefragt: ›Was ist los?‹, und er hat mir erzählt, was passiert war.«

»Und was war passiert?«

»Kurz nach Beginn der Vorstellung ist der ältere Herr aus dem Saal gegangen und hat Elisa eine Garderobenmarke gegeben. Er wollte einen Aktenkoffer abholen. Nachdem Elisa ihm das Köfferchen gegeben hatte, verschwand der Mann in den Toiletten. Ein paar Minuten später tauchte er, außer sich vor Wut, wieder auf und verlangte, den Geschäftsführer zu sprechen. Er behauptete, man habe ihm drei Millionen Peseten aus dem Aktenkoffer gestohlen. Die Diskussion zog sich etwas in die Länge, weil die beiden Türsteher versicherten, dass der Mann ohne Aktenkoffer in das Lokal gekommen sei, und sie wunderten sich natürlich, dass der Mann eine Garderobenmarke hatte, ohne etwas abgegeben zu haben. Du kannst dir ja vorstellen, was das für ein Geschrei war.«

»Ja«, murmelte ich und konzentrierte mich. Meine Intuition sagte mir, dass ich der Lösung des Falls immer näher kam. Unten hatte die Vorstellung angefangen und die Kapelle spielte gerade einen Tusch auf meinen Geistesblitz.

»War das einer von diesen harten Koffern, die nie kaputtgehen?«, fragte ich, um die Worte meiner Zeugin Juana Romero zu benutzen.

»Ja«, rief meine Angebetete verwundert aus. »Woher weißt du das?«

Ich schwieg. Ich war ja selbst ganz verwundert über diesen Zufall. Das bedeutete, dass ich Recht hatte. Dass der Typ mit der Rockerfrisur und der Harley Davidson, der Mörder, in Herreras Wohnung eingedrungen war, um sich den Aktenkoffer und die kompromittierenden Dokumente zurückzuholen.

»Aber das ist noch nicht alles«, fuhr Helena hocherfreut fort, als sie sah, dass ihre Geschichte mich sehr beeindruckte. (Ob sie sich wohl gefreut hätte, wenn sie gewusst hätte, wie sehr mich ihr Aussehen beeindruckte?) »Wie du weißt, komme ich auf dem Weg zur Bühne an Atilas Büro vorbei. Und da hörte ich, wie das Telefon klingelte. Ich blieb stehen, um zu lauschen. Atila nahm das Gespräch entgegen, und ich hörte, wie er sagte: ›Ja, er ist hier‹, damit meinte er offensichtlich den ärmlich aussehenden älteren Herrn. Und dann: ›Der Koffer gehört Ihnen?‹ Ich meine, verstanden zu haben, dass jemand anderes den Aktenkoffer an der Garderobe hinterlegt und dann diesem ärmlich aussehenden älteren Herrn die Garderobenmarke gegeben hatte, und der hatte ihn dann abgeholt. Atila sagte zu dem Mann: ›Sie werden am Apparat verlangt.‹ Der ärmlich aussehende Typ nahm den Hörer und schrie: ›In diesem Koffer fehlen drei Millionen!‹ Aber sein Gesprächspartner hat ihn offensichtlich eingeschüchtert. Denn ein paar Minuten lang herrschte Schweigen, dann kam der alte Mann zerknirscht und mit hängendem Kopf aus Atilas Büro, als hätte er gerade eine schlechte Nachricht bekommen. Und dann ist er weggegangen. Das ist alles.«

Mir ging langsam ein Licht auf. Ich vermute, dass mir das anzusehen war, denn Helena fragte mich: »Verstehst du irgendwas?«

»Klar«, antwortete ich, »dass Don Atilano mit dieser Sache nichts zu tun hat.«

Ich konnte es ihr nicht besser erklären, denn genau in diesem Moment ertönte der schrille Schrei einer Revuetänzerin, die in der Requisite soeben auf eine tänzelnde Riesenkröte gestoßen war. Der Schrei ließ sämtliche Fensterscheiben vibrieren, unterbrach für ein paar Sekunden die Vorstellung und erinnerte mich an den eigentlichen Grund meines Besuches.

Ich rannte auf die Galerie hinaus. Kein Mensch war zu sehen. Alle Schauspieler waren unten auf der Bühne oder hinter den Kulissen. Ich rannte ans andere Ende der Galerie, und auf dem Flur sah ich eine hysterische Revuetänzerin und Don Atilano und seine beiden Gorillas, und sie alle kämpften mit einer gigantischen Kröte. Gemeinsam zerrten sie die Kröte durch den Flur.

Meine außergewöhnliche Intuitionsgabe und das karierte Jackett, das unter der Pappmachémaske hervorlugte, sagten mir, dass es sich bei dieser Riesenkröte nur um Adrián Cano handeln konnte. Und ich konnte nur eins tun, um ihm aus der Patsche zu helfen:

Ich schnappte mir diese Art selbst gebastelten Feuerlöscher, der mich am Vortag so fasziniert hatte, richtete den kurzen Schlauch mit dem Hörrohr auf die rangelnde Horde im Flur und betätigte den roten Hebel. Prompt spuckte der Apparat dichten, gelben Rauch aus, der sich in Sekundenschnelle auf dem ganzen Flur ausbreitete. Es bildete sich eine beinahe undurchdringliche Nebelwand, hinter der Schreie, Husten und Flüche zu hören waren. Ich wagte mich in den Nebel vor, legte mir eine Hand vor den Mund und tastete mit der anderen nach der gigantischen Pappmachékröte.

Sie lag auf dem Boden, und Beine und Arme droschen

rücksichtslos auf sie ein. Die Person, die aus der Pappmachémaske herauskroch, konnte niemand anderes sein als der Reporter und Hochstapler Adrián Cano. Ich zog ihn am Arm. Er wehrte sich strampelnd.
»Komm mit, Adrián Cano«, schrie ich.
Inmitten dieses Tumults seinen Namen zu hören muss ihm wie ein Wunder vorgekommen sein, denn er folgte mir aufs Wort. Wir rannten durch gelbe Nebelschwaden vom Flur zur Galerie. Die anderen waren zu der Treppe am anderen Ende des Flurs, die zu den Büros führte, geflüchtet, und als sie feststellten, dass wir in die andere Richtung gelaufen waren, waren sie einigermaßen überrascht. Wir waren längst auf der Bühne, als die anderen sich immer noch durch die gelben Nebelschwaden kämpften.
Die Amerikaner sagen, dass die Show nicht aufhören darf, dass sie immer weitergehen muss, und der Regisseur dieser Vorstellung hatte anscheinend viel von den Amerikanern gelernt. Die Unterbrechung dauerte nur eine Sekunde. Mit einem einzigen Händeklatschen rief der Regisseur sein Ensemble wieder zur Ordnung und Musik und Tanz gingen weiter. Der Kran schob seinen Arm, an dem eine Art fliegende Untertasse hing, langsam zur Galerie, und das dicke Revuegirl schickte sich an, in die fliegende Untertasse zu steigen und dann unter tosendem Beifall auf der Bühne zu landen.
Vorsichtig setzte sie erst ein Füßchen in diese zerbrechliche Schale, »Irgendwann bricht dieses Ding noch mal zusammen«, dann das andere Füßchen und stellte sich dann triumphierend in Pose. Der Trommelwirbel erreichte seinen Höhepunkt, die Tänzer liefen zum hin-

teren Teil der Bühne, ein zweiter Vorhang ging auf und eine neue, atemberaubende Kulisse kam zum Vorschein …

… und in diesem Moment kommen Adrián und ich angerannt und springen zu dem Revuegirl in die fliegende Untertasse. Ich hatte kaum Zeit, mich mit einem Augenzwinkern von Helena zu verabschieden. Der Hebearm konnte bis zu hundert Kilo tragen und hatte schon unter dem Gewicht der dicken Tänzerin bedrohlich geschwankt. Aber durch unser Gewicht sauste die fliegende Untertasse, die eigentlich langsam und würdevoll hinuntergleiten sollte, im Affenzahn in die Tiefe und landete mit einem lauten Knall auf der Bühne. Wir waren stärker als die Maschine und rollten, alle drei unter Teilen der zerborstenen Untertasse begraben, über die Bühne. Unser Auftritt war ein Riesenerfolg. Das Publikum tobte vor Lachen und brach in tosenden Beifall aus.

Aber wir hatten keine Zeit, uns zu verbeugen. Blitzschnell rannten wir hinter die Kulissen. Ich zog den verdatterten Adrián, der ununterbrochen »aber, aber, aber« murmelte, an der Hand hinter mir her. Seit er aus der Riesenkröte gekrochen war, hatte er nichts mehr kapiert, außer dass wir soeben recht unsanft auf den Hintern gefallen waren. Alles andere war für ihn ein großes Rätsel.

Wir rannten auf den Parkplatz. Der mürrische Türsteher schrie: »He, Sie da!«

»Wo steht dein Wagen?«, fragte ich Adrián.

»Da«, sagte er und zeigte auf seinen fabrikneuen Renault Clio.

»Los, beeil dich! Nun mach schon!«

Er brauchte Ewigkeiten, um den Autoschlüssel zu finden

und die Türen aufzuschließen. Wir verloren kostbare Sekunden, bis wir schließlich im Wagen saßen. Und dann dauerte es noch mal eine halbe Ewigkeit, bis Adrián den Wagen angelassen hatte und wir endlich losfuhren, mit hundert Sachen direkt auf Atilano und Kompanie zu. Sie mussten zur Seite springen, sonst hätten wir sie glatt überfahren.

Tieftraurig verabschiedete ich mich im Geiste von der schönen Helena. Pah, was soll's? Unsere Liebe hätte sowieso keine Chance gehabt. Noch eine unmögliche Liebe. Da kann man nichts machen. Ich hätte gerne zu ihr gesagt: »Du kannst mich ruhig Flanagan nennen.« Aber dazu war es nun zu spät.

»Kannst du mir bitte erklären, wer, wie, was, wann …«, schrie Adrián Cano fassungslos.

»Beruhige dich, Kumpel«, sagte ich. »Wir sind außer Gefahr.«

»Was ist passiert?«, fragte mich Adrián keuchend. »Wer bist du überhaupt?«

»Ich bin der Geist, der Sibila die Geschichte deines Lebens erzählt hat«, sagte ich.

Ich schwöre, dass ich ihn nicht erschrecken wollte. Ich weiß gar nicht, was ihn erschreckte, das Wort »Geist« oder der Gedanke, dass ich Sibila die *wahre Geschichte seines Lebens* erzählt haben könnte. Auf jeden Fall fuhr er wie von der Tarantel gestochen hoch und fiel dann aschfahl wieder in seinen Sitz zurück. Er beruhigte sich erst, als ich ihn anlächelte, um ihm zu zeigen, dass wir Freunde waren.

»Was, was, was?«, stotterte er. »Wie, wie, wie?«

»Ich heiße Flanagan.«

»Wie?«
»Nenn mich Flanagan«, befahl ich ihm. »Bring mich in Sibilas Viertel. Ich wohne da.« Und nach einer kurzen Pause fügte ich hinzu: »Sibila gefällt dir, was?«
»Ja«, gab er zu. »Natürlich gefällt mir Sibila! Sibila ist … Sie ist …!« Er suchte nach großen Worten, feurigen Adjektiven, passenden Superlativen, aber ihm fiel absolut nichts ein.
»Und du gefällst ihr auch«, schnitt ich ihm erbarmungslos das Wort ab. »Und du wirst ihr gefallen, solange sie glaubt, dass du ein Held bist. Wenn sie die Wahrheit rauskriegt, wirst du sie verlieren.«
Adrián machte ein untröstliches Gesicht. Ich darf sie einfach nicht verlieren, schien er sagen zu wollen. Wenn ich sie verliere, werden alle Rosen dieser Welt verwelken, wird die Luft für immer nach Schwefel riechen, werden alle Geigen krächzen, selbst wenn die berühmtesten Geiger sie spielen, wird ein nie endender, eiskalter, furchtbarer Winter über uns hereinbrechen. Oder so was in der Art.
»Ja«, murmelte er. »Ja, aber, aber …«
Vielleicht war er nicht gerade der Intelligenteste, aber er war nun auch wieder nicht so blöd, dass er nicht merkte, dass er gerade auf niederträchtige Weise erpresst wurde.
»Was hast du denn in dem Nachtclub angestellt?«, fragte ich ihn.
Haarklein erzählte er mir sein Abenteuer. Wie er an diesem Morgen mit dem Gefühl aufgestanden war, dass sich sein Leben ändern würde, wie er sich auf den ersten Blick in Sibila verliebt hatte, wie er Sibilas Auftrag angenommen hatte. (Ich stelle das nur klar, damit die Neunmalklugen unter euch, die sich das ganze letzte Kapitel über darüber

aufgeregt haben, dass ich Sachen erzähle, die ich gar nicht wissen kann, endlich Ruhe geben.)

»Gut.« Jetzt war ich dran. »Hör mir gut zu.«

Ich brauchte geschlagene zwanzig Minuten, um all meine Heldentaten zusammenzufassen. Meine Arbeit mit Sibila. Sibilas Betrug. Meine Rache. Alles, was ich über den Mord an Sebastián Herrera wusste.

»Jemand hat diesem armseligen Kerl, der nur Herrera gewesen sein kann, die Garderobenmarke eines Nachtclubs gegeben, damit er dort einen Koffer voller Geld abholen kann. Eine etwas komplizierte Art, um Schulden zu begleichen, nicht wahr? Worauf schließen wir also?«

»Keine Ahnung«, sagte Cano, genau wie ich es erwartet hatte.

»Erpressung. Sebastián Herrera wusste irgendwas über irgendjemanden und hat auf diese Art und Weise – die für Erpresser übrigens typisch ist, weil sie normalerweise jeden Kontakt mit dem Opfer vermeiden wollen – sein Geld bekommen. Aber als er den Koffer dann abholte, fehlten drei Millionen. Jetzt konnte er sich den Volvo oder den Ferrari Testarossa endgültig aus dem Kopf schlagen. Was für ein Pech. Was schließen wir also daraus?«

»Dass er nicht die Summe bekommen hat, die er gefordert hatte.«

»Bravo! Und er zieht dort im Lokal eine Riesenshow ab, beschuldigt die Leute vom Nachtclub, ihn beklaut zu haben, und so weiter. Weil er nämlich zuerst wirklich die Leute aus dem Nachtclub verdächtigt hat, den Koffer geöffnet und einen Teil des Geldes abgezockt zu haben. Bis man ihn anruft und ihm das Maul stopft. Das heißt …«

»Das heißt …?«

»Das heißt, dass Sebastián Herrera nur ein armer Teufel war und sich mit Leuten angelegt hat, die eine Nummer zu groß für ihn waren.«

»Aber wenn es so einfach war, ihn zum Schweigen zu bringen, wieso haben sie ihn dann umgebracht?«

»Gute Frage. Ich schätze, sie haben es sich dann doch anders überlegt. Wahrscheinlich wollten sie an die Fotos oder die kompromittierenden Dokumente, mit denen Sebastián sie erpresste, herankommen.«

»Gut!«, lobte mich Adrián voller Bewunderung. (Im Grunde genommen war dieser Reporter doch ein netter Kerl.)

»Und wenn Señor Atilano gar nichts mit der Sache zu tun hat, wer, was glaubst du, hat dann den Koffer an der Garderobe hinterlegt?«

»Keine Ahnung. Wer?«

»Elisa. Die Garderobenfrau. Sie war es auch, die mir die Skins auf den Hals gehetzt hat, und nicht Don Atilano, wie ich immer geglaubt habe.«

»Gut!«, wiederholte Adrián hocherfreut, weil ihm endlich ein Licht aufging. Aber dann verschwand die Freude schlagartig aus seinem Gesicht. Wir waren am Ende der großen Straße bei der Friedhofsmauer angekommen und nach diesem begeisterten »Gut!« schien ihm nun nichts mehr einzufallen. Deshalb fragte er: »Und was machen wir jetzt?«

Ich fand mich an diesem Tag besonders brillant. Alles lief wie geschmiert. Zwischen diversem Krimskrams, den ich im Rucksack bei mir trug (ein winziger, als Geschenk verpackter Schreibblock, ein Kugelschreiber, ein Dietrich …), zog ich den Haufen Papier heraus, den ich in Sebastián

Herreras Mülltüte gefunden hatte. Das Programm und die Eintrittskarte vom *La Rive Gauche*, den *Ratgeber für den Autokauf* und den vergilbten Zeitungsausschnitt mit der Überschrift »VIELE GRUNDSTÜCKE DER STADT UNTERLIEGEN DEM ERBZINSGESETZ«. Diesen Zeitungsausschnitt suchte ich heraus.

»Du bist doch Journalist, oder? Versuch herauszufinden, warum Herrera diesen Zeitungsausschnitt aufbewahrt hat und ob er irgendwas mit dem Mord zu tun haben könnte.« Und um ihn ein bisschen zu motivieren, fügte ich hinzu: »Vielleicht hast du Glück und kommst mit dieser Story irgendwann auf die Titelseite.«

»In Ordnung«, stimmte er mir zu, allerdings nicht sehr überzeugt. »Gleich morgen, wenn ich zur Zeitung gehe …«

»Du meinst wohl, *in zehn Minuten*, wenn du zur Zeitung gehst?«, berichtigte ich ihn mit ernstem Gesicht. »Wenn du bis morgen früh um acht nicht mit den Informationen rüberkommst, dann rede ich mit Sibila.«

Nachdem ich diesen Punkt klargestellt hatte, verabschiedete ich mich von ihm und ging in mein Viertel.

Ich betrat eine Telefonzelle, nahm all meinen Mut zusammen und rief María Gual an.

»Hallo, mein schlauer Detektiv«, begrüßte sie mich.

»Hallo, meine süße Partnerin«, erwiderte ich. Ich habe ja schon erwähnt, dass ich an diesem Tag besonders brillant war. Endlich hatte ich wieder das Gefühl, dass mein Kopf wieder klar war (vielleicht dank des harten Aufpralls mit der fliegenden Untertasse). »Hast du irgendwas über diesen Harley-Davidson-Rocker im Jeansanzug herausgefunden?«

»Jawohl, mein Detektiv. Ich weiß alles über ihn. Habe ich nun einen Kuss verdient?«
»Was viel Besseres. Einen Schlüsselanhänger aus echtem Plastik. Nun sing schon, meine Diva.«
María Gual stieß ein kurzes, aber liebliches Lachen aus, was sie noch attraktiver machte, und sagte: »Der Besitzer vom *Café Berlin* hat eine Harley Davidson, eine leicht zerzauste Rockerfrisur und trägt normalerweise Jeansklamotten. Jetzt wirst du mich fragen: Wie kommt es, dass so ein Typ den Skins Asyl und Bier anbietet? Antwort: Wenn die Skins sich das nicht fragen, warum solltest du das dann tun? Der Typ heißt Sirvent, aber alle nennen ihn *Streichholz*.«
Ich war sprachlos. Ich schluckte. Als ich das Wort Skins hörte, musste ich an die Kneipe meines Vaters denken. Nach dem, was im *La Rive Gauche* vorgefallen war, würden die Skins, wenn ich nichts unternahm, wiederkommen und unsere Kneipe endgültig zu Kleinholz machen. Ich musste etwas unternehmen, um das zu verhindern. Das war ja wohl sonnenklar.
»Bist du noch dran, Darling?«, fragte María Gual. »Du bist ja so nachdenklich. Denkst du wenigstens an mich?«
»Ja, ja«, sagte ich und legte auf.
Während ich mich, hundemüde und böse zugerichtet, durch die stockfinsteren Straßen meines Viertels schleppte, durch die ein tosender Wind fegte, hatte ich eine Idee, auf die normalerweise nur die fanatischsten Kamikaze kommen. Eine Bemerkung, die ich zufällig in unserer Kneipe gehört hatte, brachte mich auf diese Idee. »Zu allem Überfluss macht dieser Sirvent durch die Unruhen

hier im Viertel ein Bombengeschäft. Er öffnet abends um sieben und hat dann die ganze Nacht auf. Mit den Bürgerwehren macht der einen Riesenreibach.«

Wenn Sirvent, genannt Streichholz, in seinem Café war, dann konnte er folgerichtig nicht zu Hause sein. Was aber sehr wohl bei ihm zu Hause sein konnte, das waren zum Beispiel der berühmte Aktenkoffer und die Dokumente, die er Herrera entwendet hatte. Es war also gar keine schlechte Idee, dort nach Beweisen für seine Schuld und anderen Informationen zu suchen, die mir noch fehlten, um das Rätsel zu lösen. Und da das keine schlechte Idee war, ging sie mir nicht wieder aus dem Kopf. Den logischen Einwand, wie ich denn in die Wohnung reinkommen solle, schlug ich mit einem Hinweis auf den phantastischen Dietrich, den ich im Rucksack bei mir hatte, in den Wind. Wenn Sirvent so unvorsichtig war, seine Wohnung mit einem gewöhnlichen Schloss zu sichern, dann würde es mir nicht schwer fallen, in sein Domizil einzudringen. Wenn nicht, dann müsste ich eben in die Röhre gucken. Aber das wäre auch nicht das erste Mal gewesen.

Die Müllberge in den Straßen stanken, der Wind fegte den Passanten fettiges Küchenpapier ins Gesicht, die Bürgerwehren waren bis unter die Zähne bewaffnet, und die Mannschaftswagen der Polizei parkten in gebührendem Abstand, »um nicht zu provozieren«.

Beunruhigt stellte ich fest, dass nach den Vorfällen der letzten Nacht die besonnensten Nachbarn, die vielleicht noch einen beschwichtigenden Einfluss hätten ausüben können, nicht mehr bei den Patrouillen mitmachten. Die Trupps bestanden fast ausschließlich aus Jugendlichen, die Stirnbänder trugen, ihre Gesichter mit Kohle geschwärzt

hatten und rambomäßig aussahen. Ein paar Schulkameraden von mir waren unter ihnen.
»He, Flanagan! Willst du nicht mitmachen?«
»Gestern haben wir uns zwei Junkies vorgeknöpft! Die sind jetzt reif für den Müll!«
»He, Flanagan, das ist 'ne affengeile Sache!«
Ich weiß nicht, wie die Verhandlungen zwischen den Bürgerwehren und den Roma verliefen, aber diese Wilden hier waren offensichtlich nicht bereit, auf ihr Privatvergnügen zu verzichten. Sie taten gerade so, als würden sie mich zu einer ausgelassenen Party einladen, als wären sie die Herrscher des Viertels, die Repräsentanten einer neuen Ordnung. Es war einfach absurd!
Auch viele Skinheads befanden sich unter ihnen. Skins, die sich in Schlägertruppen zusammengerottet hatten, die Vorhut einer rassistischen Revolution, die die Gelegenheit nutzte, Krawall zu machen.
Nachts durch mein Viertel zu laufen war nicht sicherer, als über ein Minenfeld zu gehen.

10. Die Nacht gehört mir

Es war schon kurz nach zehn Uhr abends und ich hatte noch jede Menge zu tun.
In einer Kneipe auf dem Marktplatz, in der man mich nicht kannte, aß ich ein Brötchen und trank eine Cola. In dieser Gegend herrschte tagsüber längst nicht so eine Katastrophenstimmung wie in der Nähe des Geländes, auf dem die Baracken gestanden hatten. Hier wirkten die Grüppchen, die tagsüber am Ausgang des U-Bahnhofs Wache schoben, irgendwie fehl am Platze. Aber nach Sonnenuntergang, wenn die normalen, friedlichen Passanten von den Straßen verschwunden waren, als herrschte Ausgangssperre, dann waren die wilden Krieger und Junkiejäger die uneingeschränkten Herrscher des Viertels. Der Kneipenwirt wies mich darauf hin, dass ich der letzte Gast an diesem Abend sei und ich mich deshalb beeilen solle.
»Darf ich mal telefonieren?«
»Ja, aber beeil dich.«
»Haben Sie ein Telefonbuch?«
»Ja, aber beeil dich«, wiederholte er und schob mir den Schinken rüber.
»Ich kann viel schneller eine Nummer im Telefonbuch nachschlagen, als Sie denken«, beruhigte ich ihn.
Er fing an, die Stühle auf die Tische zu stellen, während ich den Namen Sirvent heraussuchte. Es gab nicht viele Sirvents in Barcelona und in meinem Viertel nur einen. Er wohnte in einem der Hochhäuser im Zentrum, in der Nähe

des Marktplatzes, wo ich mich gerade befand. Ich wählte die Nummer und ließ es lange klingeln. Sirvent *Streichholz* war nicht zu Hause. Der Kneipenwirt schaute mich aus den Augenwinkeln an und schnalzte mit der Zunge, um seiner tiefen Verärgerung Ausdruck zu geben.

Danach wählte ich María Guals Nummer. Der Kneipenwirt legte den Kopf zur Seite wie ein Vogel, der Gefahr wittert. Er bewegte sich so hektisch, als hätte er eine Hummel im Hintern.

»Alooo«, meldete sich María mit französischem Akzent, wie immer zu dummen Scherzen aufgelegt.

»Noch eine Bitte«, sagte ich.

»Noch eine? Aber Chef! Finden Sie nicht, dass Sie mich ausnutzen?«

»Ich werde meinen Eltern erzählen, dass wir mit deinem neuen Motorrad einen kleinen Ausflug machen.«

»Aber Chef! Was werden deine Eltern denn von uns denken?«

»Ich werde ihnen erzählen, dass wir zum Wochenendhaus von deinen Eltern gefahren sind … Wo ist das noch mal?«

»In Viladrau … Bildest du dir etwa ein, die nehmen dir ab, dass wir zu zweit *auf einem Mofa* von Barcelona nach Viladrau gefahren sind?«

»Na ja … Meine Eltern wissen doch nicht, dass du ein Mofa hast. Ich werde ihnen erzählen, du hättest eine fünfhunderter Honda.«

»Kawasaki finde ich aber besser«, protestierte sie. »Die sind viel schärfer.«

»Okay«, sagte ich ungeduldig. »Dann eben eine Kawasaki.«

»Aber eine Fünfhunderter, okay? Und knallrot, das finde ich geil, und …«
»María«, unterbrach ich sie so entnervt, dass der Kneipenwirt vor Schreck zusammenzuckte.
»Okay, okay. Reg dich nicht auf. Wo waren wir stehen geblieben?«
»Im Wochenendhaus von deinen Eltern in Viladrau, mit deiner knallroten Kawasaki. Und da der Rückweg sehr weit ist, kommen wir natürlich erst spät nach Hause. Deckst du mich, wenn meine Eltern bei euch anrufen?«
»Klar doch, Chef. Ich kann die Stimme von meiner Mutter supergut nachmachen.« Sie machte ihre Mutter nach: »Machen Sie sich keine Sorgen, Señor Anguera. Für die Moral meiner Tochter lege ich meine Hand ins Feuer. Sie weiß schon, wie sie sich diesen Wüstling Johnny Flanagan vom Leibe halten kann.«
»Danke, Partnerin.«
Sie änderte ihren Tonfall und sagte drohend: »Johnny …«
»Was?«
»Du bist mir einen Gefallen schuldig. Und so was vergesse ich nicht, das weißt du ja.«
»Okay, schick mir die Rechnung.«
»Ein Essen in der Pizzeria.«
Ich legte auf. Der Kneipenwirt beäugte mich misstrauisch. Ich biss in mein Brötchen und schlürfte die Cola, bis er sich wieder beruhigt hatte, einen Besen nahm und die Zeit totschlug, indem er den Staub von einer Ecke in die andere kehrte.
Als ich sah, dass er abgelenkt war, holte ich tief Luft und

wählte unsere Nummer zu Hause. Ich fühlte mich, als säße ich beim Zahnarzt.
»Bist du immer noch nicht fertig?«, schrie der Wirt aus der hintersten Ecke der Kneipe. »Wir sind doch hier nicht bei der Post!«
»Ich hätte gerne eins von diesen Feuerzeugen«, sagte ich und zeigte auf einen Ständer voller bunter Feuerzeuge. Ich wollte in dieser Nacht nicht im Dunkeln tappen, und ich konnte schwerlich nach Hause gehen, um meine Taschenlampe zu holen.
Mein Vater nahm den Hörer ab. Kaum hatte ich mich zu erkennen gegeben, ließ er mich nicht mehr zu Wort kommen und hielt mir eine mächtige Standpauke. Ob ich etwa glaube, dass ich um zehn Uhr noch auf der Straße herumlungern könne, noch dazu bei den Krawallen im Viertel? Ob ich nicht auf die Idee gekommen sei, dass meine Mutter sich vielleicht Sorgen machen könnte? Ob mir nicht klar sei, dass ich sie mit meinem Verhalten noch ins Grab bringen würde? Ob ich nicht wisse, dass sie schon zwei Beruhigungstees getrunken habe? Ob ich etwa glaube, dass ich ganz alleine auf dieser Welt lebe? Ob ich glaube, dass ich in einer Pension wohne? Ob ich denn nie auf jemanden Rücksicht nehmen würde?
»... In drei Minuten bist du zu Hause, verstanden?« Mit diesen Worten schloss er seine Standpauke.
»Das geht nicht.«
»Wieso? Wo bist du???«, brüllte er.
»Deshalb rufe ich ja an, Papa. Um dich zu beruhigen. Ich bin nicht bei uns im Viertel.«
»Wo bist du???«, wiederholte er, aber diesmal ein paar Dezibel lauter.

»In Viladrau«, log ich.
Ich hatte sehr viele und sehr wichtige Dinge zu tun. Ich musste Beweise finden, um einen Mörder zu entlarven und einen Unschuldigen zu entlasten; ich musste den Frieden im Viertel wiederherstellen und verhindern, dass die Skins die Kneipe von meinem Vater in Brand steckten.
Ich fand, das waren genug Gründe, um eine kleine Notlüge zu rechtfertigen.
»In Viladrau?«, schrie mein Vater, als hätte ich Saskatchewan gesagt.
Der Kneipenwirt musterte mich aus den Augenwinkeln und murmelte: »So eine Frechheit.« Dann wandte er sich zum Fenster und betrachtete die Straße.
»Ja«, antwortete ich. »In den Bergen von Montseny. Frische Luft, viele Bäume, Vogelzwitschern.«
»Juanito!!! Willst du mir einen Bären aufbinden?«
»Nein, nein, Papa. Pass auf, ich werd's dir erklären ...«
»Das will ich hoffen!«
»María Gual und ich haben einen Ausflug mit dem Motorrad gemacht ...«
»Mit dem Motorrad?«
»Ja, mit dem Motorrad von María Gual, du weißt schon, eine Freundin von der Schule. Ihre Familie hat hier ein Wochenendhäuschen ...«
»Wer ist María Gual? Die, die immer ohne Sturzhelm fährt?«
»Nein, nein. Sie trägt immer einen Sturzhelm. Deshalb haben wir ja den Ausflug gemacht. Sie wollte ihren neuen Sturzhelm ausprobieren.«
»Und du?«
»Ich?«

»Sie trägt einen Sturzhelm, aber du nicht, stimmt's? Natürlich nicht! Sie wird ja keinen Sturzhelm für dich gekauft haben! Und wann kommt ihr zurück?«
»Genau darüber wollte ich ja mit dir reden. Ich wollte dir sagen, dass ich spät nach Hause komme, weil wir jetzt erst losfahren …«
»Kommt gar nicht in Frage! Hast du gehört? Das kommt gar nicht in Frage! Ich verbiete dir, mitten in der Nacht mit dem Motorrad diese kurvenreiche Strecke zu fahren, und noch dazu ohne Sturzhelm!«
Die Reaktion meines Vaters brachte mich leicht aus der Fassung. »Stopp, Moment mal …« Warum musste das Leben nur so schwierig sein?
»Aber, Papa, wir können doch nicht hier übernachten …«
»Wieso denn nicht? Natürlich könnt ihr das! Ihr müsst es sogar! Lass mich mal mit diesem Mädchen reden.«
»Uff, das geht jetzt nicht. Sie kann jetzt nicht ans Telefon kommen …«
»Warum nicht?«
Sozusagen als Antwort auf die neugierige Frage meines Vaters fing einer von den Spielautomaten an, eine penetrante Melodie zu trällern.
»Ihr seid in einer Kneipe?«, fragte mein Vater nach einer bedeutungsvollen Pause.
»Nein, nein«, sagte ich. »Na ja, also, doch …«
»Das habe ich mir doch gedacht. Ihr lasst euch mit Bier voll laufen, wenn nicht mit Schlimmerem.«
»Nein, nein, Papa! Was denkst du denn?«
»Hör mal zu, Juanito. Morgen werden wir uns in Ruhe darüber unterhalten. Aber ich verbiete dir, heute Nacht mit

dem Motorrad von Viladrau nach Barcelona zu fahren, auf dieser kurvenreichen Straße, und noch dazu ohne Sturzhelm und stockbetrunken. Ich will nicht, dass du durch einen blöden Unfall im Krankenhaus landest. Verstanden? Ich werde die Guals anrufen und ihnen alles erklären. Außerdem kommt ihr, wenn ihr jetzt losfahrt, genau dann an, wenn die Bürgerwehren durch die Straßen ziehen, und ich möchte nicht, dass du unnötige Risiken eingehst.«

Verzweifelt raufte ich mir die Haare, wischte mir den Schweiß von der Stirn, warf dem Kneipenwirt flehende Blicke zu und hoffte auf ein Wunder. Ich hatte ja gehofft, dass mein Vater mir erlaubt, spät nach Hause zu kommen, aber dass er mich dazu verurteilte, die Nacht draußen zu verbringen, damit hatte ich dann doch nicht gerechnet.

»Aber, Papa«, setzte ich zu einem letzten verzweifelten Versuch an. »Ist dir eigentlich klar, dass wir beide hier ganz alleine sind?«

»Und?«, fragte mein Vater. Noch nie hatte ich drei Buchstaben gehört, die so drohend klangen.

»Ach, nichts.«

»Aha. Denn wenn ...«

»Nein, nein, schon gut, Papa.«

»Denn wenn ...«

»Nein, nein, schon gut, Papa.«

»Also gut«, gab er sich zufrieden. »Sag María, sie soll sich keine Sorgen machen. Ich werde ihren Eltern alles erklären.«

»Aber sei bitte diskret, ja?«

»Nun lass es gut sein, wir unterhalten uns morgen weiter.«

»Hör mal, Papa ... Warte mal. Ich muss dir noch etwas sagen. Ich habe gedacht … Na ja, vielleicht solltest du die Kneipe morgen nicht aufmachen …« Ich hörte, wie mein Vater am anderen Ende der Leitung die Luft anhielt. Aber ich bohrte weiter, obwohl meine Stimme fast versagte: »So, wie die Lage im Viertel ist …« Mein Vater hielt immer noch die Luft an, und ich befürchtete schon, er wäre bereits erstickt. Ich stammelte meinen Satz zu Ende: »Na ja, die Skinheads könnten wiederkommen und …«

»Ich habe die Kneipe seit zehn Jahren keinen einzigen Tag zugemacht, außer Heiligabend natürlich, und ich denke gar nicht daran, sie zuzumachen, nur weil ein paar Spinner verrückt spielen!«, stieß er aus und holte schnaufend Luft.

Und er legte auf, ohne mir Gelegenheit zu geben, genauer auf dieses Thema einzugehen.

»Ja, klar, ich dachte nur«, sagte ich zu dem Pfeifton, der das Ende der Partie anzeigte. *»Game over.«*

Der Kneipenwirt ließ nicht zu, dass ich das Brötchen in seinem Lokal aufaß. Als professioneller Halsabschneider nahm er mir eine horrende Summe für Telefongespräche, Feuerzeug, Brötchen und Cola ab, schubste mich auf die Straße und zog mit einem Ruck die Metallrollläden herunter, dass ich aufpassen musste, nicht geköpft zu werden.

Nun gut. Die Nacht gehörte mir. Nur mir allein. Ich fühlte mich, als hätte man mich zu Hause rausgeworfen und mir noch nicht einmal erlaubt, meine Zahnbürste mitzunehmen oder meine Magnum 357, eine mächtige Steinschleuder, die mir bei eventuellen Zusammenstößen mit den Skinheads sehr von Nutzen hätte sein können. Ich hatte eine ganze Nacht lang Zeit, darüber nachzudenken, wie ich verhindern konnte, dass mein Vater am nächsten Tag

die Kneipe aufmachte. Wenn es für mich überhaupt einen nächsten Tag gab. Eine ganze, lange Nacht lag vor mir, in der die Bürgerwehren die Straßen unsicher machten. Und ich malte mir aus, dass ich mich auf einer Bank in der U-Bahn oder in einem Müllcontainer vor den Skins verstecken und voller Panik die Morgendämmerung abwarten würde. Tolle Aussichten, wie ihr seht.
Vor dem Ausgang der U-Bahnstation hatten die Bürgerwehren um zwei Blechtonnen herum, in denen Zeitungen und Holzscheite brannten, ihr Lager aufgeschlagen. Aus einem Kassettenrekorder dröhnte in voller Lautstärke die Gruppe Nirvana, ein paar Leute tanzten, andere tranken, und alles zusammen ergab ein geradezu surrealistisches Bild, eine Mischung aus Schützenfest und Sciencefictionfilm über die Überlebenden einer Atomexplosion. Ich fand es schon schlimm genug, dass sie sich zusammengerottet hatten, um Leute zu verprügeln, aber dass sie das auch noch feierten, das fand ich wirklich zum Kotzen.
Ein paar Minuten später stand ich vor dem Gebäude, in dem Sirvent wohnte. Ein riesiges Eckhaus gegenüber einer Sparkassenfiliale. So schlecht, wie die Dinge in letzter Zeit für mich liefen, war ich überzeugt davon, dass ich völlig umsonst bis in den achten Stock, in dem Sirvent wohnte, hinaufsteigen würde. In diesem Viertel ist niemand so naiv, seine Wohnung mit einem Schloss zu sichern, das sich mühelos mit einem selbst gebastelten Dietrich knacken lässt. Aber ich hatte die ganze Nacht lang Zeit, und da ich nichts Besseres vorhatte, drückte ich mit meiner Handfläche auf alle Klingeln gleichzeitig. Wie gehabt antworteten verschiedene Stimmen in verschiedenen Tonlagen. Ich murmelte irgendein unverständliches Wort, so was wie »Pista-

zie«, und automatisch drückte mir einer der Hausbewohner auf und ließ mich rein.
Ich knipste ab und zu mal das Feuerzeug an und stieg durch das dunkle Treppenhaus bis in den siebten Stock hinauf. Wie vorauszusehen gewesen war, konnte ich mit meinem Dietrich bei seinem Schloss nichts ausrichten. Aber ich ließ mich nicht entmutigen. Es handelte sich um ein so genanntes Sicherheitsschloss, über das mir mein Informant in Sachen Schlüssel, Schlösser und Dietriche einmal eine merkwürdige Geschichte erzählt hatte. Eine Geschichte, die natürlich frei erfunden sein konnte. Ich muss zugeben, dass ich sie immer schon ein wenig zu phantastisch gefunden hatte. Aber da ich wie gesagt nichts Besseres vorhatte und nun schon einmal wie ein gewöhnlicher Einbrecher in diesem finsteren, fremden Treppenhaus stand, sagte ich mir, dass ich nichts zu verlieren hätte, wenn ich seine Methode einmal ausprobierte.
In diesem Moment war ich mir ganz sicher, dass ich nichts zu verlieren hatte. Ich konnte ja nicht ahnen, was mich erwartete.
Ich werde das Schloss nicht beschreiben, damit mir niemand vorwerfen kann, ich bringe jemanden auf dumme Gedanken. Ich beschränke mich darauf, zu erzählen, was ich getan habe. Mit dem Feuerzeug erhitzte ich vorsichtig das hintere Ende des Plastikkugelschreibers, den ich bei mir hatte. Als es weich und formbar war, drückte ich es kräftig in das Schloss und hielt den Kugelschreiber ein paar Sekunden lang so fest. Man hatte mir versichert, dass sich in diesem Moment in dem weichen Plastik ein Abdruck des Schlosses bilden würde. Unmöglich, klar. Aber Tatsache ist, dass am hinteren Ende des Kugelschreibers

sechs prächtige Zähnchen zu sehen waren, als ich ihn wieder herauszog.
Ich setzte mich auf die Treppe und wartete im Dunkeln, bis der Kuli wieder hart war. Ich dachte an Sebastián Herrera und seinen Erpressungsversuch. Denn Sebastián Herrera hatte versucht, jemanden zu erpressen. Und der hatte ihn dann umgebracht. Mir schoss durch den Kopf, dass das niemand aus unserem Viertel gewesen sein konnte. Sebastián Herrera hatte mehr als drei Millionen Peseten verlangt. Er hatte behauptet, dass in seinem Koffer drei Millionen fehlten, aber trotzdem muss er etwas bekommen haben, denn sonst hätte sich der Erpresste ja nicht die Mühe gemacht, ihm den berühmt-berüchtigten Aktenkoffer auszuhändigen. Nehmen wir also einmal an, dass Sebastián Herrera vier Millionen Peseten gefordert hatte (wenn wir davon ausgehen, dass nur noch eine Million in dem Koffer gewesen war). Ich konnte mir nicht vorstellen, dass irgendjemand hier im Viertel vier Millionen Peseten bar bezahlen konnte. Die Drogenhändler ausgenommen natürlich. All das ging mir im Kopf herum, während ich den Kuli zwischen meinen Fingern drehte.
Er war inzwischen kalt geworden. Ich stand auf und schob ihn voller Skepsis ins Schloss. Selbstverständlich würde ich, falls der Wohnungsbesitzer die Tür beim Hinausgehen abgeschlossen hatte, nichts ausrichten können. Der Trick funktionierte nur, wenn er die Tür lediglich zugezogen hatte. Ich drehte den Kuli wie einen Schlüssel herum. Natürlich brachen die Plastikzähnchen ab, aber das Schloss machte trotzdem klack, und die Tür sprang auf.
»Oh.« Ich musste ein Kichern unterdrücken. Da war ich wirklich platt. »Na so was.« Endlich glückte mir mal was.

Offensichtlich meinten es die Götter von Zeit zu Zeit auch mal gut mit mir.
Ich schloss die Tür hinter mir. In der Wohnung war es stockdunkel. Überrascht stellte ich fest, dass im Flur eine Treppe in die obere Etage führte. Offensichtlich hatte Sirvent eine Maisonette-Wohnung. Donnerwetter. Eine richtige Luxusbude. So was hätte ich in meinem Viertel gar nicht erwartet. Ob Herrera wohl ihn zu erpressen versucht hatte?
In der unteren Etage fand ich nichts Interessantes. Ein großes Wohn- und Esszimmer, das mit lauter Sachen voll gestopft war, die man manchmal in den Schaufenstern sieht und bei denen man sich fragt, wer dieses Zeug wohl kauft. Zum Beispiel: eine Tischplatte aus Glas, die auf einem fast lebensgroßen Elefantenkopf mit Stoßzähnen und allem Drum und Dran lag, der gleichzeitig als Tischbein diente. Die Wände waren mit edlem Holz vertäfelt. Ein riesiger Fernseher. Ein paar orientalische Stehlampen, auf denen böse Geister zu sehen waren. Ein Sofa von kolossalen Ausmaßen. In dem kleinen Esszimmer konnte man sich kaum bewegen, ohne ständig an Möbel zu stoßen. So viel Protz und Prunk in meinem Viertel konnte nur bedeuten, dass der Besitzer dieser Wohnung mit Drogen handelte. Einer von diesen stadtbekannten Dealern, die sich nicht die Mühe gaben, ihr Tun zu verheimlichen. Dieser Gedanke deprimierte mich. In der Küche warteten jede Menge Teller darauf, gespült zu werden. Auf der Marmorplatte lag ein Röhrchen Aspirin neben einem Glas. Vielleicht litt Sirvent ja vor lauter schlechtem Gewissen unter Kopfschmerzen. Und im Badezimmer eine gläserne Duschkabine, die mit kitschigen Blümchen dekoriert war,

die ganz und gar nicht zu einem skrupellosen Mörder passten. Alles war sauber und ordentlich. Diese Bude wirkte nicht gerade, wie man so schön sagt, wie die Höhle des Löwen. Und ich weiß nicht, warum, aber irgendwie brachte mich diese penible Ordnung auf den Gedanken, dass ich dort nicht das finden würde, was ich suchte.

Ich ging zurück in den Flur und schlich vorsichtig die schmale, steile Treppe hinauf. Die Holzstufen knarrten bei jedem Schritt. Obwohl ich wusste, dass Sirvent in seinem Café war und erst im Morgengrauen nach Hause kommen würde, schrak ich bei jedem Geräusch zusammen.

Ich gelangte in einen kleinen, langen Flur. Von den drei Türen, die es gab, entschied ich mich für die, in deren Schloss ein Schlüssel steckte. Ein Schlüssel bedeutete, dass es dort etwas zu verstecken gab, und genau das war es, was ich suchte. Ich drehte den Schlüssel um, und mithilfe meines Feuerzeugs und des Mondlichts, das durch das große Fenster, vor dem die Vorhänge nicht zugezogen waren, hereinfiel, sah ich, dass ich mich in dem Zimmer befand, das Sirvent als Büro benutzte.

Ein Schreibtisch, ein Einbauschrank, der die ganze Wand einnahm, ein Aktenschränkchen. Mehr passte auch nicht hinein.

Ich fing mit dem Schrank an. Auf dem obersten Regal befanden sich eine Reiseschreibmaschine mit Schutzhülle, ein defekter Ventilator und ein paar in Plastiktüten verpackte Wolldecken. Alles war so staubig, dass mir schnell klar wurde, dass seit Monaten niemand mehr diese Sachen angefasst hatte. An der Kleiderstange hingen Winterklamotten: ein paar Nylonanoraks, Regenjacken, Pullover, Anzüge. Auf dem Boden lagen ein elektrisches Heizgerät,

zwei Rucksäcke, eine zusammengefaltete Zeltplane, eine Flasche Campinggas, Kartons. Ich untersuchte den Inhalt der Kartons. Bierdeckel mit Werbung für das *Café Berlin*. Papiere mit dem Logo vom *Café Berlin*.
Als ich die Kartons wieder schloss, machte ich im Schein meiner Feuerzeugflamme eine Entdeckung. Ich weiß nicht, aber irgendwas machte mich neugierig. Unter der Campingausrüstung war etwas versteckt worden. Ich stellte die Campinggasflasche, die leer zu sein schien, zur Seite, hob die Zeltplane hoch und entdeckte den Koffer. Ein Aktenkoffer, der ganz so aussah, als wäre er sehr robust. Höchstwahrscheinlich der Aktenkoffer, den Sebastián Herrera im *La Rive Gauche* abgeholt hatte. Der Aktenkoffer, den Sirvent aus Herreras Wohnung geklaut hatte. Ich öffnete ihn. Er war leer. Schade.
Ich musste meinen Dietrich zu Hilfe nehmen, um die beiden Schubladen des Aktenschränkchens zu öffnen. Sie sahen so aus, als ließen sie sich leicht öffnen, und in der Tat, sie gingen sofort auf. In der ersten Schublade bewahrte Sirvent Strom- und Wasserrechnungen, den Mietvertrag des Cafés, Ordner voller Quittungen und andere Dokumente auf. Er hieß Miguel Sirvent Junquet. Das Foto in seinem Personalausweis zeigte ein hageres Individuum mittleren Alters mit hellen Augen, das eine gewisse Ähnlichkeit mit Mark Knopfler, aber mehr Haare und weniger Nase hatte. Ich wollte die Schublade gerade wieder schließen, als ich noch ein weiteres Dokument entdeckte: eine alte Lohnsteuerkarte. Und der Name der Firma, für die er gearbeitet hatte, hallte wie ein Echo in meinem Gedächtnis wider: COYDESA.
Wenn ich mich recht erinnerte, dann war das der Name der

Firma, die einen Teil des ehemaligen Barackengeländes zu einem Spottpreis gekauft hatte. COYDESA. Hoch- u. Tiefbau GmbH. Sirvent hatte also irgendwann einmal für diese Firma gearbeitet.
Ich legte eine kleine Pause ein und horchte, da ich das Gefühl hatte, ein Geräusch in der Wohnung gehört zu haben. Ich hielt die Luft an, aber ich hörte nur mein Herzklopfen, das mir die Gefahr, in der ich schwebte, in Erinnerung rief. Ich versuchte, mich zu beruhigen. Es konnte niemand in der Wohnung sein. Sirvent war in seinem Café und außerdem hatte ich vorher angerufen und es hatte niemand abgenommen.
In der zweiten Schublade des Archivschränkchens fand ich einen roten Ordner, der mit Papieren voll gestopft war. Und auf dem Ordner stand mit Filzstift: COYDESA.
Ich setzte mich an den Schreibtisch und riskierte es, die Lampe anzuschalten, um mir die Papiere näher anzusehen.
Es handelte sich um Fotokopien eines Dokuments, das drei querformatige Seiten umfasste. Auf dem breiten linken Rand waren, soweit ich erkennen konnte, Stempel des Grundbuchamtes zu sehen (die Qualität der Fotokopien war ziemlich schlecht, deshalb konnte ich die Stempel nicht genau entziffern). Ein anderer Stempel besagte: »AKTENVERMERK. NUR ZUR INFORMATION. ANFRAGE DREI SEITEN«. Und der Ausgangsstempel. Die Akte war vor drei Monaten verschickt worden. Jemand hatte sich am linken Rand Notizen gemacht. Ich erkannte die Schrift sofort wieder. Ich zog die zerknitterten Seiten vom »Ratgeber für den Autokauf« aus meinem Rucksack, verglich Zahlen und Buchstaben, und mein Herzschlag setzte aus,

denn es war eindeutig die Schrift von Sebastián Herrera. Das waren also die Papiere, die Sirvent Herrera entwendet hatte, nachdem er ihn umgelegt hatte.
Auf der rechten Seite, beinahe erdrückt von dem breiten Rand, stand ein Textblock, der auf den ersten Blick weder Punkt noch Komma aufzuweisen schien, als wolle man jeden Leser zum Wahnsinn treiben. Der Text begann mit dem Wort Beglaubigung (weshalb ich annehme, dass wir davon ausgehen können, dass es sich um eine Beglaubigung handelte). Dann folgten ein paar witzige Zeilen, vielleicht um den knochentrockenen Text etwas aufzulockern: »Auf den Seiten 141, 141 Rückseite, 142, 142 Rückseite, 143, 143 Rückseite ...« Der Verfasser schien ein gewisses Gefühl für Rhythmus zu haben. Danach folgte die Beschreibung eines Grundstücks, um das es offensichtlich in diesem Dokument ging. »Ein Grundstück von zweihundert Quadratmetern im Gebiet *El Torrent*«. Das verstand ich. Denn mein Vater hatte oft von *El Torrent* gesprochen und damit das Grundstück auf dem Barackengelände gemeint, das die Firma COYDESA gekauft hatte, um dort einen Supermarkt zu bauen. Das Grundstück, das eingezäunt worden war und von bissigen Hunden bewacht wurde. »Der Zoo«, wie die Jungs von der Schule es nannten. *El Torrent* hieß das Gelände also. Langsam ging mir ein Licht auf. Irgendwie steckte da ein Bombengeschäft dahinter und bekanntlich hat Habgier schon oft zu einem Mord geführt. Aber etwas passte nicht zusammen: *El Torrent* war ungefähr zwei Hektar groß, und das Grundstück, von dem hier die Rede war, war nur zweihundert Quadratmeter groß.
Knack! Schon wieder ein Geräusch? Ich fuhr zusammen und zerknüllte vor Schreck die Papiere, die ich in der

Hand hielt. Stille. Ich hatte es plötzlich ziemlich eilig, mich aus dem Staub zu machen. Das versteht sowieso kein Mensch, Flanagan, und jetzt nichts wie weg hier. Der Schreck fuhr mir in die Blase und ich musste plötzlich ganz dringend pinkeln. Ich versuchte, mich zu beherrschen. Meine Hände zitterten; es fiel mir schwer, mich zu konzentrieren, aber ich konnte nicht weggehen, bevor ich nicht alles verstanden hatte.

Ich konzentrierte mich auf einen Abschnitt, der mit einem Textmarker unterstrichen worden war und mir zwar unverständlich, aber dennoch bekannt vorkam: »Im Sinne des Erbzinsgesetzes ist dieses Grundstück mit einer jährlichen Bodenrente in Höhe von dreihundert Peseten belastet, zahlbar am Johannistag im Juni an die Erben von Don Ramón Serratusell.« Was bedeutete dieses Kauderwelsch? Das Wort »Erbzinsgesetz« kannte ich aus dem Zeitungsartikel, den ich in Herreras Mülltüte gefunden und Adrián Cano gegeben hatte. Was hatte es mit diesem »Erbzinsgesetz« genau auf sich? Ich war mir sicher, dass dort der Schlüssel zu dem Rätsel lag, aber ich fürchtete, dass das alles für mich ein bisschen zu kompliziert war.

Etwas weiter im Text fand ich, mitten in diesem Fachchinesisch, eine Namensliste, aus der hervorging, dass ein gewisser Ramón Serratusell das Grundstück 1930 im Grundbuch hatte eintragen lassen und/oder verkauft hatte. Danach waren fünf weitere Eigentümer aufgeführt: Don Octavio Marinaleda hatte es an José Orozco verkauft, Don José Orozco an María de las Mercedes Was-weiß-ich etc. Bis hin zum letzten Eigentümer, einem gewissen Jacinto Casarramona, der das Grundstück an COYDESA verkauft haben musste.

Das Erbzinsgesetz besagte, dass die Erben von Ramón Serratusell gewisse Rechte über dieses Grundstück behielten, aber ich konnte mich nicht erinnern, was für Rechte das waren. Das Recht, am Johannistag dreihundert Peseten zu erhalten, wie Herrera unterstrichen hatte? Ich konnte mir nicht vorstellen, dass man für läppische dreihundert Peseten jemanden umbrachte. Auf jeden Fall schien die Sache mit den Erben unseren Freund Sebastián Herrera sehr interessiert zu haben, denn er hatte den Namen von Don Ramón Serratusell eingekreist und einen Pfeil zum Rand gemalt, auf dem er weitere Namen notiert hatte. Es handelte sich um eine Art Stammbaum, der mit »Doloritas«, der einzigen Tochter von Don Ramón, die mit einem gewissen Adjutorio García verheiratet war, begann und zwei Generationen später mit einer gewissen »Montserrat García Roca« endete. Diesen Namen hatte Herrera unterstrichen und daneben hatte er eine Adresse in Barcelona notiert. Diese Montserrat García war also die direkte Nachfahrin von Ramón Serratusell und hatte deshalb gewisse Rechte über das Grundstück. Was für Rechte waren das noch?

Ich schrieb mir Namen und Adresse von dieser Montserrat García auf und beschloss, ihr so bald wie möglich einen Besuch abzustatten.

Dann schob ich die Papiere wieder in den Ordner, den Ordner in den Aktenschrank und bemühte mich, alles so hinzulegen, wie ich es vorgefunden hatte.

Schon wieder hatte ich das Gefühl, in der Wohnung ein dumpfes Geräusch gehört zu haben. Schon wieder fuhr ich vor Schreck zusammen und lauschte, schon wieder herrschte Totenstille, die nur ab und zu von einem vorbeifahrenden Wagen acht Stockwerke tiefer unterbrochen wurde. Immer mit der Ruhe, Flanagan, verlier bloß nicht die Nerven. – Ja, gut, aber verschwinde endlich von hier.

Ich hatte die Schreibtischschubladen noch nicht untersucht. Na und? Ist doch egal! Das Wichtigste hast du doch gefunden. Nichts wie weg! Was suchst du denn noch? Die Mordwaffe? Ich zog die oberste Schreibtischschublade auf. Schreibmaschinenpapier, Füllfederhalter, Filzstifte. Und die Mordwaffe.

Eine Pistole.

Ich muss gestehen, dass ich es mit der Angst zu tun bekam. Fass sie nicht an, Flanagan. Da sind bestimmt die Fingerabdrücke des Mörders drauf. Es war das erste Mal in meinem Leben, dass ich eine richtige Pistole von nahem sah. Sie war klein und kompakt, schwarz und glänzend. Auf dem Lauf, über dem Abzug, stand »STAR B. Echeverría. Eibar. España. S.A. CAL. 22«. Und in einem Kreis auf dem Kolben war zu lesen: »STAR« und »TRADEMARK«. Man hatte Sebastián Herrera vier Kugeln verpasst. Und zwar mit dieser Pistole.

Ich stand vor dem schlagendsten Beweisstück gegen Sirvent, das man sich vorstellen kann.

Jetzt ja. Ein Geräusch im Zimmer nebenan. Ein Knarren, ein Quietschen. Instinktiv knallte ich die Schublade zu und der Knall hallte durch den Raum wie ein Kanonenschlag. Ich blieb wie versteinert sitzen, war wie gelähmt. Das konnte doch nicht sein! Es war niemand in der Wohnung. Sirvent musste eine Katze oder einen drolligen Kanarienvogel haben. Genau, das musste es sein.

Ich hörte das Quietschen einer Tür, die geöffnet wurde. Schritte im Flur.

»Miguel, bist du's?«
Die Tür zum Büro ging auf und ein splitternacktes Mädchen stand vor mir.
Der Schreck war gegenseitig. Ich fuhr von meinem Stuhl auf. Das Mädchen schrie, ich fiel nach Gospelart in ihr Geschrei ein. Obwohl sie weder Fliege noch Weste noch sonstige Kleidungsstücke trug, erkannte ich sie sofort wieder. Es war Elisa, die schwarzhaarige Garderobiere aus dem *La Rive Gauche*. Ich verlor die Nerven und fing an zu lachen wie ein Schwachsinniger. Ich öffnete den Mund, um irgendeine Entschuldigung zu stammeln. Aber sie hatte mich ebenfalls erkannt, rannte schreiend hinaus, schlug die Tür hinter sich zu und drehte den Schlüssel um.
Ich hörte, wie sie die Treppe hinunterlief. Ich fing an, in dem Büro herumzuhüpfen, als sei ich komplett verrückt geworden. Ich musste dort raus, bevor …
Das Telefon auf Sirvents Schreibtisch rasselte. Elisa rief vom Hauptapparat aus jemanden an. Ich nahm den Hörer ab. Hoffentlich irrte ich mich und sie rief die Polizei an. In diesem Augenblick wäre mir nichts lieber gewesen, als wegen Hausfriedensbruch verhaftet zu werden.
»Ja, hallo?« Kneipengeräusche im Hintergrund. Gelächter von betrunkenen Skinheads. Elisa hatte leider nicht die Polizei angerufen.
»Miguel? Hier ist Elisa!« Sie hatte Sirvent angerufen, der offensichtlich ein intimer Freund von ihr war. »Der Bursche, der letztens im *La Rive Gauche* rumgeschnüffelt hat, ist hier. Ich habe ihn in deinem Büro eingesperrt.«
»Hören Sie, hören Sie, hören Sie«, stammelte ich, »hören Sie, hören Sie, hören Sie«, wie ein Verrückter.

11. Rette sich, wer kann

Sirvent war außer sich vor Freude. Wie ein Kleinkind am Weihnachtsmorgen. Elisas Anruf schien ihm eine große Freude zu bereiten. Ich fand das alles überhaupt nicht lustig.

»Großartig!«, rief er, weil er genau wusste, dass ich zuhörte. »Die Tür ist sehr solide und das Fenster liegt im achten Stock. Da kommt der nie im Leben raus. In ein paar Minuten sind wir da. Ich nehme die Jungs mit.« Er meinte die Horde Skinheads, die sich in seinem Lokal voll laufen ließ. »Ach, Elisa, noch was. Es wäre besser, wenn du den Stecker vom Telefon rausziehst, damit der Kleine nicht auf die Idee kommt, vom Nebenapparat aus anzurufen.« Der Typ dachte wirklich an alles.

Und ich schrie immer noch: »Hören Sie, hören Sie, hören Sie!«

»Keine Sorge, Kleiner.« Er ließ sich schließlich dazu herab, mit mir zu sprechen. »Ich werde dir gleich zuhören. Alle werden dir zuhören. Selbst in Moskau werden sie dich hören, wenn es dir an den Kragen geht. Was der *Führer* neulich mit dir gemacht hat, war nur eine Vorwarnung. Heute wird's ernst, Kleiner.«

Er legte auf, kurz darauf war die Leitung tot und der Apparat in meinen Händen nur noch ein nutzloser Gegenstand. Ich schaute auf die Uhr. Elf Uhr zwanzig. Wie lange brauchten sie von Sirvents Kneipe bis hierher? Zehn Minuten? Eine Viertelstunde?

Ich war stumm vor Entsetzen. Gelähmt vor Angst. Ich hätte nie gedacht, dass man solche Angst haben kann. Die Angst fuhr mir in die Knochen, drehte mir den Magen um und ließ mich am ganzen Körper zittern. Ich schätze, dass Häftlinge, die auf ihre Hinrichtung warten, sich ähnlich fühlen. Und ich konnte nicht auf Begnadigung hoffen.
Beruhige dich, Flanagan. Sieh doch nicht gleich schwarz. Werd nur nicht nervös.
Ich lief verzweifelt im Zimmer auf und ab, um irgendeinen Ausweg aus dieser Mausefalle zu suchen.
Ich öffnete das Fenster. Ein orkanartiger Wind zerzauste mir die Haare und ließ die Gardinen wie Fahnen flattern. Acht Stockwerke freier Fall; eine Fassade so glatt wie Babyhaut. Niemand war auf die Idee gekommen, eins von diesen kleinen Simsen anzubringen, die in Actionfilmen immer so praktisch sind. Wenn das Gebäude gegenüber bewohnt gewesen wäre, hätte ich um Hilfe rufen können. Wenn ich nicht in einer Maisonette-Wohnung gewesen wäre, hätte ich auf den Boden stampfen können, bis die Nachbarn von unten eingegriffen hätten. Wenn das Gebäude kein Eckhaus gewesen wäre, hätte ich gegen die Wände trommeln können. Aber das Gebäude gegenüber beherbergte eine Sparkassenfiliale und ich befand mich in einer zweistöckigen Wohnung in einem Eckgebäude. Alles war gegen mich.
Ich schloss das Fenster. Auf diesem Weg war nichts zu machen, außer mich umzubringen, und das fand ich keine besonders gute Idee.
Elf Uhr zweiundzwanzig. Sirvent und die Skins verließen wahrscheinlich gerade das Café und stiegen in Autos und auf Motorräder. Eine unerträgliche Angst saß mir immer

noch in den Gliedern. Tu was, Flanagan, unternimm etwas.
Das Schloss konnte ich mit meinem Dietrich nicht knacken. Und außerdem hatte Elisa den Schlüssel außen stecken lassen. Ich erinnerte mich an einen Trick, von dem ich gelesen hatte, und schöpfte wieder Hoffnung.
Theoretisch war es ganz einfach. Man musste nur ein Stück Zeitungspapier suchen, es unter die Tür schieben, dann den Dietrich ins Schloss stecken und so lange gegen den Schlüssel drücken, bis er auf die Zeitung fiel. Dann würde ich mithilfe der Zeitung den Schlüssel unter der Türritze zu mir hereinziehen. Der Schlüssel fiel herunter, hüpfte mit einem fröhlichen Klirren über den Steinboden und blieb weit weg von der Zeitung und meiner Reichweite liegen. Ich hörte Schritte auf der Treppe, und dann Elisas spöttische Stimme.
»Nur nicht nervös werden, mein Junge. Die anderen müssen jeden Moment da sein. Du willst dir die Party doch nicht entgehen lassen, oder? Schließlich geben wir sie nur dir zu Ehren.«
»Bitte!«, flehte ich. »Lassen Sie mich raus, bitte. Die werden mir wehtun. Sie wissen ja nicht, wie die sind. Sie wollen sich doch nicht mitschuldig machen, oder?«
»Die Suppe hast du dir selbst eingebrockt, mein Lieber.«
Ich hörte, wie sie die Treppe wieder runterging.
Ein Blick auf die Uhr. Die Zeiger rückten unbarmherzig vorwärts und die Katastrophe näher. Elf Uhr fünfundzwanzig. Wie viel Zeit hatte ich noch zu leben? Drei Minuten? Fünf? »Die Pistole!«, rief ich laut.
Ich zog die Schreibtischschublade auf, nahm zum ersten Mal in meinem Leben eine Pistole in die Hand, zielte auf

das Türschloss und drückte ab. Nichts. Mit zitternden Händen, die ich nicht mehr unter Kontrolle hatte, versuchte ich, sie zu entsichern. Aufs Geratewohl betätigte ich alle möglichen Hebel. Dann zielte ich wieder auf die Tür und drückte noch einmal ab. Die Waffe machte »klack, klack, klack«, als wäre sie eine Spielzeugpistole, mit der man keiner Fliege was zuleide tun könnte. Sie war nicht geladen. Schreiend und schluchzend schmiss ich die Pistole in die Ecke. Sie schlug krachend auf dem Boden auf und prallte dann an der Wand ab. »He, du Idiot! Was machst du denn da?«, schimpfte ich mich aus und rannte hinter ihr her wie hinter einem scheuen Haustierchen. Ich packte sie mit beiden Händen und drückte sie gegen meine Brust, denn schließlich handelte es sich um ein wertvolles Objekt. Mit dieser Pistole konnte ich beweisen, dass Sirvent Sebastián Herrera getötet hatte. Ich durfte sie auf keinen Fall verlieren. Ich steckte sie in die Tasche meiner Jogginghose. Sie war so schwer, dass mir beinahe die Hose runtergerutscht wäre.
Ich fing an, mich wie ein Kreisel um mich selbst zu drehen, schaute nach Norden, nach Süden, nach Osten und nach Westen, sah nichts als Mauern und wünschte mir eine gute Fee herbei, die mir durch ein Wunder aus der Patsche helfen würde. Ich hatte das ungute Gefühl, kostbare Zeit zu verlieren, während meine Widersacher sich in einem rasenden Tempo näherten. Ich beschloss, dass nun der Zeitpunkt gekommen war, zu drastischen Lösungen zu greifen: mich in die Ecke zu hocken und nach meiner Mami zu schreien.
Ich erinnere mich nicht daran, die Idee gehabt zu haben. Es war eher so, dass die Idee mich hatte, um das mal so aus-

zudrücken. Eine völlig absurde Idee, die mich dazu brachte, die Kartons mit den Bierdeckeln und Papieren, das Schreibmaschinenpapier und die Ordner aus Pappe, Holzschubladen und sogar die Schaumgummifüllung von einem Kissen neben dem Fenster aufzustapeln. Mit meinem Feuerzeug zündete ich diesen Scheiterhaufen dann an.

Rauchzeichen. Ich musste Rauchzeichen aus dem Fenster geben. Irgendjemand würde sie sehen, irgendjemandem würde die schwarze Rauchsäule, die sich bereits bildete, auffallen, irgendjemand würde die Feuerwehr rufen. Und in Gegenwart der Feuerwehrmänner konnte Sirvent mir nichts antun.

Elf Uhr dreißig. Ich weiß nicht, was in dieser Nacht mit dem Wind los war, oder mit meinem Feuerzeug, oder mit meinem Brennmaterial aus dieser Wohnung. Tatsache ist, dass sich der dicke Qualm zu mir herüberwälzte und ich plötzlich in Rauch und Asche eingehüllt war. Ich fing an zu husten und fuchtelte mit den Armen, um die Rauchschwaden zu vertreiben, die mir in den Augen brannten. Ich hatte das Gefühl, großen Blödsinn gemacht zu haben, und wich ängstlich bis zur Tür zurück. Von dort aus sah ich voller Entsetzen, dass die Flammen immer größer wurden und sich zu den Vorhängen züngelten, die augenblicklich hell aufloderten (aus was für einem Material waren denn diese Vorhänge?); Funken stoben in alle Richtungen.

Ein schwarzer, stinkender und qualmender Fleck breitete sich auf dem Teppichboden aus. Leuchtende Flämmchen züngelten die Schreibtischbeine hoch. Der Drehstuhl knisterte und qualmte. Kleine Rauchwölkchen quollen aus der edlen Holzvertäfelung.

Und ich stand, hustend und heulend, mit dem Rücken zur Tür. Ich weiß nicht, ob der Rauch oder meine Verzweiflung mir Tränen in die Augen trieben. Hilflos stand ich vor der Katastrophe, die ich selbst ausgelöst hatte.
Und dann entdeckte ich das prasselnde Feuer, das im Schrank aufloderte, und bekam eine Gänsehaut. Es waren die Nylonanoraks, die Plastiktüten mit den Wolldecken und die Pullover. Aber das war nicht das Schlimmste. Das Schlimmste war, dass mich eine fürchterliche Vorahnung beschlich. Denn ich erinnerte mich plötzlich, dass irgendwo dort in diesem neuen Brandherd eine Gasflasche stand. Eine kleine Gasflasche für fröhliche Nächte auf dem Campingplatz. Ich sagte mir: Bleib ganz ruhig. Du hast sie doch eben noch hochgehoben und die Flasche war leer. Aber man muss zugeben, dass es nicht einfach ist, mitten in einem brennenden Zimmer ruhig zu bleiben, noch dazu, wenn man weiß, dass dort irgendwo eine Gasflasche rumsteht. Vielleicht hatte ich mich ja geirrt und sie war gar nicht ganz leer. Vielleicht war noch ein bisschen Gas drin. Vielleicht nicht genug, um das Gebäude explodieren zu lassen, aber doch Gas genug, um alles im Umkreis von zwei oder drei Metern in die Luft zu sprengen. Und ich war nur zwei oder drei Meter von ihr entfernt. Und ich konnte nicht weiter weg, weil das Zimmer nicht größer und die Tür, diese verdammte Tür, abgeschlossen war.
»Hilfe! Hilfe! Machen Sie auf! Schnell!«
Sirvent und die Skinheads konnten mir nichts mehr anhaben. Lange vor ihrer Ankunft wäre ich schon erstickt. Alles läge schon längst in Schutt und Asche. Der einzige tröstende Gedanke war die Vorstellung, dass die Gasflasche

genau in dem Moment explodieren würde, in dem meine mit Baseballschlägern und Ketten bewaffneten Widersacher zur Tür hereinstürmten.
Aber das klappte wahrscheinlich nicht. Bei dem Pech, das ich in der letzten Zeit hatte, würde die Gasflasche nur »pffff« machen wie ein Luftballon, aus dem die Luft rausgeht, und meine Widersacher würden sich grölend und lachend auf die Schenkel klopfen.
Aber für alle Fälle schrie ich: »Nein!«, und fing wieder an, herumzuzappeln wie ein Besessener. Tatsächlich war ich nicht damit einverstanden, wie sich die Dinge entwickelten. Ich rannte los, um die Schranktür zu schließen. Dann schob ich mit aller Kraft das Aktenschränkchen über den stinkenden, qualmenden Teppichboden vor die Tür des Einbauschranks.
Eine weise, innere Stimme riet mir, mich in eine Ecke zu hocken, die Augen zu schließen, den Mund zu öffnen und mir die Ohren zuzuhalten, bevor die Gasflasche explodierte.
Es war kein lang anhaltender Knall, »buuuuuum«, mit vielen u's, wie man ihn aus Filmen kennt. Ganz im Gegenteil, es war zwar ein ohrenbetäubender, aber kurzer Knall mit vielen Konsonanten. »PTWM!« oder so was in der Art. Die Explosion war im Nu vorbei, hatte aber eine solche Kraft, dass sie mich wegschleuderte und ich mit dem Kopf gegen die Wand donnerte. Das ganze Gebäude schien zu beben.
Als ich mich umdrehte, konnte ich nichts erkennen. Der Rauch war noch dicker und schwärzer geworden, und ich glaubte, jeden Moment zu ersticken.
Und ich glaubte auch, dass die Explosion eigentlich alle

Wände niedergerissen und mir einen Weg in die Freiheit geöffnet haben müsste. Vielleicht hatte sie aber auch ein Loch in den Fußboden gerissen, durch das ich nun in den Abgrund stürzen würde. Aber solche pessimistischen Gedanken verbot ich mir. Schließlich konnte ja nicht immer alles schief gehen.
Auf allen vieren kroch ich durch schwarze Rauchwolken in die Richtung, in der der Schrank gestanden hatte. Ich stieß gegen das Aktenschränkchen, das umgefallen war und seine ursprüngliche Form verloren hatte. Die Türen des Einbauschranks gab es nicht mehr. Und aus dem Inneren des Schranks quollen mir die dicksten und schwärzesten Rauchschwaden entgegen, die ich jemals in meinem Leben gesehen habe. Aber es brannte kein Feuer mehr. Die Explosion hatte es erstickt. Jedenfalls vorübergehend. Und die Wand hinter dem Schrank war weg. Vor mir lag ein geschmackvoll eingerichtetes Schlafzimmer, in das ein Riese heiße Lava gespuckt zu haben schien. Flüchtig nahm ich wahr, dass die Deckenleuchte heruntergefallen und zu Bruch gegangen war und der mannshohe Spiegel Risse hatte, aber um ehrlich zu sein, hielt ich mich nicht lange damit auf, die Einrichtung zu begutachten.
Ich hatte es eilig. Sehr eilig sogar.
Ich rannte in den Flur, sprang die Treppe hinunter, sah irgendwo in der Diele Elisa herumstehen, in Rauchwolken und einen seidenen Morgenmantel gehüllt, mit offenem Mund und verzerrtem Gesicht wie die Hauptdarstellerin aus einem Horrorstreifen. Ich verabschiedete mich nicht einmal von ihr, denn ich stand schon an der Wohnungstür.
»Die Pistole!«, dachte ich erschrocken. »Du hast die Pis-

tole vergessen!« Aber ich hatte sie nicht vergessen. Sie war immer noch in meiner Hosentasche und zog mir mit ihrem Gewicht beinahe die Hose runter.
Der Nachbar von gegenüber stand im Treppenhaus und starrte mich entsetzt an. Ich sah, dass er seine Lippen bewegte, aber ich konnte keinen Ton verstehen. Auch sonst war kein Geräusch im Treppenhaus zu hören, weder die Schritte von Militärstiefeln noch die Schreie der Skinheads, weder Kettengerassel noch Schläge von Baseballschlägern gegen das Treppengeländer.
War ich taub geworden? Das hatte mir noch gefehlt!
Aber ich brauchte meine Widersacher auch gar nicht zu hören, denn ich konnte sie mir sozusagen bildlich vorstellen. Und das Treppenhaus war viel zu schmal. Ich konnte ihnen nicht entkommen. An dieser Meute wäre ich niemals vorbeigekommen.
Ich stürzte mich auf den armen, verdatterten Nachbarn, stieß ihn vor mir her in seine Wohnung und ignorierte seine Proteste, was mir nicht schwer fiel, da ich ja sowieso nichts hörte. Ich legte beschwörend einen Finger auf meine Lippen. Er muss auf mich gehört haben, denn alles lief wie geplant.
Ich lugte durch den Spion. Dort war sie, diese Horde von Barbaren mit ihren Ketten und ihren Baseballschlägern. Sie sahen aus wie apokalyptische Reiter. Der *Führer* lief voraus, hinter ihm her trabten Charly und *Drakula* und noch ein paar andere Schlägertypen. Sobald sie in Sirvents Wohnung verschwunden waren, lief ich ins Treppenhaus, raste im Affenzahn die Treppe hinunter und bahnte mir einen Weg durch die aufgeregten Nachbarn, die die Treppe hochkamen, um zu sehen, was passiert war. Ich vermutete,

dass auch in ihren Wohnungen ein paar Fensterscheiben zu Bruch gegangen waren. Es wunderte mich, dass durch die Explosion nicht die Elektrizität im ganzen Gebäude ausgefallen war. Aber offensichtlich war nur die Sicherung in Sirvents Wohnung rausgeflogen.

»Was ist passiert?«, hörte ich plötzlich irgendjemanden fragen, und das war, als hätte man mir einen Stöpsel aus dem rechten Ohr gezogen. Wenigstens war ich nicht taub geworden und konnte mir weiterhin meine Musik für Masos anhören.

»Eine Bombe!«

»Ach, du heilige Madonna!«, rief eine alte Frau ganz nah an meinem linken Ohr. »Terroristen!«

»Eine Gasexplosion!«

»Ja, wahrscheinlich war es eine Gasexplosion!«

»Was ist passiert? Was ist passiert?«

»Du blutest ja, mein Junge«, sagte jemand zu mir.

Blutete ich? Das war mir gar nicht aufgefallen. Und es kümmerte mich auch nicht weiter. Hauptsache, ich lebte. Und wenn ich auch weiterhin leben wollte, dann sollte ich lieber schleunigst von hier verschwinden, denn nun, da ich wieder hören konnte, konnte ich auch genau verstehen, was Elisa oben schrie: »Er ist mir entwischt!« Und Sirvent brüllte: »Da unten ist er!« Und der *Führer* brüllte: »Los! Ihm nach!« Hastig stürzten sie die Treppe hinunter, die unter ihren schweren Stiefeln erzitterte. Atemlos rannte ich weiter, nahm vier Stufen auf einmal, die Pistole schlug gegen meine Beine, und ich wünschte mir, sie wäre geladen gewesen, denn ich hatte den dringenden Wunsch und eine unbändige Lust, noch ein bisschen zu leben.

Schon stand ich in der Eingangshalle, flitzte auf die Straße, wo sich einige Männer der Bürgerwehren versammelt hatten, die normalerweise auf dem Marktplatz standen und offensichtlich von der Explosion angelockt worden waren. Blitzschnell schoss ich an ihnen vorbei, wich den Händen aus, die mich festhalten wollten, und ignorierte die Fragen, mit denen sie mich bombardierten. »Was ist passiert?« – »Hey, du, wo willst du hin?« Ich rannte, was das Zeug hielt. Ich hatte keine Zeit, irgendwelche Erklärungen abzugeben. Je größer meine Panik wurde, desto schneller rannte ich. Hier auf der Straße hatte ich wenigstens Platz zum Rennen. Und wenn die Angst Flügel verleiht, dann verlieh sie mir einen Flugzeugmotor.
Die Skins stürmten in dem Moment aus dem Gebäude, als ich um die erste Ecke in Richtung Marktplatz bog, aber ich konnte trotzdem deutlich hören, was Sirvent schrie: »Haltet ihn! *Er ist ein Junkie!* Er hat versucht, mich auszurauben!«
Vielleicht bildete ich mir das nur ein, aber mir kam es so vor, als hörte ich hinter mir ein Gejohle wie auf dem Fußballplatz, wenn die einheimische Mannschaft in letzter Minute ein Tor schießt. Ich hätte schwören können, dass ich die Jagdhörner, den Galopp der Pferde und das Gebell der Hunde hinter mir hörte. Aber ich bin mir nicht ganz sicher. Denn wie ich bereits gesagt habe, war ich seit meiner Trennung von Carmen Ruano ein bisschen durcheinander. Denkt an die Gasexplosion und den Liebeskummer, dann könnt ihr euch vorstellen, was für einen Sprint euer Freund Flanagan hingelegt hat.
Von weitem waren Sirenen zu hören. Die Feuerwehr kam zu spät. Vielleicht konnten sie verhindern, dass sich das

Feuer weiter ausbreitete. Aber um mich zu retten, kam sie zu spät.

Euer Freund Flanagan war verloren.

Ich musste mir die Hose festhalten, weil das Gewicht der Pistole sie nach unten zog, und ich hatte keine Lust, zu allem Überfluss auch noch mit heruntergerutschter Hose mitten auf der Straße zu stehen. Ich war mir sicher, dass meine Verfolger mich einholen würden, und angesichts meines bevorstehenden Endes wollte ich wenigstens ein würdevolles Bild abgeben.

Mir schoss durch den Kopf, dass es ein Fehler gewesen war, diese Pistole mitgenommen zu haben. Ich wusste nicht, warum, aber irgendwie hatte ich das Gefühl, dass das ein Fehler gewesen war. Und obendrein würden die Skins am nächsten Tag auch noch die Kneipe meines Vaters kurz und klein schlagen. Ein großartiges Ende deiner Karriere, Flanagan. Was willst du mehr? Ich war außer Atem, mein Herz raste, und ich war kurz davor, einfach aufzugeben, stehen zu bleiben und zu beten, dass alles schnell vorbei sein würde.

Als ich um die nächste Ecke rannte, entdeckte ich ein paar Müllcontainer inmitten eines riesigen Abfallberges. Ich nutzte diesen Moment, da mich meine Verfolger kurzzeitig nicht sehen konnten, hielt die Pistole fest, damit sie mir nicht ausgerechnet in diesem ungünstigen Augenblick aus der Tasche fiel, und stürzte mich kopfüber in den Müllcontainer. Ich meine, das Quietschen der Ratten gehört zu haben, die sich gestört fühlten. So hing ich also kopfüber in dem stinkenden Container, zwischen aufgeplatzten Mülltüten, ekelerregenden Flüssigkeiten und geleeartigen Substanzen. Und der Gestank war viel unbeschreiblicher und widerwärtiger, als Lovecraft es sich jemals hätte ausmalen können. Ich blieb mucksmäuschenstill sitzen und hielt die Luft an, als die brutale Bande, angefeuert von Sirvents Gorillas, grölend an mir vorbeirannte.

Dann wand und wälzte ich mich im Müll, um mich wieder aufzurichten. Als ich meinen Kopf in die saubere, frische Luft hinausstreckte, hatte ich das Gefühl, dass sich die ganze Welt um mich herum drehte oder dass sich der Müllcontainer drehte, aber es wunderte mich auch nicht, dass ich solche Halluzinationen hatte, nach allem, was ich durchgemacht hatte. Ich wurde erst stutzig, als ich merkte, dass sich der Müllberg bewegte. Der Müllcontainer hatte offensichtlich auf dem höchsten Punkt einer abschüssigen Straße gestanden, die er jetzt samt meiner Wenigkeit im Affenzahn hinunterraste.

Ich dachte für mich, wie dämlich es wäre, bei einem Müllcontainerunfall ums Leben zu kommen, nachdem ich einen Brand und eine Gasexplosion überlebt hatte und einer blutrünstigen Bande entkommen war. Aber eigentlich wäre es so oder so ziemlich dämlich gewesen, bei einem Müllcontainerunglück ums Leben zu kommen. In meinem seltsamen Gefährt schoss ich mit achtzig Sachen über eine Straßenkreuzung, kurz nachdem sie ein Wagen in derselben Geschwindigkeit überquert hatte. Das war knapp. Puh. Am Ende der Straße stand ein Zaun mit Schildern, auf denen »Vorsicht. Bissige Hunde« stand. Sieh mal einer an, wo wir gelandet sind, dachte ich. Das hat mir noch gefehlt. Und ich sagte mir: Kopf runter. Also tauchte ich wieder in den Müll ein und vertraute darauf, dass er den Aufprall abfedern würde.

Der Aufprall hatte es in sich. Aber der Müll um mich he-

rum und der biegsame Zaun dämpften ihn ab. Es passierte nichts Schlimmes. Ich flog lediglich in hohem Bogen aus dem Container, fiel hart auf meine linke Schulter, »Aua!«, rollte über den Boden und stieß mit meinem Kopf an irgendetwas Hartes. Als ich aufschaute, sah ich die Reißzähne eines bissigen Hundes über mir, ungefähr eine Handbreit von meinem Gesicht entfernt. Beinahe genauso laut hechelnd wie er, kroch ich von dannen, und als ich mich umdrehte, um zu sehen, ob er mir gefolgt war, stellte ich fest, dass er hinter dem Zaun stand. Wir hatten den Zaun anscheinend doch nicht umgefahren, und ich war auch nicht in hohem Bogen über ihn hinweg mitten in die Meute bissiger Hunde geflogen. Ich konnte mich also trotz allem glücklich schätzen. Ich war noch einmal heil davongekommen.
Ich legte mich rücklings auf das mit Müll übersäte Fleckchen Erde, auf dem ich gelandet war, und betrachtete das riesige Schild, auf dem COYDESA stolz den bevorstehenden Bau eines hypermodernen Supermarkts ankündigte. Dann wanderte mein Blick weiter zu dem sternenklaren Himmel dieser Frühlingsnacht, und ich schäme mich nicht zuzugeben, dass sich plötzlich all die Spannung in mir löste und ich anfing zu heulen wie ein Schlosshund. Ich hatte am eigenen Leibe erlebt, wie man sich fühlt, wenn eine Horde von Verrückten einen verfolgt, weil sie einen lynchen will. Und das ist eine Erfahrung, die ich nicht einmal meinem ärgsten Feind wünsche. Ich weiß nicht, wie lange ich geheult habe. Und ich weiß auch nicht, ob ich aus Angst oder aus Wut geheult habe, aber Tatsache ist, dass ich mich danach sehr erleichtert fühlte.

Ich hätte mich sogar über meinen relativ guten Gesundheitszustand gefreut, wenn mir nicht plötzlich die Pistole eingefallen wäre. Ich hielt sie immer noch in der Hand. Ich betrachtete sie nachdenklich, und in diesem Moment wurde mir klar, dass das Ding zu nichts nütze war. Wieder überkam mich ein Gefühl der Ausweglosigkeit. Ich verfluchte meine Voreiligkeit, ich verfluchte die Angst, die mich so gedankenlos hatte handeln lassen. Diese Pistole, die ich in der Hand hielt, war zu nichts anderem nütze, als *mich zu belasten*. Wenn ich sie in Sirvents Wohnung gelassen hätte, dann hätte immerhin die Möglichkeit bestanden, dass die Feuerwehr oder die Polizei sie gefunden hätten. Und dann hätte man Sirvent gefragt, was diese Pistole in seiner Wohnung zu suchen habe. So hätten sie wenigstens ein Gesprächsthema gehabt. Aber jetzt? Wie sollte ich jetzt beweisen, dass ich diese Pistole in Sirvents Wohnung gefunden hatte? Er hatte sicher keinen Waffenschein. Wahrscheinlich war die Pistole überhaupt nicht registriert. Jeder, der diese Pistole in meiner Hand sähe, würde mich anklagend fragen: »Was machst du mit *dieser Pistole*, mein Junge?«

Mit anderen Worten: Euer treuer Diener, Johnny Flanagan, hatte ein Beweismittel vernichtet. Und ich konnte sicher sein, dass Sirvent auch die anderen Beweismittel vernichten würde, wenn der Brand das nicht schon längst besorgt hatte.

Fix und fertig schaute ich auf meine Armbanduhr und stellte fest, dass sie kaputt war. Die Zeiger standen unbeweglich auf zwanzig Minuten vor Mitternacht eines nie enden wollenden Tages, der mit der Schlägerei der Skinheads in der Kneipe meines Vaters begonnen hatte, mit dem unglücklichen Besuch Adrián Canos im *La Rive Gauche* weitergegangen war und mit einer Katastrophe ungeahnten Ausmaßes geendet hatte.

An einem kleinen Abhang in der Grünanlage befindet sich eine illegale Müllkippe, ein wahrer Abfallberg, der typisch für so ein Viertel wie meins ist. Nachdem ich ein wenig in dem Unrat herumgewühlt hatte, fand ich einen alten Mantel mit zerrissenen Ärmeln, einen löchrigen Strohhut und einen Einkaufswagen, dem ein Rädchen fehlte. Ich zog mir den Mantel, der mir mindestens sechs Nummern zu groß war, über den Rucksack an, so dass es aussah, als hätte ich einen Buckel. Dann zog ich mir den Strohhut tief ins Gesicht und schleppte den Einkaufswagen hinter mir her. Nun sah ich aus wie einer von diesen Pennern, die im Müll herumwühlen.

Ich ging ins Zentrum zurück. Allerdings war meine Verkleidung nicht sehr glücklich gewählt, denn wie man weiß, gehört es zu den Lieblingsbeschäftigungen der Skinheads, wehrlose Penner zusammenzuschlagen. Aber ich hoffte, dass sie zu sehr damit beschäftigt waren, mich überall zu suchen, um auf einen armen, abgerissenen Buckligen zu achten.

Vor dem Gebäude, in dem Sirvent wohnte, standen zwei Feuerwehrwagen mit blinkenden Lichtern, drei Streifenwagen mit Blaulicht und eine bunt gemischte Menge von Schaulustigen, die nach Sensationen lechzten. Ein Feuerwehrmann stand auf einer langen Leiter und zielte mit seinem dicken Wasserschlauch auf das Fenster im achten Stock, aus dem es immer noch qualmte.

Ich mischte mich unter die Menge und entdeckte von weitem die unverwechselbare Gestalt von Kommissar Santos, der mit einem Notizbuch in der Hand aus dem Gebäude kam, in dem er offensichtlich die Zeugen befragt hatte. Er wirkte missmutig. Er ging zu einem der Streifenwagen, beugte sich nach vorn und sprach, genau wie im Film, in ein Funkgerät. Wahrscheinlich gab er gerade allen Streifenpolizisten der Stadt die Beschreibung eines Jungen durch, der mir sehr ähnlich sah, und die Anweisung, ihn unverzüglich zu verhaften.

Glücklicherweise konnte ich den Kommentaren um mich herum entnehmen, dass ich mich zumindest in diesem Punkt geirrt hatte. »Eine Gasexplosion«, hörte ich die Leute um mich herum sagen. »Ein Unfall.« Sirvent hatte also Elisa eingebläut, nichts von mir zu erzählen. Er würde sich schon selbst um mich kümmern, unterstützt von seiner kahlköpfigen Schlägertruppe. Er wollte nicht das Risiko eingehen, dass Santos mich mit ihm in Verbindung brachte und mich womöglich fragte, wie unsere Verbindung denn zustande gekommen sei, was ich in diesem Büro gesucht und was ich dort gefunden habe. Wenn Sirvent Kommissar Santos in dem Glauben beließ, dass ich nie in seiner Wohnung gewesen war, dann würde ich auch nicht beweisen können, dass ich dort belastendes Beweismaterial, wie zum Beispiel die Pistole, gefunden hatte. Vielleicht wusste Sirvent ja, dass der Kommissar in den vergangenen Weihnachtsferien dank meiner Hilfe einen Fall gelöst hatte, was ihm das einhellige Lob seiner Vorgesetzten eingebracht hatte.

Ich überlegte mir, dass er mir eigentlich einen Gefallen schuldig war, und spielte schon mit dem Gedanken, einfach auf ihn zuzugehen und mich ihm anzuvertrauen. Ihm die Pistole zu übergeben, ihm alles zu erzählen und darauf

zu vertrauen, dass er mir glaubte. Ich malte mir aus, wie er mich anklagend fragen würde: »Was machst *du* mit *dieser Pistole*, mein Junge?«
Deshalb verzichtete ich lieber auf diesen voreiligen Schritt. Schließlich würde ich schon alleine deshalb, weil ich ein Beweismittel unterschlagen hatte, ziemlichen Ärger bekommen. Ich zog in Erwägung, auf ihn zuzugehen und ihn um Polizeischutz für meinen Vater zu bitten. Wenn die Polizei nichts unternimmt, werden sie unsere Kneipe kurz und klein und meinen Vater krankenhausreif schlagen. Aber wahrscheinlich würde er antworten: Beweise, mein Junge, wir brauchen Beweise. Man kann schließlich nicht jedem x-Beliebigen Polizeischutz geben. Ohne Beweise kann man niemanden anklagen, auch wenn er noch so verdächtig sein mag. – Aber die Skins haben uns die Kneipe schon einmal kurz und klein geschlagen, würde ich dann sagen. Und die Anzeige? Warum hat dein Vater sie nicht angezeigt? Ich weiß nichts von alledem, mein Junge.
Also ließ ich auch das lieber bleiben.
Außerdem war das nicht der richtige Zeitpunkt für Experimente. Denn plötzlich kam Sirvent aus dem Haus gerannt und schrie so laut, als hätte er sich seinen Finger in der Tür eingeklemmt. Ich glaubte, diese ganze Sache hätte ihn noch nervöser gemacht als mich. Aber zu meiner großen Verblüffung musste ich feststellen, dass unser Freund Sirvent die Skinheads mit Beschimpfungen überhäufte, die sie mit knirschenden Zähnen über sich ergehen ließen. Sirvent nannte sie Vollidioten, Armleuchter und besoffenes Pack.
»Offensichtlich waren sie es, die seine Wohnung in Brand gesteckt haben«, informierte einer der ganz Schlauen die

anderen Schaulustigen. »Anscheinend waren sie stockbesoffen und haben sich einen Spaß erlaubt.«
»Der ist doch selbst schuld«, sagte ein anderer. »Was lässt der sich auch mit diesem Pack ein? Man sieht ja, wohin das führt.«
Polizei und Feuerwehr stürzten sich auf die Horde wild gewordener Skins. Sirvent brüllte: »Kommt ruhig her, dann zieh ich euch das Fell über die Ohren.« Er spielte seine Rolle großartig. Jetzt hatte die Polizei ein paar Sündenböcke. Und wenn ich Sirvent anzeigen würde, stünde mein Wort gegen das der Skins. Da war nichts zu machen.
»Er sagt, dass er keine Anzeige erstatten will …«
»Natürlich nicht. Das sind doch seine besten Kunden …«
»Dann soll er sich auch nicht beschweren, wenn die seine Wohnung in Brand stecken.«
Da war nichts zu machen. Rein gar nichts.
Ich schlurfte von dannen, mit gebeugtem Rücken, so dass mein Rucksackbuckel noch besser zur Geltung kam. Ich war müde. Sehr müde. Verdammt müde.

12. Das nennt man Karriere machen

Ich schlich mich klammheimlich durch den Seiteneingang ins Haus. Von der Diele aus, die zwischen dem Lokal und unserer Wohnung liegt, führt eine Treppe in den Keller hinunter. Die Treppenstufen knarrten nicht, als ich sie in dem spärlichen, flackernden Licht meines Feuerzeugs hinunterstieg. Aus einem Schrank, in dem mein Vater neben allem möglichen anderen Krimskrams auch sein Werkzeug aufbewahrt, nahm ich eine Spitzhacke und eine Art Spaten heraus.

Ich war wild entschlossen, das Hauptrohr der Wasserleitung zu zertrümmern.

Der Zweck heiligt die Mittel, beruhigte ich mein schlechtes Gewissen. Denn ohne Wasserrohr gäbe es kein fließendes Wasser und ohne fließendes Wasser könnte mein Vater die Kneipe nicht aufmachen. Und wenn die Kneipe geschlossen war, müssten die Skins ihre Plünderungsaktion verschieben. Ich muss zugeben, dass das kein sehr origineller Plan war.

Aber irgendetwas in mir sträubte sich dagegen, meinem Vater alles zu erzählen, ihn um seine Meinung zu fragen und mit ihm gemeinsam eine Lösung zu finden. Ich nehme an, ich fühlte mich, wie man so schön sagt, von den Ereignissen überfordert. Die Ereignisse dieses unvergesslichen Tages hatten mich nachhaltig geprägt. Genau wie der Vietnamkrieg diese jungen Soldaten geprägt hatte, die nach ihrer Heimkehr anfingen, die Leute in

Brand zu stecken oder ähnlich wahnsinnige Dinge zu tun.
Ich kniete mich vor das Wasserrohr, das in Bodenhöhe an der Wand entlanglief, und schlug mit dem Spaten darauf ein. Das machte einen ohrenbetäubenden Lärm, so wie Glockenschläge, die im ganzen Haus widerhallten. Ich kauerte mich zusammen und machte mich so klein wie eine Schnecke, die sich in ihr Schneckenhaus zurückzieht. Und mein Schneckenhaus war dieser weite, zerlumpte Mantel, mit dem ich mich verkleidet hatte. Ich spitzte die Ohren und lauschte, ob im Haus irgendein Geräusch zu hören war. Nichts. Es war nichts zu hören. »Glücklicherweise«, dachte ich, »haben in meiner Familie alle einen festen Schlaf.«
Ich wechselte gerade den Spaten gegen die Spitzhacke aus, weil ich hoffte, mit diesem Werkzeug schneller zum Ziel zu kommen, als mir durch das Gewicht der Pistole die Hose herunterrutschte. Ich hob die Pistole auf, zog meine Hose wieder hoch und wollte mich gerade aufrichten, als das Licht im Keller anging, das so grell war wie der Suchscheinwerfer in einem Gefangenenlager, und ich wurde angestrahlt wie ein Schauspieler im Rampenlicht. Geblendet von dem grellen Licht und mit verrutschter Hose blinzelte ich verdattert meinen Vater an, der mich seinerseits noch viel verdatterter anstarrte.
Er sagte: »Wer sind Sie? Was wollen Sie hier?«
Ich wusste nicht, was ich sagen sollte. Ich musste mir irgendwas einfallen lassen. Ich hob gerade die Hand, um gestenreiche Erklärungen abzugeben, als ich feststellte, dass ich immer noch die Pistole in der Hand hielt. Mein Vater wurde kreidebleich, hob beide Hände und schrie:

»Nein, nicht schießen! Was wollen Sie? Sagen Sie mir, was Sie von uns wollen!«

Ich brauchte ein paar Sekunden, bis ich begriff, dass er mich nicht erkannt hatte und sich von mir bedroht fühlte. Das war auch nicht weiter verwunderlich, wenn man bedenkt, dass ich einen löchrigen Strohhut und einen weiten, zerlumpten Mantel trug, dass ich noch dazu einen Buckel hatte und mit einer Pistole herumfuchtelte, dass – wie ich später feststellen sollte – unter dem Hut meine angesengten Haarspitzen hervorlugten und meine geröteten Augen in meinem kohlrabenschwarzen Gesicht schrecklich funkelten. Er hatte mich nicht erkannt; ich wusste nicht, was ich sagen sollte, stand immer noch wie belämmert da und zielte mit der ungeladenen Pistole auf ihn. Ich glaube, einen Moment lang spielte ich mit dem Gedanken, ihm mit rauer Stimme zu befehlen, dass er aus dem Weg gehen solle, und dann höhnisch lachend abzuhauen, um sie in dem Glauben zu lassen, irgendein Verrückter habe ihnen einen Schreck einjagen wollen. Ich weiß nicht mehr, was ich mir dann zurechtgestottert habe. Mein Vater stand im Pyjama mit hoch erhobenen Armen vor mir auf der Treppe und schrie: »Kommt nicht runter! Bleibt oben!« Aber seine Stimme klang so erregt, dass Pili und meine Mutter natürlich sofort angerannt kamen. »Ich habe euch doch gesagt, ihr sollt nicht runterkommen!«, schrie mein Vater wieder.

Und obwohl er seinen Befehl mit einem zünftigen, zweisilbigen Schimpfwort abrundete, tauchten kurz darauf die beiden Frauen oben an der Treppe auf, wo sie stehen blieben, mich anstarrten und erkannten. Pili sagte natürlich keinen Ton, ihr kennt sie ja. Es war meine Mutter, die murmelte: »Aber das ist doch Juanito.«

Es gibt Dinge, an die ich mich nur sehr vage erinnere, die ich aber trotzdem gerne bis ins kleinste Detail beschreibe, und es gibt Dinge, an die ich mich bis ins kleinste Detail erinnere, aber die ich nur ungerne, sehr ungerne erzähle. Der Stunk, den es an diesem Abend bei uns zu Hause gab, gehört zur zweiten Kategorie.

Kurz und gut: Mein Vater begann das Geschrei mit Sätzen wie: »Was soll denn das, bist du verrückt geworden, was hast du dir denn dabei gedacht?«, während meine Mutter dagegenhielt: »Beruhige dich, Juan, es gibt sicher eine Erklärung für alles, lass uns in Ruhe darüber reden«, und Pili von Zeit zu Zeit einwarf: »Er ist dieses Jahr versetzt worden, er ist in allen Fächern versetzt worden«, und ich gab mit meinem monotonen »Ich wollte doch nur, ich wollte doch nur, ich wollte doch nur« den Rhythmus an. Mein Vater riss mir die Pistole aus der Hand, führte einen Kriegstanz auf und schrie: »Das ist eine echte Pistole!« Und: »Ich hätte dir zur rechten Zeit ein paar Ohrfeigen geben sollen, statt dich so zu verwöhnen …!« Er legte die Pistole in die Schublade hinter der Theke, in der er normalerweise die Geldscheine aufbewahrt, und schloss sie ab. Diese Schublade bekam ich mit einer verbogenen Büroklammer auf; eine Büroklammer war nämlich mein erster selbst gebastelter Dietrich gewesen und mit dieser Schublade hatte ich geübt. Aber selbst das konnte mich nicht aufheitern.

Um ehrlich zu sein, konnte ich es meinem Vater nicht verübeln, dass er sich ein bisschen aufregte. Schließlich passiert es den meisten Vätern nicht alle Tage, dass sie ihren Sohn (den sie in Begleitung einer betrunkenen Motorradfahrerin in einem kleinen Dorf in den Bergen vermuten) nach Rauch stinkend, mit diversen Wunden und Verbren-

nungen, zerrissener Kleidung, einem zerlumpten Mantel und einem löchrigen Strohhut im Keller wiederfinden, wo er Wasserrohre kaputtschlägt und mit einer Pistole herumfuchtelt.
Schließlich setzte sich meine Mutter durch, die uns zu Vernunft und Ordnung anhielt.
»Nun lass es endlich gut sein, Juan. Siehst du denn nicht, dass der Junge sich wehgetan hat? Juanito! Ihr könnt morgen miteinander reden, du und dein Vater. Jetzt geh dich erst mal baden, trink ein Glas warme Milch und leg dich ins Bett. Du musst doch todmüde sein.«
»Wir beide werden morgen miteinander reden«, entschied mein Vater.
Und mit diesen Worten und einem geräuschvollen Türenknallen beendete er die Vorstellung.
Ich stieg in die Badewanne, hörte mir die Ratschläge meiner Mutter an (»Gib deinem Vater morgen vor allem keine Widerworte; dein Vater hat dich sehr lieb, deshalb regt er sich so auf und sagt Dinge, die er eigentlich gar nicht so meint«) und ging dann völlig zerschlagen ins Bett.
Pili kam heimlich zu mir ins Zimmer, strahlte mich voller Bewunderung an und erzählte mir dann, um mich zu trösten, dass mein Vater schlechter Laune gewesen wäre, denn am Nachmittag sei wieder diese merkwürdige Frau in der Kneipe aufgetaucht, die ihm immer vorwarf, dass er so schüchtern sei. Offensichtlich war sie am späten Nachmittag aufgekreuzt und hatte ein paar Gläschen Anisschnaps getrunken, um sich Mut zu machen. Und dann hatte sie ausgerufen: »Denk nicht mehr darüber nach! Überwinde deine Schüchternheit! Du und ich, wir sollten heiraten!« Und mein Vater hatte versucht, sie in ihre Schranken zu

weisen, und gesagt: »Ich bitte Sie, gnädige Frau.« Aber sie hatte nicht mit dem Theater aufgehört, sie hatte versucht, über den Tresen hinweg seine Hand zu ergreifen, und dabei war der Barhocker umgefallen und sie hatte sich den Knöchel verstaucht. Dann war ein riesengroßes Chaos entstanden und sie hatte gezetert: »Ach, ich Unglückliche! Ich bin ja so einsam!« Mein Vater hätte sich am liebsten in die hinterste Ecke verkrochen. Er hatte zu ihr gesagt: »Wenn Sie keinen Alkohol vertragen, gnädige Frau, dann sollten Sie lieber die Finger davon lassen. Und eigentlich sollten Sie wissen, dass man so was nicht zu einem verheirateten Mann sagt.« – »Was? Du bist verheiratet?«, hatte die sonderbare Dame gekreischt. »Nein, du schwindelst mich an! Du bist ihr treu über den Tod hinaus, das ist es! Wenn du verheiratet bist, na, wo ist dann deine Frau?« Und mein Vater sagte: »In der Küche, im Kühlschrank.« Er war ein bisschen nervös, der Gute, und hatte eigentlich sagen wollen, dass sie in der Küche war und den Kühlschrank abtaute, aber Señora Romero dachte natürlich an ihr Gespräch über Walt Disney und zog ihre eigenen Schlüsse. »Du hast sie in deinem Kühlschrank eingefroren?«, kreischte sie. »Willst du damit sagen, dass du sie in deinem Kühlschrank eingefroren hast?« Sie erlitt einen Nervenzusammenbruch und musste von ein paar Gästen aus dem Lokal getragen werden.

Wir lachten Tränen, und ich war Pili dankbar, dass sie gekommen war, um mich aufzuheitern, aber nachdem sie ihre Geschichte zu Ende erzählt hatte, fügte sie hinzu: »Ich fürchte nur, dass Papa vermutet, dass du hinter dieser Sache steckst.« Und dann war es vorbei mit dem Lachen. Aus und vorbei.

Am nächsten Tag würde Papa die Kneipe öffnen, und die Skins wären nicht mehr aufzuhalten, und dann hätten wir schlagartig nichts mehr zu lachen. Schlagartig. Um wie viel Uhr würden sie kommen? Um zehn? Um elf? Das war nun auch egal. Ich hatte keine andere Wahl mehr, ich würde alles beichten müssen, alles, was ich angestellt hatte, und mein Vater persönlich würde mich an den Ohren zu Kommissar Santos schleifen.

Ich glaubte, nicht einschlafen zu können, aber ich war so fix und fertig, dass ich sofort einschlief.

Ich wachte um acht Uhr auf und entdeckte Wunden und Blutergüsse, die mir am Tag zuvor bei all der Aufregung gar nicht aufgefallen waren. Zuerst hatte ich das Gefühl, mein rechtes Bein nicht bewegen zu können, denn meine Hüfte tat mir immer noch weh von dem Tritt, den mir einer der Skinheads verpasst hatte. Und meine linke Schulter, auf die ich nach meinem Müllcontainerunfall gefallen war, schmerzte. Abgesehen davon hatte ich das Gefühl, dass meine eine Gesichtshälfte doppelt so groß war wie die andere, und mein Kopf dröhnte, als würde jemand darauf herumhämmern. Ja, hämmern war das richtige Wort. Ich fühlte mich schlichtweg behämmert.

Ich fing an, mich im Zeitlupentempo anzuziehen, als die Tür zu meinem Zimmer aufging. Ich fuhr vor Schreck zusammen, da ich fürchtete, es wäre mein Vater, aber ich beruhigte mich sofort wieder, als ich Pili sah.

»Guck mich bloß nicht an«, bat ich sie. »Ich muss schrecklich aussehen.«

»Du siehst auf jeden Fall besser aus als gestern«, tröstete sie mich und gab mir einen Kuss. »Du siehst beinahe wieder wie ein menschliches Wesen aus. Zwar nicht ganz wie ein Mensch, aber immerhin wie ein menschliches Wesen«, versuchte sie mich aufzuheitern. »Unten wartet ein Typ, der dich sprechen möchte. Er sagt, er sei Journalist.«

Adrián Cano. Den hatte ich völlig vergessen.

»Und Papa?«, fragte ich verzagt, während ich mich fertig anzog.

»Papa und Mama sind ausgegangen. Die Kneipe ist noch nicht geöffnet.« Ich verstand nicht, was Pili damit sagen wollte.

»Wo sind sie denn hingegangen?«

»Zum Gesundheitszentrum. Sie sagen, dort gäbe es eine psychologische Beratungsstelle. Sie wollen einen Psychologen fragen, was sie mit dir machen sollen.«

»Aha.«

Adrián Cano wartete im Esszimmer auf mich, wo Pili mir ein üppiges Frühstück, bestehend aus Milchkaffee, Toasts mit Butter und Marmelade, Croissants und Orangensaft, hingestellt hatte. Adrián war so aufgeregt wie ein Schüler, der sich besonders gut auf die Prüfung vorbereitet hat und nun mit Spannung die Entscheidung der Prüfungskommission erwartete. Er trug Jeans und eine Lederjacke im Stil von Indiana Jones, in der er fürchterlich schwitzen musste, aber sicherlich wollte er Sibila damit beeindrucken. Offensichtlich hatte er wenigstens etwas zu sagen.

»Was hast du herausgefunden?«, fragte ich inquisitorisch.

»Nichts …«

»Nichts?«

»Na ja, fast nichts. Sehr wenig jedenfalls. Ich weiß nicht,

ob dich das weiterbringt. Außerdem war es gestern Abend ja schon ziemlich spät«, rechtfertigte er sich schwach.
Ich hätte natürlich erwidern können, dass ich seit gestern Abend mehr herausgefunden hatte als er in seinem ganzen Leben, aber ich schwieg, da ich guter Laune war.
»Los, erzähl. Schieß los.«
Die mündliche Prüfung ging weiter, während ich mein Croissant in den Milchkaffee tunkte.
»Na ja, ich habe mir vor allem diese Sache mit dem Erbzinsgesetz angeschaut.«
»Erzähl! Aber so, dass ich es verstehe.«
»Das Erbzinsgesetz«, stotterte er nervös. »Wie soll ich es dir erklären? Das ist ein Recht, das der Eigentümer eines Grundstücks hat, wenn er das Grundstück verkauft.«
»Was für ein Recht? Ich verstehe kein Wort. Entweder er verkauft das Grundstück oder nicht. Wenn ich ein Grundstück kaufe, dann gehört es doch mir, oder?«
»Nein, nicht ganz. Nicht, wenn es dem Erbzinsgesetz unterliegt. Das ist so was wie verkaufen, aber nicht ganz. Ich weiß nicht, wie ich es dir erklären soll. Nehmen wir einmal an, ich verkaufe dir das hier«, er nahm ein Croissant als Beispiel, »unter der Bedingung, dass du mir außer dem Kaufpreis jährlich eine bestimmte Summe zahlst.«
»Dreihundert Peseten, zahlbar am Johannistag im Juni«, erinnerte ich mich.
»Aber die Summe ist relativ unerheblich. Im Lauf der Jahre und durch die Inflation sind es oft lächerlich geringe Beträge.« In der Tat. Ich fand auch, dass dreihundert Peseten am Johannistag kein Grund waren, irgendjemanden umzubringen. Aber … »Was viel wichtiger an dieser Sache ist, ist das Rückkaufrecht.«

»Das was?«
»Das Rückkaufrecht. Das heißt ... Mal sehen, ob du das verstehst ...« Er erklärte es mir langsam und deutlich. »Wenn du Eigentümer eines Grundstücks bist, das dem Erbzinsgesetz unterliegt, und dieses Grundstück verkaufst, ohne den ursprünglichen Eigentümer zu informieren, dann hat dieser für den Zeitraum eines Jahres das Recht, das Grundstück zurückzukaufen, und zwar zu demselben Preis, den der Käufer an dich gezahlt hat ... Verstehst du?«
Ich hielt das tropfende Croissant hoch und starrte nachdenklich in die Ferne. Ich fasste im Geiste noch einmal zusammen, um das Ganze besser zu verstehen: »A verkauft ein Grundstück an B. Das Grundstück unterliegt dem Erbzinsgesetz, dessen Begünstigter C ist. Das heißt, dass C ein Jahr lang das Recht hat, das Grundstück von B zurückzukaufen, und zwar für dieselbe Summe, die B an A gezahlt hat. Und B guckt in die Röhre.« Wenn ich das Punkt für Punkt durchging, dann war die Sache eigentlich ziemlich klar. Deshalb sagte ich: »Klar.«
»Verstehst du das?«, fragte Adrián Cano erfreut.
»Ich fange an, das zu verstehen«, antwortete ich nachdenklich. »So langsam verstehe ich alles.« Das stimmte. »Der entscheidende Punkt ist, herauszufinden, wer in die Röhre guckt.« Ich kehrte in die Realität zurück. »Gut, was noch? Das stand ja alles in dem Artikel, den ich dir gegeben habe. Um das herauszufinden, hätte ich ihn einfach nur lesen müssen.«
Der Journalist schien allen Mut zu verlieren.
»Na ja ... Also ... Viel mehr habe ich nicht herausgefunden. Ich habe mir nur einmal alle Immobiliengeschäfte

angeschaut, die in der letzten Zeit hier in der Stadt abgewickelt wurden. Aber das sind natürlich unzählige, das kannst du dir ja vorstellen.«

»Das muss irgendein Kauf von wichtigen Grundstücken gewesen sein«, murmelte ich. »*El Torrent*. Das Gelände, das COYDESA gekauft hat.«

»Genau das wollte ich gerade sagen. Das ist eins von den Geschäften, die mir aufgefallen sind. Was für ein Zufall, habe ich mir gesagt, ausgerechnet in Sibilas Viertel. Das ist doch das Gelände gegenüber von dem Haus, in dem Sibila wohnt, oder?«

»Nein, das ist das Barackengelände. Aber *El Torrent* grenzt daran an, ja. Da soll ein Supermarkt gebaut werden.«

»Genau, das wollte ich gerade sagen.« Der Journalist machte ein unglückliches Gesicht, weil ich ihm immer einen Schritt voraus war. »Ich habe mir den Werdegang von COYDESA angeschaut. Bis vor ungefähr zwei Jahren war COYDESA eine ziemlich mächtige Firma, aber dann hat sie sich auf irgendein gigantisches Immobilienprojekt gestürzt, das sich als absolute Pleite herausgestellt hat. Von da an war die Firma immer am Rande des Ruins. Erst jetzt scheint es wieder bergauf mit ihr zu gehen. Das heißt, die Firma setzt mit diesem Supermarkt alles auf eine Karte. Das war kein schlechtes Geschäft, das kannst du mir glauben. Wahrscheinlich haben die Leute von COYDESA einen guten Draht zur Stadtverwaltung und deshalb früh von der geplanten Verlängerung der großen Straße durch das ehemalige Barackengelände erfahren. Deshalb sind sie hingegangen und haben für einen Apfel und ein Ei die daran angrenzenden Grundstücke aufgekauft.«

»Das Gelände *El Torrent*.«

»Genau. Kurze Zeit später wurde das geplante Straßenbauprojekt öffentlich bekannt gegeben, die daran angrenzenden Grundstücke wurden als Bauland ausgewiesen und COYDESA hatte das Geschäft des Jahrhunderts gemacht. Der Grundstückswert schnellte blitzartig in die Höhe. COYDESA hat das Gelände für fünfzig Millionen Peseten gekauft und verhandelt jetzt mit der Supermarktkette über einen Kaufpreis von siebenhundert Millionen. Und wahrscheinlich haben sie den Vertrag bald in der Tasche.«

»Millionen? Siebenhundert Millionen?« Ich hätte mich beinahe verschluckt. So viel Geld auf einem Haufen konnte ich mir beim besten Willen nicht vorstellen.

»Siebenhundert Millionen. Das ist die Geschichte von COYDESA. Kannst du damit irgendwas anfangen?«

Ich schaute ihn mit leuchtenden Augen an. Ich glaube, von meinem ganzen Körper ging ein irreales Leuchten aus. Wäre ich irgendwo im Dschungel von Papua-Neuguinea gewesen, hätten sich die Ureinwohner ehrfurchtsvoll vor mir auf die Knie geworfen und mich angebetet.

»Ob ich damit was anfangen kann? Los, beeil dich! Gleich kann es zu spät sein!«

Ich schnappte mir eine Büroklammer, bog sie entsprechend zurecht, stocherte damit im Schloss der Thekenschublade herum, in der mein Vater die Geldscheine aufbewahrte. Ich nahm die *Star* heraus und steckte sie in meinen Rucksack. Beim Anblick der Pistole hätte der arme Adrián Cano beinahe einen Herzinfarkt erlitten.

Pili, die unsere Unterhaltung stumm und aufmerksam verfolgt hatte, zuckte nicht mit der Wimper.

»Was soll ich unseren Eltern sagen, wenn sie zurückkommen?«, fragte sie mich.
Ich blieb stehen, um über eine gute Antwort nachzudenken. Sie musste kurz, aber diplomatisch sein.
»Sag ihnen, dass ich einverstanden bin. Dass ich zu einem Psychologen gehen werde.«
»Gut«, sagte Pili.
»Los, lass uns gehen.«
Ich weiß nicht, warum ich es auf einmal so eilig hatte. Ich weiß nicht, warum ich losrannte und Adrián Cano hinter mir herzog, als wäre soeben der Startschuss zum Vierundzwanzig-Stunden-Rennen von Le Mans gefallen. Vielleicht war es reine Intuition. Denn eigentlich gab es gar keinen Grund, um so schnell aus der Kneipe zu rennen. Aber auf der Straße gab es einen.
Ein metallicgrauer Wagen, irgendein ausländisches Modell, stand an der Ecke, ungefähr achtzig Meter von uns entfernt, mit zwei Rädern auf dem Bürgersteig. Und daneben stand ein als aggressiver Geschäftsmann gekleideter Typ in einem eleganten, metallicgrauen Anzug, ebenfalls ein ausländisches Design, mit dunkler Sonnenbrille, ausgefallener Krawatte, glänzenden Schuhen und dem Gesicht eines Versicherungsvertreters. Als der Mann uns sah, hob er seine Hand, als wollte er ein Taxi anhalten. Er rief: »He, du, Junge!«, und kam auf uns zu.
Glücklicherweise hatte Adrián seinen Renault Clio genau vor unserer Kneipe geparkt.
»Los, lauf!«, rief ich dem Journalisten zu und gab ihm einen Schubs.
Im blitzschnellen Starten dieses Wagens hatten wir ja bereits Übung. Als der aggressive Geschäftsmann unsere

Eile sah, fing er an zu laufen und rief noch einmal: »He, du, Junge!« Er hätte uns beinahe eingeholt, aber nur beinahe, denn als er sah, dass der Renault Clio davonbrauste, drehte er sich auf dem Absatz um und rannte in die andere Richtung. Der metallicgraue Wagen fuhr ihm entgegen, weshalb ich vermutete, dass darin ein weiterer Geschäftsmann saß, der wahrscheinlich mindestens genauso aggressiv war wie der erste, wenn nicht noch aggressiver.

»Gib Gas, fahr zu!«, schrie ich.

»Aber warum?«, leistete Adrián verbalen Widerstand, während sein Fuß gehorsam auf das Gaspedal drückte.

»Weil wir verfolgt werden!«

»Wir werden verfolgt? Wer verfolgt uns?«

»Die in dem grauen Wagen! Merkst du denn gar nichts? Gib Gas, Mann!«

Ein Blick in den Rückspiegel genügte und, boing, der Zauber war vorbei: Aus dem furchtlosen Abenteurer wurde wieder der kleine Adrianito. Er fing an zu schwitzen.

»Warum verfolgen die uns? Wer war der Typ?«

»Das erzähle ich dir später. Gib Gas!«

»Wohin fahren wir überhaupt?«

Ich muss zugeben, das war eine gute Frage. Aber trotzdem wollte ich sie nicht genau beantworten.

»Ins Gracia-Viertel. Fahr auf die Umgehungsstraße.«

»Die werden uns umbringen!«, kreischte mein heroischer Begleiter in einem Anflug von Panik.

Voller Entsetzen sah ich, dass der graue Wagen beschleunigte und sich der Abstand zwischen uns verringerte. Wir fuhren auf der Avenida in Richtung Umgehungsstraße. Entgeistert starrte ich auf den grauen Wagen, der versuchte, uns zu überholen, um uns abzudrängen und zum

Stehen zu bringen. Unverhofft riss Adrián das Lenkrad herum, hätte beinahe einen Motorradfahrer umgenietet und fuhr dann bei Rot über eine Kreuzung. Der graue Wagen hielt sich an die Verkehrsregeln.

Geschrei und Gehupe.

Die werden uns umbringen, dachte ich, von Adriáns Hysterie angesteckt. Die werden uns umbringen. Bei dieser Sache geht's um einen Haufen Millionen. Und die haben bereits einen Mann umgebracht.

»Warum fahren wir ins Gracia-Viertel?«, fragte Adrián, vielleicht weil ihm die Fahrt langweilig wurde. »Was wollen wir da?«

»Das erzähle ich dir später.«

»Nein, erzähl es mir jetzt!«

»Du wirst es früh genug erfahren!«

»Du erzählst es mir jetzt sofort oder ich halte an!«

»Ich glaube nicht, dass du anhältst«, sagte ich herausfordernd. »Ich glaube nämlich, dass die Typen hinter uns Pistolen haben. Und vergiss nicht, Adrián, sie haben schon einmal jemanden umgelegt.«

Er zuckte zusammen und drückte mit aller Kraft aufs Gaspedal. Wir fuhren auf die Stadtautobahn. Dort konnten uns unsere Verfolger nichts anhaben, ohne eine Massenkarambolage zu riskieren.

»Sind das die Mörder? Hast du nicht gesagt, Sirvent sei der Mörder von Herrera?«

»Das sind die Auftraggeber. Die, die ihn bezahlt haben.«

Er schluckte geräuschvoll.

Wir fuhren mit hundertfünfzig Sachen, der Renault Clio vibrierte, und Adrián machte ein Gesicht, als wären wir kurz davor, die Schallmauer zu durchbrechen.

»Du versuchst doch nicht, schneller zu fahren als die, oder?«
»Soll ich das nicht?«, fragte er überrascht.
»Hast du gesehen, was für einen Schlitten die haben?«
»Was soll ich denn machen?«, schrie er verzweifelt.
Wir konnten gerade noch um Haaresbreite einem anderen Wagen ausweichen, und einen Moment lang glaubte ich, wir würden mit hundertfünfzig Sachen in die Leitplanken brettern. Wieder hysterisches Gehupe.
Und während wir in waghalsigen Manövern unser Leben aufs Spiel setzten, fuhr der graue Wagen mit einer Eleganz und Gelassenheit hinter uns her, die dem Flug eines Albatros glich.
Was konnten wir tun? Für den Rest unseres Lebens im Affenzahn durch die Stadt rasen? Warten, bis uns ein Polizeiwagen entgegenkam? Den Bullen die Zunge rausstrecken, damit sie uns festnahmen?
Weit und breit kein Bulle in Sicht. Wie mein Vater zu sagen pflegt, sind die Bullen nur dann zur Stelle, wenn's darum geht, dir ein Knöllchen zu verpassen.
Ich sah ein Schild, das die nächste Ausfahrt ankündigte. In tausend Metern. Wir fuhren, Verfolger und Verfolgte, auf der mittleren Fahrbahn der dreispurigen Autobahn. Ungefähr dreihundert Meter vor uns auf der rechten Fahrbahn fuhr ein tonnenschwerer Laster mit derselben Geschwindigkeit wie wir.
Und plötzlich hatte ich eine Idee.
»Los, gib Gas, Adrián! Überhol den Brummi!«
»Warum?« Er begriff mal wieder nichts.
»Frag nicht so blöd! Gib Gas!«
Er schaltete in den vierten Gang zurück, dann in den drit-

ten, um zu beschleunigen. Der Motor heulte gequält auf, die Räder kreischten vor Entsetzen, Türen und Motorhaube zitterten vor Angst.
»Was soll ich machen? Ich überhole ihn, und dann?«
Fünfhundert Meter bis zur Ausfahrt. Noch immer waren wir ungefähr fünfzig Meter hinter dem Laster.
»Du musst ihn kurz vor der Ausfahrt überholen, dann scherst du ganz knapp vor ihm ein und fährst ab!«
»Ich soll ihn überholen?«, fragte Adrián kreidebleich.
»Ja, Mann, und dann fährst du die nächste Ausfahrt ab! Die hinter uns schaffen das nicht mehr!«
»Ich schaffe das auch nicht!«
Er war völlig hysterisch.
»Natürlich schaffst du das!«
Ich war auch völlig hysterisch. Ich trat auf seinen Fuß und zwang ihn, das Gaspedal voll durchzutreten.
»Was machst du da?«
»Gib Gaaaas!«
Der graue Wagen folgte uns ohne Schwierigkeiten. Wahrscheinlich glaubten seine Insassen, dass wir sie abhängen wollten, und lächelten ein wenig herablassend – »mit diesem Klapperkasten« – über unsere aussichtslosen Bemühungen.
Wir fuhren jetzt auf gleicher Höhe wie der Laster. Der bretterte ganz schön, dieser Brummi. Und wie lang der war!
»Los, Adrián, fahr zu!«
»Das schaffen wir nie im Leben! Der Laster überrollt uns glatt!«
Wir lagen bereits ein paar Zentimeter vor dem Laster. Rechts sah ich die Ausfahrt. Sie war schrecklich nah.

»Gib Gas!«
»Nein!«
»Fahr rechts rüber!«
»Nein!«
Ich griff ihm ins Lenkrad. »Dann tu ich es!«
Noch zwölf Meter bis zur Ausfahrt. Wir lagen nur sechs Meter vor dem Laster. Oder fünf. Oder vielleicht auch zehn, aber auf jeden Fall hatte ich das Gefühl, dass der Abstand viel zu klein war.
Adrián riss das Lenkrad herum.

13. Eine einmalige Gelegenheit

Ich war Adrián gegenüber im Vorteil: Da ich nicht am Steuer saß, konnte ich die Augen zumachen. Aber trotzdem hörte ich das Quietschen der Räder, das dröhnende Hupen des Lasters, und ein mächtiger Windstoß, der durch das geöffnete Wagenfenster fuhr, klatschte mir wie eine Ohrfeige ins Gesicht. Mir standen die Haare zu Berge. Alle, von Kopf bis Fuß.

Als ich die Augen wieder aufmachte, sah ich, dass wir, zwischen Betonmauern eingepfercht, die Autobahnausfahrt entlangrasten, und ich hatte das dumpfe Gefühl, dass wir gleich von einer Mauer zur anderen geschleudert werden würden. Die Bremsen quietschten. Adrián nahm den Fuß von der Bremse. Wir streiften die Betonmauer. Er trat wieder auf die Bremse.

Nach und nach drosselte er die Geschwindigkeit.

»Sehr gut, Adrián«, lobte ich ihn. »Super!«

»Nie wieder«, murmelte der Journalist, »nie wieder.«

Sein Gesicht hatte eine kränkliche, grünlich-weiße Farbe angenommen. Und es hätte mich nicht gewundert, wenn seine Haare auf einen Schlag weiß geworden wären. Im Gegenteil, es wunderte mich eher, dass seine Haare immer noch dieselbe Farbe hatten.

Ich drehte mich um. Keine Spur von dem metallicgrauen Wagen. Der Lastwagen hatte sie daran gehindert, nach rechts einzuscheren. Die Autos hinter ihnen hatten sie daran gehindert zu bremsen. Und so war die Autobahn für sie zu einer Falle geworden. Sie mussten zwei oder drei Kilometer fahren, bis sie zur nächsten Abfahrt kamen.

Adrián bremste so abrupt, dass ich beinahe durch die Windschutzscheibe geflogen wäre. Ich starrte ihn überrascht an, denn ich war wirklich überrascht, dass er mich überraschen konnte.

»Was soll das?«

»Jetzt erzählst du mir alles«, sagte er mit einer Mischung aus Selbstsicherheit und Panik. »Wir werden nicht mehr verfolgt. Deshalb erzählst du mir jetzt alles oder du steigst hier aus.«

Ich wusste nicht, wo wir waren. Wir hatten die erstbeste Abfahrt genommen und befanden uns in einem Viertel mit eintönigen Hochhäusern und nicht asphaltierten Straßen, in dem pitschnasse Kinder kreischend in einem kaputten Springbrunnen spielten und keifende Frauen ihre Einkaufswagen vor sich her schoben. So ähnlich wie in meinem Viertel, nur dass das hier nicht mein Viertel war. Die nächste U-Bahnstation war wahrscheinlich kilometerweit weg. Ich würde Jahre brauchen, um ins Gracia-Viertel zu kommen.

»Okay«, gab ich mich geschlagen. »Fahr los. Ich erzähle dir alles.«

»Nein, zuerst erzählst du mir alles und dann fahre ich los.«

»Das ist eine lange Geschichte«, protestierte ich. »Und wir müssen so schnell wie möglich nach Gracia. Wenn wir zu spät kommen, dann brauche ich dir die Geschichte gar nicht erst zu erzählen.«

»In Ordnung.«

Zähneknirschend startete er den Renault Clio, und ich fing

an, ihm lang und breit meine Theorien auseinander zu legen.
Ich erzählte ihm, dass eins der Grundstücke von *El Torrent* mit einem Erbzins belastet sei.
Vor knapp einem Jahr hatte COYDESA die Grundstücke zu einem Spottpreis gekauft, mittlerweile waren die Grundstücke im Wert gestiegen und der Verkauf des Geländes an den Supermarktkonzern versprach das Geschäft des Jahrhunderts zu werden.
»Kannst du dir vorstellen, was passiert«, fragte ich ihn, »wenn plötzlich der ursprüngliche Eigentümer auftaucht und seine Ansprüche anmeldet?«
Schließlich hatte er laut Gesetz ein Jahr lang das Recht, das Grundstück zu dem Preis, den COYDESA dafür gezahlt hatte, zurückzukaufen. Stellen wir uns also einmal vor, dieser Glückspilz kauft das Grundstück für einen Apfel und ein Ei zurück und geht dann zu COYDESA und sagt: »Meine sehr verehrten Herren, wenn Sie an dem Grundstück interessiert sind, dann müssen sie einige Millionen herausrücken.«
Wenn nicht, dann platzt das Geschäft mit dem Supermarktkonzern.
Denn so klein das Grundstück auch sein mag, wenn es mitten in dem Gelände liegt, wird der Supermarktkonzern sofort von dem Kauf Abstand nehmen. Der Kauf des Geländes hätte dann keinen Sinn mehr. Das wäre genauso, als würde ich einen wertvollen Perserteppich mit einem Loch in der Mitte kaufen.
»Und warum haben sie sich nicht mit dem ursprünglichen Besitzer in Verbindung gesetzt?«, hielt Adrián Cano dagegen.

»Wer weiß? Vielleicht haben sie ihn nicht gefunden«, sagte ich. »Oder vielleicht haben sie sich gedacht: ›Falls er auftaucht und seine Rechte einfordert, dann verhandeln wir eben mit ihm.‹ Wer weiß, wo die Urenkel von dem ursprünglichen Eigentümer leben? Vielleicht wissen sie gar nicht, dass sie diese Rechte haben. Vielleicht wissen sie nicht einmal, was ein Erbzins ist. Vielleicht hat COYDESA versucht, die Erben des ursprünglichen Eigentümers aufzutreiben, aber nicht gefunden. Keine Ahnung. Ich weiß nur, dass Sebastián Herrera sie aufgetrieben hatte.«

»Er hat sie gefunden?«

»Ja, er hat einen Stammbaum erstellt. Vom ersten Eigentümer des Grundstücks an, einem gewissen …« Ich warf einen Blick in mein mikroskopisch kleines Notizheft. »Einem gewissen Serratusell. Herrera hat sein ganzes Leben lang im Viertel gewohnt, er kam an alle möglichen Informationen ran. Deshalb fiel es ihm nicht schwer, den Stammbaum der Familie Serratusell zu erstellen … bis hin zur Urenkelin, oder was auch immer sie ist. Einer gewissen Montserrat García Roca. Er hat herausgefunden, wo die betreffende Dame wohnt, und dann hat er beschlossen, seine Finanzen durch eine kleine Erpressung aufzubessern.«

»Eine Erpressung?«

»Ja, wenn Herrera die Erben von Serratusell über ihre Rechte aufgeklärt hätte, dann hätte COYDESA das Geschäft des Jahrhunderts vergessen können. Und wie du mir selbst gesagt hast, hängt von dieser Transaktion die Zukunft der Firma ab. Außerdem handelt es sich um eine große Firma, die mit Millionenbeträgen spekuliert. Sie hätten Herrera also den Luxusschlitten zahlen können, den er sich so sehr wünschte. Wahrscheinlich hat er zu ihnen gesagt: ›Ich habe die Inhaber des Erbzinsrechts ausfindig gemacht. Noch habe ich ihnen nichts erzählt, aber wenn Sie mir nicht soundsoviel Millionen zahlen, werde ich Kontakt zu ihnen aufnehmen und Ihrer Firma das Geschäft vermasseln.‹ Ich weiß nicht, wie viel Geld er von ihnen verlangt hat, aber offensichtlich haben sie ihm nicht so viel gezahlt, wie er verlangt hat. Sie haben ihn mit einem Trinkgeld abgespeist. Dann hat Herrera im *La Rive Gauche* Krach geschlagen. Und während er Don Atilano die Ohren voll gejammert hat, hat irgendjemand Herrera am Telefon verlangt. Ich nehme an, er hat zu ihm gesagt: ›Nimm dich in Acht.‹ Aber Herrera blieb stur, und dann ist irgendwer von COYDESA auf die Idee gekommen, mit Miguel Sirvent zu reden, der früher für sie gearbeitet hatte und zufällig in demselben Viertel lebt wie Herrera. Ein schräger Vogel. Wer weiß, ob sie ihn nicht sogar rausgeworfen hatten, weil er so ein schräger Vogel war. Auf jeden Fall hatte jemand eine Idee und sagte: ›Das wird Sirvent für uns erledigen.‹ Und Sirvent hat das dann erledigt. Vier Schüsse auf Herrera und die Sache war erledigt. Aber wahrscheinlich hat Sirvent zu ihnen gesagt: ›Abgesehen von dem Geld, das ihr mir zahlt, müsst ihr mir einen Sündenbock besorgen.‹ Die anderen haben ihm ein Alibi verschafft und unser armer Reyes Heredia musste dran glauben.«

Unterdessen waren wir in den verwinkelten Gassen von Gracia angekommen. Ich hatte meinen Bericht von Zeit zu Zeit unterbrochen, um den Stadtplan zu konsultieren und Adrián durch die Stadt zu lotsen. Er folgte meinen

Anweisungen mechanisch, mehr an der Auflösung des Falls als an dem Ziel unserer Reise interessiert. Wir stellten den Wagen in einem Parkhaus ab und gingen auf die Straße.

»Du hast mir immer noch nicht erzählt, wohin wir eigentlich wollen«, sagte er fröhlich und entspannt, weil er nicht mehr Auto fahren musste.

»Zu Señora Montserrat García Roca, der Erbin von Señor Serratusell. Die Begünstigte des Erbzinses. Herrera hatte ihre Adresse herausgefunden.«

»Ach«, seufzte der Journalist, als wollte er sagen: »Warum hast du mir das nicht gleich gesagt?« Und verfiel dann in ein nachdenkliches Schweigen. Wir gingen auf ein leicht heruntergekommenes Haus zu. Erst als wir im Haus waren, schien Adrián zu begreifen, was ich gesagt hatte, und blieb wie angewurzelt stehen: »Und warum besuchen wir diese Frau?«

»Um ihr alles zu erzählen. Ist doch klar. Um ihr das zu erzählen, was ihr eigentlich Herrera erzählen wollte.«

»Aber dann werden sie COYDESA das Geschäft vermasseln!«

»Klar! Deshalb will ich es ihnen ja erzählen! Vielleicht kann ich den Mörder nicht hinter Gitter bringen, aber ich kann nicht zulassen, dass sie dicke Geschäfte machen und dabei über Leichen gehen!«

»Bist du verrückt?«, schrie mich mein Begleiter an. Er starrte mich an, als hätte ich soeben in einem Zug den Trank von Doktor Jekyll hinuntergekippt. »Die werden dich zerfleischen!«

»Das sollen sie ruhig versuchen. Du kannst machen, was du willst. Wenn du nicht mitkommen willst, bitte schön, aber vergiss nicht, dass das die Story deines Lebens ist. Und denk an Sibila.«

Es gab keine Sprechanlage. Der Hausflur war schmal und düster und roch nach Pisse. Wir gingen die abgetretene, finstere, knarrende Treppe hinauf. Adrián Cano folgte mir mechanisch, vielleicht weil er nicht alleine auf der Straße bleiben wollte.

»Aber Flanagan!«, rief er. »Aber Flanagan!«

Montserrat García wohnte im dritten Stock. Es gab keinen Aufzug. Als wir oben ankamen, waren wir außer Atem. Ich klingelte an der einzigen Tür in dieser Etage.

Ein paar Minuten vergingen und ich wurde langsam nervös. Adrián biss sich auf die Unterlippe und ließ seine Finger knacken. Schließlich waren schlurfende Schritte im Flur zu hören und eine ungefähr fünfundvierzigjährige Frau machte uns die Tür auf.

»Señora García Roca?«, fragte ich.

»Ja? Was wünschen Sie?«

Ihre Augen wanderten von Adrián zu mir, von mir zu Adrián. Ich fand, dass sie sehr nervös wirkte.

»Wir haben eine gute Nachricht für Sie. Dürfen wir eintreten?«

»Eine gute Nachricht?« Diese Frau sah so aus, als hätte sie in ihrem ganzen Leben noch nie eine gute Nachricht erhalten. »Im Augenblick ist es …«

»Wir wollen Ihnen nichts verkaufen«, unterbrach ich sie, um sie zu beruhigen. »Wirklich.« Vielleicht würde sie uns, wenn ich erklärte, worum es ging, endlich hereinbitten und uns für ihre besten Freunde halten. »Haben Sie einen Vorfahren namens Serratusell?«

»Ja, Urgroßvater Ramón«, sagte sie.

»Nun, dieser Herr besaß Grundstücke in Barcelona …«
»Sieh mal einer an! Wen haben wir denn da?«, rief eine Stimme am Ende des Flurs.
Señora García rieb sich nervös die Hände und drehte sich zu der Person um, die mit einem strahlenden Lächeln auf uns zukam. Metallicgrauer Anzug, sorgfältig gekämmte Haare, ausgefallene Krawatte, glänzende Schuhe. Und wir hatten gedacht, wir hätten diesen Kerl abgehängt!
»Hallo, Jungs! Kommt rein! Bleibt doch nicht an der Tür stehen«, sagte er, als sei er der Herr des Hauses. Und das war er auch. Er hatte es soeben samt Mietern und allem gekauft.
Adrián zuckte zusammen und machte Anstalten, die Flucht zu ergreifen. Aber hinter ihm war ein ungewöhnlich großer Mann in einem viel zu engen Anzug aufgetaucht. Er versperrte uns den Weg und sah nicht so aus, als würde er uns ohne weiteres vorbeilassen.
»Kommt rein, kommt doch rein«, wiederholte der andere einladend.
Wir hatten keine andere Wahl. Wir gingen hinein. Zähneknirschend gingen wir in ein kleines Esszimmer, das ziemlich altmodisch eingerichtet war. Die Wände waren voller feuchter Flecke und hatten dringend einen Tapetenwechsel nötig, die Vorhänge waren durch das viele Waschen ganz verblichen. Die Leute, die hier wohnten, waren vielleicht nicht so arm wie Kirchenmäuse, aber sie hatten auch nicht gerade sehr viel Geld. Dort stand der Mann von Doña Montserrat García. Er war älter als sie, hatte einen leicht gekrümmten Rücken und einen stumpfen Blick, als habe er sich mit seinem grauen, eintönigen Leben abgefunden. Und ein weiterer Mann in einem eleganten An-

zug. Er war der distinguierteste von den drei Gästen. Er war beleibt, aber nicht fett, hatte eine Halbglatze und lächelte so wohlwollend wie ein Vater, der es gewohnt ist, von oben herab seine Kinderchen im Auge zu behalten, sie für ihre Streiche zu bestrafen oder ihnen ihre kleinen Sünden durchgehen zu lassen. Er lächelte uns, Adrián und mich, an, als seien wir seine dümmsten Kinder und deshalb auch seine Lieblingssöhne.

Auf dem Esszimmertisch, unter einer viel zu großen und einer viel zu tief hängenden Lampe, lag ein Plan von dem Gelände *El Torrent*, das in viele kleine Parzellen aufgeteilt war. Ungefähr in der Mitte war eine Parzelle rot markiert worden. Das Loch im Perserteppich. Neben dem Plan lag ein geöffneter Aktenkoffer, der dem von Sirvent sehr ähnlich sah. So sicher wie ein Safe. Und er ähnelte tatsächlich einem Safe, denn er war randvoll mit Zehntausend-Peseten-Scheinen gefüllt.

Das hätten wir uns denken können. Wenn Sirvent die Adresse von Montserrat García kannte, dann kannten seine Auftraggeber sie bestimmt auch. Sie hatten sie, wie ich später herausfinden sollte, nicht eher aufgesucht, weil die Jahresfrist beinahe abgelaufen war. Noch zehn Tage, und Montserrat García hätte keine Möglichkeit mehr gehabt, das Grundstück für den Preis zurückzukaufen, den COYDESA dafür gezahlt hatte. Für sie war es deshalb billiger, mich aus dem Weg zu räumen. Nachdem ihnen dies aber misslungen war, hatten sie nun ihre letzte Karte aus dem Ärmel ziehen müssen.

»Wir haben Señora García Roca soeben eine Erbschaft von zwanzig Millionen Peseten überbracht«, erklärte mir dieser Clown unnötigerweise. »Ich nehme an, du wolltest mit

Doña Montserrat über dasselbe Thema sprechen, nicht wahr? Über die Erbzinsrechte ihres Urgroßvaters, Ramón Serratusell.« Dieser Typ kam mir wie eine Giftschlange vor. »Wir haben ihr die Rechte abgekauft, für zwanzig Millionen Peseten bar auf die Hand. Aber ich habe ihnen schon erklärt, dass wir beim Notar nur acht Millionen angeben, dann brauchen sie für die restlichen zwölf Millionen keine Steuern zu zahlen.«

Doña Montserrat und ihr Mann starrten wie hypnotisiert auf den Koffer voller Geld. Sie hatten keine Ahnung, was ein Erbzinsgesetz war. Wenn man ihnen gesagt hätte, ihr Urgroßvater habe einen Furunkel gehabt, dann wäre das für sie dasselbe gewesen. Aber sie hatten immerhin eine vage Vorstellung davon, was zwanzig Millionen Peseten bedeuteten. Wahrscheinlich war für sie der Gedanke, jemals in ihrem Leben zwanzig Millionen Peseten zu besitzen, ebenso unvorstellbar gewesen wie das Märchen von Aschenputtel. Aber nun war das Märchen wahr geworden und sie konnten es kaum glauben.

»Einen Moment!«, schrie ich um der Gerechtigkeit willen dazwischen. »Sie dürfen das Geld nicht annehmen! Hier geht es um einen Mord!«

»Was?«, piepste Doña Montserrat García wie ein aufgescheuchtes Vögelchen.

»Diese Männer hier haben jemanden umbringen lassen! Und mit diesem Geld wollen sie jetzt den Mord vertuschen!«

»Jetzt halt aber mal die Luft an, mein Junge!«, schrie der Alleinunterhalter der Party herrisch. »Weißt du eigentlich, was du da sagst? Willst du uns etwa einen Mord anhängen?« Es sollte wütend wirken, aber ich hatte das Gefühl, dass er nur eine Rolle spielte, die er schon vor langer Zeit einstudiert hatte.

»Forcades, Forcades …«, brachte ihn der Oberboss zur Räson. Aber sein Untergebener namens Forcades machte mit seiner Vorstellung weiter: »Ich nehme an, du hast Beweise für das, was du da sagst, nicht wahr? Sollen wir die Polizei anrufen? Señora, wo steht das Telefon, bitte? Dieser Junge möchte mit der Polizei sprechen! Und wenn er das, was er da behauptet, nicht beweisen kann, dann werden wir ihn wegen Verleumdung anzeigen!«

Natürlich hatte ich keine Beweise, das wusste er genau. Innerlich fluchte ich über diesen Kerl, aber ich hätte mich nicht getraut, meine Flüche laut auszusprechen. Ich dachte an die Pistole in meinem Rucksack. Aber was konnte ich mit ihr schon ausrichten, außer meine Lage noch zu verschlimmern?

»Nein, nein!«, riefen Doña Montserrat und ihr Mann, da sie befürchteten, durch diesen Skandal um ihre zwanzig Millionen gebracht zu werden. »Nein, nein …«

»Schau mal, mein Junge«, wandte sich Doña Montserrat an mich. »Wir wissen gar nichts von diesem Verbrechen …«

»Wozu auch?«, warf der Zeremonienmeister mit kaum verhohlener Befriedigung ein.

»Wir wissen nichts«, murmelte der verbitterte Ehemann, aber seine Sanftmut konnte nicht darüber hinwegtäuschen, dass er eigentlich eine unbändige Lust hatte, mich zu erwürgen.

Der beleibte Mann warf dem Scharlatan namens Forcades einen vieldeutigen Blick zu und dieser zog prompt ein Do-

kument aus der Innentasche seiner metallicgrauen Anzugjacke.
»Kommen wir zum Kern der Sache!«, schrie er wie der Inhaber einer Losbude, der die Leute zum Kauf eines Loses animieren will. »Unterschreiben wir jetzt diesen Vertrag, damit alles seine Richtigkeit hat. Hier steht«, sagte er und warf mir einen zynischen Blick zu, da er genau wusste, dass ich nichts gegen sie in der Hand hatte, »dass wir vor zwei Monaten die Verhandlungen aufgenommen und uns nun auf eine Summe von zwanzig Millionen Peseten geeinigt haben.«
»Dass Sie vor zwei Monaten was …?«, stotterte Adrián überrascht.
»Wenn Sie die Verhandlungen schon vor zwei Monaten aufgenommen hätten, dann hätte Herrera Sie gar nicht erpressen können. Und warum hätten Sie Herrera dann umlegen sollen?«, erklärte ich ihm. Und zu den Garcías sagte ich: »Wenn Sie das unterschreiben, dann helfen Sie mit, einen Mord zu vertuschen.«
Ich glaube, Montserrat García und ihr Mann haben mir nicht einmal zugehört. Sie wirkten so benommen, als seien ihnen die zwanzig Millionen in Säcken voller Münzen auf den Kopf gefallen. Forcades dagegen antwortete mit einem zynischen Lächeln auf meine kluge Schlussfolgerung: »Siehst du nun, wie schlau wir sind?«, und wandte sich dann wieder an das Ehepaar.
»Zwanzig Millionen Peseten«, wiederholte er für alle, die es immer noch nicht mitbekommen hatten.
»Zwanzig Millionen Peseten«, sang das Ehepaar im Chor und schaute so andächtig drein wie bei einem Gebet.
Forcades schob das Dokument über den Tisch. »Das ist

eine private Vereinbarung, eine Art Vorvertrag, in dem festgehalten ist, dass wir die Verhandlungen vor zwei Monaten aufgenommen haben. Lesen Sie ihn durch, schauen Sie sich das Datum an und unterschreiben Sie dann hier. Dann können wir zum Notar gehen, um den Vertrag abzuschließen.«
Er schaute mich triumphierend an, während er einen goldenen Füllfederhalter zückte und ihn Señora García überreichte.
Ich zitterte vor Wut und Ohnmacht. Noch nie hatte ich mich in einer solchen Lage befunden. Diesen skrupellosen Männern bei ihren dunklen Machenschaften zusehen zu müssen ekelte mich derartig an, dass mir beinahe übel geworden wäre. Und ich konnte nichts dagegen tun. Ich überlegte: Hol die Pistole raus. Aber wozu? Ich würde mit der ungeladenen Pistole auf die Männer zielen. Und dann?
Señora García Roca nahm den Füllfederhalter. Auch sie zitterte. Sie hasste mich. Ich war schuld daran, dass sich plötzlich ihr Gewissen meldete. Und nun fühlte sie sich unwohl bei dem, was sie tat. Sie vermied es, mich anzuschauen. Mir wäre es lieber gewesen, sie hätte freudig unterschrieben, ob nun aus Ignoranz oder aus Habgier. »Her mit den zwanzig Millionen!« Aber es machte mich wütend, dass sie genau wusste, dass die Sache faul war, und dass sie vor dem leicht verdienten Geld kapitulierte. Sie verkaufte sich, sie erniedrigte sich.
Sie unterschrieb. Der Füllfederhalter in ihrer Hand war die Pistole, mit der sie Reyes Heredia eine Kugel in die Stirn jagte.
»Sehr gut«, sagte Forcades mit triumphierendem Lächeln.

»Wir haben einen Termin bei einem Notar vereinbart, der den Vertrag notariell bestätigen wird.«
»Begleiten Sie sie zum Notar, Forcades«, befahl der beleibte Oberboss, dessen Namen ich nie erfahren habe, mit rauer Stimme. »Laden Sie sie danach in ein erstklassiges Restaurant ein, um den Vertragsabschluss zu feiern. Sie können mich dann von dort aus anrufen, vielleicht schaffe ich es, mich zu Ihnen zu gesellen«, sagte er und fuhr dann, ohne eine Reaktion abzuwarten, fort: »Wenn es den Herrschaften nichts ausmacht, dann bleiben Estévez und ich noch hier, um ein wenig mit unserem jungen Freund zu plaudern.«
Estévez war der baumlange Schlägertyp und »unser junger Freund« war ich. »Die Herrschaften« waren Doña Montserrat und ihr Mann, und die beiden interessierten sich nur noch für ihre zwanzig Millionen. Ich nehme an, dass, wenn man sich einmal für Geld verkauft hat, alle anderen Dinge im Leben unwichtig werden. Adrián war wie versteinert; er ließ wieder seine Finger knacken.
Ich witterte Gefahr. Ich musste so schnell wie möglich dort weg. Ich setzte meinen Rucksack ab, um die Pistole griffbereit zu haben.
Die Herrschaften des Hauses zogen sich in Windeseile um. Sie machten sich fein für den Notarstermin und den Besuch eines teuren Restaurants. Dann verließen sie, mächtig in Schale geworfen, zusammen mit Forcades die Wohnung.
Als Adrián, Estévez, der Oberboss und ich dann alleine waren, kühlte sich die Temperatur im Zimmer um einige Grade ab.
»Wer ist das?«, fragte der Oberboss und zeigte auf Adrián.

Noch bevor wir reagieren konnten, hatte der Riese namens Estévez schon seine Pranken auf die Schultern meines Begleiters gelegt. Adrián zuckte zusammen, fing an zu wimmern und hob hilflos die Hände, denn er fürchtete, von diesem Killer auf der Stelle gequält zu werden. Ich steckte meine Hand in den Rucksack und umklammerte die Pistole. Estévez beschränkte sich jedoch darauf, die Brieftasche aus der Innentasche von Adriáns Jackett zu ziehen, und sagte dann abfällig: »Ein Journalist.«

Der Oberboss strafte mich mit einem gekränkten Blick. »Wie kannst du mir so was antun? Warum bist du so gemein zu mir?«

»Ein Journalist«, sagte er vorwurfsvoll. »Findest du nicht, dass du ein bisschen zu weit gehst?«

Er schaute seinen Schergen an und hob eine Augenbraue. Er hob nur eine Augenbraue.

Ich hatte schon davon gehört, dass man nur einen bestimmten Punkt am Kinn treffen muss, um jemanden außer Gefecht zu setzen. Das ist eine Methode, die Rettungsschwimmer bei Ertrinkenden, die zu sehr strampeln, einsetzen. Denn da für beide die Gefahr besteht zu ertrinken, rät der gesunde Menschenverstand des Rettungsschwimmers dazu, leicht auf diesen bestimmten Punkt zu schlagen. Der Ertrinkende wird dann zu einem leblosen Bündel, das sich problemlos zum Ufer ziehen lässt. Nun gut, Estévez kannte diesen Punkt offensichtlich auch, denn er traf ihn bei Adrián auf Anhieb. Es war nicht etwa ein kräftiger Schlag, der das Opfer gegen Möbel oder Fensterscheiben schleuderte. Nein, nein. Es war ein sehr leichter Schlag, pock, der eher ein bisschen lächerlich

wirkte, aber Adrián schloss prompt die Augen und glitt zu Boden.
Ich machte einen Satz rückwärts, suchte hinter dem Esstisch Zuflucht und schrie hysterisch: »Was wollen Sie von mir?«
»Sieh mal, mein Junge«, sagte der Oberboss seufzend. »Wie die Dinge liegen, bist du der Einzige, der uns noch Ärger machen kann. Du hast diesen Dummkopf Sirvent ziemlich nervös gemacht, weißt du? Forcades sagt, er habe ihn gestern angerufen und aufgeregt um Hilfe gebeten. Falls er wegen des Mordes an Herrera festgenommen würde, dann würde er auspacken und uns in Schwierigkeiten bringen.« Er legte eine Pause ein und lächelte mich an.
»Was wollen Sie von mir?«, wiederholte ich.
»Das ist nicht die richtige Frage, mein Junge«, korrigierte er mich wohlwollend. »Die richtige Frage lautet und eigentlich hättest du längst selber darauf kommen müssen: Was willst du von uns? Mach ein Angebot.«
Ich schaute Estévez an, der sich aus strategischen Gründen neben die Tür gestellt hatte.
»Ich will, dass Sie mich hier rauslassen.«
»Zwei Millionen. Drei Millionen?«
»Lassen Sie mich gehen!«
»Hast du schon mal über deine Zukunft nachgedacht, mein Junge? Du lebst in einem beschissenen Viertel, deine Eltern verdienen ein paar lumpige Peseten mit ihrer Kneipe und dich erwartet eine genauso beschissene Zukunft«, sagte er mit grausamer Überheblichkeit. Mir wäre es lieber gewesen, er hätte mich bedroht und angeschrien. »Man muss die Gelegenheit beim Schopfe packen, mein

Junge. Dir ist gerade der Geist aus der Wunderlampe erschienen und du darfst dir was wünschen. Das ist eine einmalige Gelegenheit. Fordere von uns, was du willst. Für dich, für deine Eltern, ganz wie du willst. Du bestimmst den Preis. Bist du mit fünf Millionen einverstanden?«

Ich stellte fest, dass ich nicht sprechen konnte. Ich hatte einen dicken, bitteren Kloß im Hals. Ich weiß nicht, ob aus Angst oder aus Wut darüber, dass er Recht hatte, dass das Leben wirklich so war, dass man die Gelegenheit beim Schopf packen musste. Doña Montserrat García Roca hatte es mir soeben vorgemacht.

Ich schüttelte den Kopf und kämpfte gegen die Tränen an.

»Sechs? Acht?«, feilschte er mit sich selbst. »Höher kann ich nicht gehen. Wie wär's mit acht Millionen Peseten und einer Anstellung in unserer Firma? Du bist ein kluger Junge. Du brauchst nicht bei null anzufangen. Und in ein paar Jahren wirst du sicher schnell Karriere machen. Was hältst du von hundertfünfzigtausend Peseten im Monat, für den Anfang?«

Ich konnte mich nicht mehr beherrschen. Vielleicht war die Versuchung zu groß, vielleicht würde ich die Gelegenheit doch beim Schopfe packen, vielleicht wäre die Welt, die ich dann kennen lernen würde, wirklich faszinierend und verführerisch.

»Ich will keine Karriere machen, um dann, so wie Sie, zum Mörder zu werden!«, schrie ich fuchsteufelswild.

Der Oberboss steckte die Beleidigung seufzend ein. Ich war überzeugt davon, dass sein Scherge mich jetzt fertig machen würde, und ich fragte mich, ob ich mit meiner Ehre und Aufrichtigkeit nicht doch etwas zu weit gegangen war. Vielleicht würde ich gleich schreiend um Gnade betteln und mich mit vier Millionen abspeisen lassen. Ich würde die Gelegenheit beim Schopfe packen, wenn auch in letzter Minute. Aber dann zückte ich die Pistole und zielte auf die beiden Killer im Maßanzug, vielleicht um nicht der Versuchung zu erliegen. Da ich nur die Wahl zwischen Heulen und Schreien hatte, entschied ich mich für Letzteres. Ich wusste, dass die Pistole nicht geladen war, deshalb musste ich den beiden beweisen, dass ich viel gefährlicher war, als es den Anschein hatte.

»Diese Pistole gehört Sirvent! Mit dieser Pistole hat er Sebastián Herrera erschossen! Diese Pistole wird euch allen zum Verhängnis werden! Diese Pistole wird jetzt dafür sorgen, dass ihr hier verschwindet! Raus hier!«

Der Oberboss stand auf.

»Das ist also die Pistole von Sirvent. Dann hat sich dieser Blödmann die Pistole tatsächlich abnehmen lassen. Warst du das, mein Junge? Als Forcades mir das erzählt hat, konnte ich nicht glauben, dass dieser Sirvent so blöd ist. Lass uns gehen, Estévez«, sagte er resigniert zu dem Riesen. »Der Junge ist ein Dummkopf, er will nicht mit uns verhandeln.«

»Raus hier!«, schrie ich.

Der Oberboss hob beschwichtigend seine Hände. »Immer mit der Ruhe, mein Junge, ich tu dir ja nichts.«

»Darf ich den Aktenkoffer mitnehmen? Er gehört der Firma …«

»Nein! Raus hier!«

In dem Moment, als ich einen flüchtigen Blick auf den Aktenkoffer warf, sauste die Pranke dieses Riesen auf mich herab, und obwohl ich wusste, dass die Pistole nicht geladen war, brachte ich es nicht fertig abzudrücken. Der Riese entriss mir die Pistole und verpasste mir eine saftige Ohrfeige, die mich taumeln ließ. Jetzt war ich mir endgültig sicher, dass sie mich umbringen würden.

»Schon gut«, sagte der Boss, um seinen Schergen zu beruhigen, obwohl der eigentlich die Ruhe selbst war. »Kümmre dich um deine Arbeit, Estévez. Ich werde noch ein bisschen mit dem Jungen reden.«

Estévez steckte die Pistole in seine Jacketttasche, sagte: »Ja«, warf mir einen gleichgültigen Blick zu, als wäre ich nur ein unnützes Möbelstück, und ging dann hinaus.

»Was haben Sie mit mir vor?«, fragte ich.

Der elegante, beleibte Mann warf einen Blick auf seine Uhr.

»Es ist fast elf. Mach dir keine Sorgen. Um zwei kannst du zum Mittagessen nach Hause gehen.«

»Und wie kommen Sie darauf, dass ich nicht jetzt gleich gehe? Wenn ich will, dann verschwinde ich jetzt sofort.«

»Du musst dich doch um deinen Freund, den Journalisten, kümmern«, sagte er gelassen, selbstsicher und gutmütig. Mit dieser Stimme hätte er gut und gerne Prediger werden können. »Und außerdem bist du doch ein neugieriges Kerlchen. Du willst doch sicher hören, was ich dir zu sagen habe.«

Später stellte sich heraus, dass er mir eigentlich gar nichts zu sagen hatte. Er fing an, mir auf eine nicht sehr überzeugende Art das Vorgehen seiner Firma zu erklären.

»Mord ist in unserer Firma nicht an der Tagesordnung, mein Junge. Das kann ich dir versichern. Das war einzig und allein die Idee von diesem Sirvent, diesem schrägen Vogel. Es stimmt, dass dieser Herrera uns an den Rand des

Ruins getrieben hat, und vielleicht hat Forcades, dieser Esel, die Nerven verloren. Er war schuld daran, dass wir vor zwei Jahren beinahe Pleite gemacht hätten, und um seinen Ruf zu retten, hat er dann den Kauf des Geländes und den Bau des Supermarkts in deinem Viertel angeleiert. Das war seine Idee. Und als die Sache dann nicht so lief, wie er sich das vorgestellt hatte, wusste er, dass sein Job, seine Provision, sein guter Ruf und sein Leben auf dem Spiel standen. Es ist schon möglich, dass er die Nerven verloren hat. Aber ich bin mir sicher, dass Forcades Sirvent niemals damit beauftragt hat, irgendjemanden umzubringen. Da bin ich mir ganz sicher. Absolut sicher. Vielleicht hat er zu ihm gesagt: ›Stopf diesem Kerl das Maul.‹ Aber von Mord hat Forcades ganz bestimmt nicht gesprochen. Das Problem ist, dass irgendjemand die Nerven verloren hat. Schließlich ging es um Millionenbeträge. Es standen zu viele Millionen auf dem Spiel, mein Junge. Das ist das Problem.«

Er tat so, als wollte er mich beruhigen.

»Du brauchst keine Angst vor uns zu haben, mein Junge. Wir werden dir nichts tun. Man muss schon sehr verrückt oder verzweifelt sein, um einen Jungen umzubringen, der so beliebt und intelligent ist wie du. Die Polizei würde Ermittlungen anstellen, es gäbe genügend Zeugen, die glaubhaft versichern würden, dass du Nachforschungen über COYDESA angestellt hast, und vielleicht würden sogar Beweismittel auftauchen, die uns belasten. Nein, du brauchst keine Angst zu haben, mein Junge.«

Angst war untertrieben, blankes Entsetzen befiel mich. Den Worten dieses Monsters konnte ich entnehmen, dass sie ganz kühl die Vor- und Nachteile meines Todes abgewägt hatten. *Meines Todes!!!* Es gibt nicht genug Ausrufezeichen, um zu beschreiben, wie mich dieser Gedanke aufwühlte.

Er schloss seine Rede mit dem rätselhaften Satz: »Eine Kette bricht immer an ihrem schwächsten Glied, mein Junge.«

Schließlich redete er, nur um etwas zu sagen, davon, dass die Dinge nun einmal so seien und dass man sie nicht ändern könne. Diesen Blödsinn, den man eben redet, wenn man Unrecht rechtfertigen will. Dass es gute und schlechte Menschen gebe, aufrichtige und niederträchtige, Verlierer und Gewinner. Dass es immer Menschen geben werde, die die schmutzige Arbeit machen, dass die Gesellschaft nun einmal so funktioniere, und dass sie nur deshalb funktioniere, weil es Menschen gebe, die die schmutzige Arbeit machten.

Als er an diesem Punkt angekommen war, spuckte ich verächtlich auf den Boden.

Er schwieg und schaute aus dem Fenster.

Ein paar Minuten später kam Adrián wieder zu sich. Er schaute benommen und verwirrt drein. Ich half ihm auf die Beine und sagte, ohne auf seine Fragen einzugehen: »Wir hauen ab.«

Es war zwar noch nicht zwei Uhr, aber der Oberboss erhob trotzdem keinen Einspruch. Er schaute mich nur von oben herab an, mit einer grenzenlosen Verachtung, die er nur für Menschen empfand, die sich nicht für Geld kaufen ließen. Und seine Abschiedsworte klangen, als fällte er ein schreckliches Urteil über mich.

»Du bist nichts und du hast nichts, mein Junge. Und du wirst nie etwas haben.«

Wir gingen auf die Straße. Stiegen ins Auto ein. Adrián brachte mich in mein Viertel. Er fragte mich, was passiert sei. Ich erzählte es ihm widerwillig, kurz, knapp und mies gelaunt.

»Ich werde die Geschichte veröffentlichen«, sagte er schließlich. »Ich werde einen Artikel schreiben …«

»Dann werden sie dir das nächste Mal keinen Faustschlag verpassen, sondern dich mit dem Hammer niederstrecken«, sagte ich schlecht gelaunt und bissig, was eigentlich gar nicht zu mir passt.

»Ich werde es machen«, sagte er und seine Lippen zitterten.

»Natürlich.«

Er setzte mich in der Nähe unserer Kneipe ab und fuhr dann weiter zu seiner Sibila.

Ich versuchte, mich zu trösten: Man kann nicht immer gewinnen, Flanagan. Du musst akzeptieren, dass es immer Feinde gibt, die stärker sind als du.

14. Fall erledigt

Ich war so wütend, als ich nach Hause kam, dass die klassische Standpauke meines Vaters – »Ist das etwa eine Art, darf man erfahren, wo du gewesen bist, was hast du mit der Pistole gemacht, habe ich dir nicht tausendmal gesagt?« und so weiter – an mir abprallte wie ein Tennisball an einer Mauer.

Während mein Vater sich austobte und ich die Standpauke über mich ergehen ließ, stellte ich zufrieden fest, dass die Skins glücklicherweise noch nicht in der Kneipe aufgetaucht waren. Die Gäste schienen sich bester Gesundheit zu erfreuen, die Kaffeemaschine funktionierte, die Flaschen schienen intakt zu sein und die Tische standen noch auf ihren vier Beinen. Als mein Vater eine Pause einlegte, um Luft zu holen, erzählte ich ihm alles. Na ja, fast alles. Dass man mir acht Millionen Peseten angeboten und ich das Angebot abgelehnt hatte, erzählte ich ihm nicht, und dass ich eine Wohnung in Brand gesteckt und mich in die Garderoben eines Nachtclubs geschlichen hatte, verschwieg ich auch geflissentlich. Wenn ich es recht bedachte, gab ich die Vorfälle nur andeutungsweise wieder, aber ich glaube, Eltern erzählt man am besten immer alles nur andeutungsweise. Und mein Vater hörte mir nur mit halbem Ohr zu, wie Väter das bei komplizierten Erklärungen zu tun pflegen. Und er glaubte mir kein Wort.

Als ich fertig war, rieb er sich das Gesicht, schaute nach

links und rechts, schnalzte mit der Zunge und sagte: »Du wirst zu einem Psychologen gehen.«
Und ich sagte: »Ja, Papa.«
Und er sagte: »Und wenn das, was du mir gerade erzählt hast, wirklich wahr und keine Einbildung deines kranken Gehirns ist, dann gehen wir jetzt sofort zur Polizei.«
Und ich sagte: »Ja, Papa.«
»Das meine ich ganz ernst«, sagte er drohend. »Wir gehen zum Kommissariat.«
»Ja, Papa, ich glaube, wir sollten zu Kommissar Santos gehen.«
»Ist das dein Ernst?«
»Ja, das ist mein Ernst.«
Als wir vor dem Kommissariat standen, hakte mein Vater noch einmal nach, denn er war überzeugt davon, dass ich einen Rückzieher machen und kleinlaut zugeben würde, dass ich mir das alles nur ausgedacht hatte.
»Du, wir gehen wirklich rein.«
Und ich sagte: »Ja, lass uns reingehen.«
Er sah mich beinahe ein bisschen erschrocken an.
Kommissar Santos hatte einen kleinen, kugelrunden Körper und einen kleinen, kugelrunden Kopf. Seine Kleider waren ihm zu klein und sein Schreibtisch war ihm zu groß. Sein Kichererbsenköpfchen wirkte hinter diesem mächtigen Schreibtisch noch winziger, aber seine Augen strahlten eine Autorität aus, die einschüchternd war. Seine äußere Erscheinung schien in keinem Verhältnis zu seiner Energie zu stehen, und ich befürchtete immer, dass er plötzlich explodieren, mit der Faust auf den Tisch hauen und laut losfluchen könnte. Deshalb schmeichelte uns die

Herzlichkeit, mit der er uns, meinen Vater und mich, empfing, umso mehr.

»Unser verehrter Detektiv Flanagan«, sagte er. Und dann, zu meinem Vater gewandt: »Dank seiner Hilfe haben wir im vergangenen Winter einen Babyhändlerring auffliegen lassen …«

Mein Vater machte den Mund auf, um etwas zu sagen, aber er brachte keinen Ton heraus.

»Ich nehme an«, sagte der Kommissar, während er mich aus den Augenwinkeln musterte und sich eine Zigarette anzündete, »dass du gekommen bist, um mir bei der Lösung des Mordfalls Sebastián Herrera zu helfen, stimmt's?«

Er schmunzelte, als wollte er sagen: »Na, damit hättest du nicht gerechnet, was? Die Polizei weiß alles.« Ich wurde misstrauisch.

»Ja …«, sagte ich zögernd, weil ich noch nicht genau wusste, was ich ihm erzählen sollte.

»Also, mein Sohn wollte …«, brachte mein Vater schließlich heraus.

»Es tut mir Leid, dir sagen zu müssen, dass du diesmal leider zu spät kommst«, sagte der Kommissar zu mir und ignorierte meinen Vater einfach. »Der Fall ist erledigt.«

»Aber Reyes Heredia ist unschuldig«, protestierte ich aufgebracht.

»Natürlich ist er unschuldig.« Ich zog überrascht die Augenbrauen hoch. »Gott sei Dank ist er unschuldig. Dadurch haben sich alle Probleme gelöst. Seit gestern stehe ich in Verhandlungen mit den Abgesandten der Roma aus der Siedlung Casas Buenas. Wir waren schon fast zu einer Einigung gekommen, als man mir gestern Nacht mitteilte, dass irgendjemand die Wohnung eines *Payos* in Brand gesteckt hatte, und natürlich gingen im Verhandlungsraum wieder die Beschuldigungen und Beschimpfungen los. Ich musste zum Unfallort, obwohl eine handfeste Keilerei im Gange war. Heute Morgen war die Lage dann wieder äußerst angespannt, bis …« Er legte eine Pause ein und gab mir zu verstehen, dass er sich diese Informationen für später aufheben wolle. »Die Sache ist die, dass ich angekündigt habe, Reyes Heredia freizulassen. Und seitdem hat sich die Lage wesentlich verbessert. Die Unruhen im Viertel haben aufgehört. Vorerst jedenfalls. Ich weiß, dass ich einen Fehler gemacht habe, als ich diesen Jungen festgenommen habe. Ich muss zugeben, dass ich zu voreilig gehandelt habe. Aber glücklicherweise kommt die Wahrheit früher oder später doch immer ans Licht.«

»Ja?«, fragte ich, ohne meine Skepsis zu verhehlen.

»Ja. Aber um der Gerechtigkeit willen muss ich sagen, dass du gar nicht so falsch lagst.« Er lächelte. Meine Verblüffung schien ihn zu amüsieren. »Du warst auf der richtigen Spur.«

»Ich?«

Mein Vater schaute tief beeindruckt von einem zum anderen, als wohnte er einem spannenden Tennismatch bei.

»Ja, mein Junge. Mir entgeht nichts. Eine Gruppe von Skinheads hat gestern euer Lokal überfallen. Und ich habe mich gefragt, warum sie das wohl getan haben. Und warum ihr sie nicht angezeigt habt. Und in der Nacht brach in der Wohnung von Miguel Sirvent ein Feuer aus. Einige Zeugen versichern, dass sie gesehen haben, wie ein Junge in deinem Alter, der ungefähr deine Größe hat, aus dem

Gebäude gelaufen und weggerannt sei, als sei der Teufel hinter ihm her. Mit angesengten Kleidern und angesengten Haaren.« Er strich mir übers Haar, als befürchte er, es könnte immer noch qualmen. »Ich habe mich natürlich gefragt: ›Was für eine Verbindung besteht zwischen unserem jungen Detektiv und diesen Burschen? Warum greifen sie ihn an? Warum greift er sie an? Was führen die im Schilde?‹ Und vor ungefähr einer Stunde habe ich alles begriffen. Du warst auf der richtigen Spur.«

»Miguel Sirvent hat Sebastián Herrera umgebracht«, sagte ich.

»Genau«, sagte er. Er legte eine Pause ein, gähnte tief und fügte dann hinzu: »Und heute Morgen ist Miguel Sirvent umgebracht worden.«

Mir lief es eiskalt über den Rücken. Ich musste an die Worte vom Oberboss denken: »Eine Kette bricht immer an ihrem schwächsten Glied.«

»Was?«, rief ich fassungslos.

»Wir haben die Leiche vor ein paar Stunden bei der Textilfabrik gefunden.«

»Aber wer …?«

»Seine Freunde, die Skinheads. Das ist doch klar. Einer, der den Spitznamen *Führer* hat, einer namens Charly und einer, der *Drakula* gerufen wird. Verschiedene Personen haben bezeugt, die drei heute Morgen gegen halb zwölf in der Nähe der Grünanlagen gesehen zu haben. Sie haben Sirvent mit Ketten und Baseballschlägern totgeschlagen. Gestern Nacht nach dem Brand hat Sirvent sie vor der versammelten Nachbarschaft angebrüllt und sie für den Brand verantwortlich gemacht. Sie wären beinahe handgreiflich geworden. Dafür habe ich jede Menge Zeugen.

Und außerdem sind die drei Skinheads spurlos verschwunden.«
»Aber …«, murmelte ich.
Ich wollte ihm widersprechen, ich wollte ihm sagen, dass die drei es nicht gewesen waren, aber dann beschloss ich, lieber den Mund zu halten. Jetzt verstand ich, warum der Oberboss mich so lange in der Wohnung von Doña Montserrat festgehalten und mir die Ohren voll gesülzt hatte. Damit ich nichts unternahm, bis sie Sirvent um die Ecke gebracht hatten. Sie hatten ihn getötet, weil er für sie genauso gefährlich wurde wie Herrera. Estévez hatte wahrscheinlich ein Treffen mit ihm vereinbart, und Sirvent hatte seine Freunde, die Skinheads, als Leibwächter mitgenommen. Aber an der Textilfabrik hatte Estévez dann den *Führer* und seine Kumpel gekauft. Ich konnte mir genau vorstellen, wie der Riese mit ihnen verhandelt hatte. Genauso wie der Oberboss mit mir. »Zwei Millionen? Fünf? Dann taucht ihr eine Zeit lang unter und der Fall ist erledigt.« Auch falls die Skins eines Tages festgenommen würden, stünde ihr Wort gegen das von Estévez, hinter dem immerhin die mächtige Firma COYDESA stand.
Kommissar Santos schaute mich erwartungsvoll an; ich hielt seinem Blick stand, aber ich brachte keinen Ton heraus.
»So ist die Lage der Dinge«, sagte er schließlich. »Dieser zweite Mordfall hat uns geholfen, den ersten zu lösen. Denn Sirvent hatte eine Pistole in seiner Hosentasche.«
Die Pistole! Die Pistole, die in meinem Besitz gewesen war, bis Estévez sie mir entrissen und in seine Jacketttasche gesteckt hatte. »Eine zweiundzwanziger Automatik. Dieselbe, mit der Herrera wahrscheinlich getötet wurde.

Sie wird gerade von unseren Ballistikexperten untersucht. Wetten, dass das die Mordwaffe ist?« Er machte eine Pause. »Das bestätigt deinen Verdacht, nicht wahr?«
»Ja«, sagte ich unverbindlich. »Aber warum sollte Sirvent Sebastián Herrera umbringen?«
»Wer weiß?«, sagte der Kommissar mit einem tiefen Seufzer. »Hast du eine Idee?«
»Ja«, erwiderte ich. »Aber ich habe keine Beweise.«
Er gab mir zu verstehen, dass er sich nicht für meine Theorie interessierte, solange ich keine Beweise erbringen konnte. Er gab mir auch zu verstehen, dass er bezweifelte, dass ich über mehr Informationen verfügte als er.
»Das geht mir genauso, mein Junge«, sagte er. »Drogen, stimmt's? Du glaubst, dass Sirvent ein Dealer war. Ich nehme an, gestern warst du in seiner Wohnung, um nach Drogen zu suchen. Aber du hast keine gefunden. Wir haben auch keine gefunden, weder in seiner Wohnung noch in seinem Café. Wir finden nie etwas, wir kriegen diese Kerle nie. Obwohl wir genau wissen, wer sie sind, schaffen wir es einfach nicht, sie zu überführen. Nicht einmal durch Razzien. Uns fehlen immer Beweise.« Aber plötzlich schien er seinen Optimismus wiedergefunden zu haben und schüttelte diese melancholischen Gedanken ab. »Uns fehlen zwar Beweise, aber das macht nichts. Tatsache ist, dass Sirvent Herrera umgebracht hat, und in ein paar Stunden wird Reyes Heredia wieder frei sein. Außerdem haben die Probleme hier im Viertel vorerst ein Ende. Und ich glaube nicht, dass die drei Skinheads hier in der Gegend noch einmal Ärger machen werden.«
Wenigstens war Heredia freigelassen worden und die Lage im Viertel hatte sich beruhigt. Das war zwar eine ganze

Menge, aber trotzdem war es mir zu wenig. Es machte mich wütend, dass man gegen die Oberbosse von COYDESA nichts unternehmen konnte. Dass man ihnen noch nicht einmal einen Schreck einjagen konnte. Und der Gedanke daran, dass ich nun tagtäglich mit ansehen musste, wie dieser Supermarkt gebaut wurde, trieb mich schier zur Verzweiflung. In diesen Bau wurden hunderte von Millionen gesteckt und später sollte er tausende von Millionen abwerfen. Astronomische Summen, die die Menschen, die mit ihnen täglich zu tun hatten, über den Rest der Normalsterblichen erhoben und gegen den Zugriff der Gesetze immun machten. Es gab keine Beweise dafür, dass sie in die beiden Mordfälle verwickelt gewesen waren, und ich konnte mir sicher sein, dass solche Beweise auch nie auftauchen würden.

Als wir das Kommissariat verließen, schaute mich mein Vater voller Ehrfurcht an. Aber er sagte nichts und ich auch nicht. Warum auch?

Danach ging mein Vater, wie vereinbart, mit mir zum Psychologen.

Und Reyes Heredia wurde auf freien Fuß gesetzt. Ich weiß nicht, ob sie sich bei ihm entschuldigt haben, als sie ihn freiließen. Ich weiß nur, dass sich im Viertel keiner die Mühe gemacht hat, sich bei den Roma, die man beschimpft, beleidigt und tätlich angegriffen hatte, zu entschuldigen. Aber die Unruhen im Viertel hörten schlagartig auf und die Männer der Bürgerwehren kehrten nach Hause zurück. Wahrscheinlich hatten sie sich nun genug amüsiert und dachten, dass ihnen eine kleine Ruhepause gut tun würde.

Später stand dann in der Zeitung, dass das Gelände *El Tor-*

rent an eine bekannte Supermarktkette verkauft worden war und die Firma COYDESA dadurch ein fabelhaftes Geschäft gemacht hatte. Der Artikel lobte den jungen Geschäftsmann Daniel Forcades überschwänglich, der mit diesem Coup die Firma vor dem Konkurs gerettet habe. Dieser tüchtige Geschäftsmann, so stand es in dem Artikel, solle allen jungen Leuten als Beispiel dienen.

Und das Leben ging ohne große Überraschungen weiter.

Wenn wir von dem Telefonanruf, den ich noch am selben Abend erhielt, einmal absehen.

»*I want to talk with the hard and sagacious private eye Johnny Flanagan*«, sagte eine Femme fatale.

»María Gual.« Ich hatte sie natürlich erkannt.

»Weißt du, was gestern Nacht passiert ist?«, fragte sie mich in bedeutungsvollem Ton.

Ob ich wusste, was in der vergangenen Nacht passiert war? Beinahe hätte ich mich totgelacht.

»Was ist denn passiert?«

»Dein Vater hat angerufen und *meiner Mutter* mitgeteilt, dass wir mit seinem Einverständnis in Viladrau übernachten. Und ich, das heißt meine Mutter hat zu ihm gesagt, dass sie einverstanden sei, da das ja ohnehin nicht mehr zu ändern sei. Aber wenn wir irgendwelche Dummheiten machen würden, dann hoffe sie doch, dass Juan, also du, Manns genug sei, María, also mich, zu heiraten. Ich glaube, dein Vater war ein bisschen erschrocken. Aber mach dir keine Sorgen, ich weiß, wie ich mich bei ihm beliebt machen kann.«

»Das ist ja beruhigend.«

»Du schuldest mir ein Abendessen bei Kerzenlicht.«

»Stimmt.«

»Wann?«

Hätte es im Viertel eine Illustrierte gegeben, dann hätten die Schlagzeilen der nächsten Ausgabe gelautet: »Der Ex von Carmen Ruano erklärt: María Gual und ich sind nur gute Freunde.«

Eine weitere Überraschung war die verblüffende Aussage von Elisa, der schwarzhaarigen Garderobenfrau und Freundin von Sirvent, die der Presse und der Polizei erklärte, sie sei Sebastián Herreras Geliebte gewesen. Das schien ein überzeugendes Motiv dafür zu sein, dass Sirvent auf den verbitterten, grauhaarigen Fünfzigjährigen geschossen hatte. Eifersucht. Aber mich konnte gar nichts mehr überraschen. Die einzige Frage, die ich mir stellte, war, wie viel Geld das Mädchen wohl dafür bekommen hatte, dass sie diese Geschichte über den »Mord aus Leidenschaft« herumerzählte und damit den Kreis der Lügen endgültig schloss.

Ach, und da wir gerade von Überraschungen sprechen, darf ich Adrián Canos beruflichen Werdegang nicht vergessen. Er erzählte mir am Telefon, dass seine Vorgesetzten sich geweigert hätten, diese Reportage zu veröffentlichen, da die Geschichte völlig aus der Luft gegriffen sei und sie nicht das Risiko eingehen wollten, wegen Verleumdung angezeigt zu werden. Außerdem (und das nur ganz nebenbei gesagt) enthielte der Artikel schwerste Beschuldigungen gegen COYDESA, eine Firma, die schon seit Jahren in ihrer Zeitung inseriere. Aber trotzdem habe der Artikel seine Vorgesetzten beeindruckt und sie wollten ihm eine Chance geben. Mit Sibilas Hilfe konnte er ein paar Exklusiv-Interviews mit den Roma aus Casas Buenas

machen, und soweit ich weiß, ist er nun zum Reporter aufgestiegen. Mit ein bisschen Glück (und einem kleinen Wunder) würde er vielleicht doch noch eines Tages so sein wie der Adrián, den ich mir ausgedacht hatte.
Und zu guter Letzt bekam ich auch noch einen Anruf von Carmen Ruano.
»Carmen Ruano ist am Telefon«, sagte Pili.
»Wer?«
»Carmen Ruano.«
»Carmen?«
In diesem Moment fiel mir auf, dass ich meine Musik-für-Masos-Kassette schon lange nicht mehr gehört hatte.
»Ich wollte mich bei dir bedanken, Juan«, sagte sie ernst und ein bisschen verlegen.
»Wofür?«
»Für das, was du für Reyes getan hast.«
»Was habe ich denn für ihn getan?«, fragte ich abweisend.
»Das wissen wir doch alle, Juan.«
»Pah«, sagte ich, da mir keine klügere Antwort einfiel. »Klatsch. Märchen. Alles frei erfunden.«
»Juan …«, sagte sie in diesem eindringlichen Tonfall, der meist eine wichtige Eröffnung ankündigt. »Juan …«
Sie machte eine bedeutungsvolle Pause. Und ich hatte das Gefühl, weit weg zu sein; ich sah sie vor mir, ganz klein, wie in weiter Ferne. Und ich hatte Angst, dass ich durch diese Entfernung zwischen uns all die schönen Augenblicke, die ich mit ihr erlebt hatte, vergessen könnte. Was erwartete ich denn? Dass sie zu mir sagte: »Mir ist klar geworden, dass ich nie wieder so einen loyalen, großzügigen Menschen wie dich treffen werde, Juan«? Oder: »Weißt

du, Reyes hat diese ganze Sache so sehr mitgenommen, dass er beschlossen hat, ins Kloster zu gehen. Außerdem warst du mein erster Freund. Wärst du so nett, wieder mit mir zu gehen …«
War es das, was ich erwartete? Auf jeden Fall war es nicht das, was ich zu hören bekam.
»Juan, ich wollte dich zu meiner Hochzeit einladen.«
Ich dachte:!!!???!!! (falls man so was denken kann), holte tief Luft und stammelte: »Äh?«
»Reyes und ich werden in zwei Wochen heiraten.«
Aber du bist doch erst fünfzehn!!!, dachte ich und machte so ein betretenes Gesicht, dass meine Mutter mich vom Esszimmer aus fragte: »Hast du irgendwas kaputtgemacht, Juanito?«
Ich sagte: »Oh.«
Carmen sagte: »Es wird eine traditionelle Romahochzeit. Es wird bestimmt ein schönes Fest. Und Reyes und ich würden uns sehr freuen, wenn du kämst.«
Ich ging natürlich nicht zu der Hochzeit, das war ja wohl klar.
Hätte es im Viertel eine Illustrierte gegeben, hätten die Schlagzeilen gelautet: »Romahochzeit zwischen Carmen Ruano und Reyes Heredia.« (»Der Ex von Carmen Ruano nimmt nicht an den Hochzeitsfeierlichkeiten teil.« – »Glückliche Tage für Adrián Cano und Sibila.«) Und Fotos von zwei strahlenden Pärchen, die Händchen hielten und sich zärtlich Geheimnisse ins Ohr flüsterten (das waren – das sei nur ganz nebenbei gesagt – nicht wenige und einige von ihnen warfen nicht gerade ein gutes Licht auf mich). Und hätte es im Viertel auch eine Wirtschaftszeitschrift gegeben, dann hätte die Schlagzeile gelautet: »Die

Detektei *Flanagan* gibt ihre einträglichen Geschäftsverbindungen zu der Wahrsagerin Sibila auf.« Sie rief mich nicht wieder an, und ich traute mich auch nicht, sie anzurufen.

Und noch etwas möchte ich hinzufügen:

Als ich María Gual zu dem versprochenen Abendessen bei Kerzenlicht in eine gemütliche Pizzeria im Zentrum des Viertels einlud, konnte ich nicht anders, als ihr mein Abenteuer zu erzählen. Ich schätze, ich hatte einfach das Bedürfnis, es irgendjemandem zu erzählen. Außerdem wollte ich sie wahrscheinlich ein bisschen beeindrucken. Und ich glaube, ich habe sie beeindruckt.

Nachdem wir uns vor ihrer Haustür mit einem freundschaftlichen Kuss verabschiedet hatten, rief sie hinter mir her: »Johnny ...« Ich drehte mich noch einmal zu ihr um.

»Das Geld, das man dir angeboten hat ... Warum hast du es nicht angenommen?«

»Ich weiß es nicht«, antwortete ich.

Und als ich dann durch mein Viertel, ohne Müll und ohne Bürgerwehren, ohne Hass und Gewalt, nach Hause ging, musste ich an den Text von einem der Songs auf meiner Musik-für-Masos-Kassette denken. An den Song *The River* von Bruce Springsteen, auf den ich so oft mit Carmen getanzt hatte: *»We go down to the river, and into the river we dive ...«* Der Fluss unseres Lebens trägt uns, wir tauchen in ihm unter, wir machen uns Illusionen, ich weiß nicht, welche, und ich weiß nicht, warum, denn früher oder später kommt der Tag, an dem uns die Erfahrung etwas sagt, was wir eigentlich immer schon gewusst haben: dass der Fluss völlig ausgetrocknet ist, dass er immer schon völlig ausgetrocknet gewesen war.

»Warum hast du das Geld nicht angenommen?«, hatte María Gual mich gefragt. Und ich hatte geantwortet, dass ich nicht wisse, warum. Aber ich wusste es doch. Auf eine gewisse Weise hatte der Oberboss diese Frage beantwortet, als er zu mir gesagt hatte, dass ich nichts sei und nichts habe und nie etwas haben würde. Aber er irrte sich. Ich hatte etwas ... Und genau das hatte er zu kaufen versucht.

Solange ich mir das bewahrte, sagte ich mir, konnte niemand behaupten, dass der Fluss meines Lebens völlig ausgetrocknet sei.

Andreu Martín & Jaume Ribera
Alle Flanagan-Romane auf einen Blick

Keine Angst vor kleinen Fischen, Flanagan
Flanagan leidet an gebrochenem Herzen und gerät in die Fänge der Rauschgiftmafia.
200 Seiten, Beltz & Gelberg Taschenbuch (78927)

Alle Detektive heißen Flanagan
Flanagans Flamme Carmen bittet ihn, das verschwundene Baby ihrer Schwester zu suchen – ein brisanter Fall!
256 Seiten, Beltz & Gelberg Taschenbuch (78928)

Wasch dir nicht die Hände, Flanagan
Der Detektiv aus Barcelona schreckt vor nichts zurück und findet sich in einem Müllcontainer wieder.
264 Seiten, Beltz & Gelberg Taschenbuch (78929)

Flanagan de luxe
An der Costa Brava geht Flanagan unfreiwillig baden und fällt beinahe einem miesen Trick zum Opfer.
224 Seiten, Beltz & Gelberg Taschenbuch (78930)

Flanagan entflammt
Auf der Suche nach einer verschwundenen Mitschülerin verhindert Flanagan in letzter Minute eine Brandkatastrophe.
192 Seiten, Beltz & Gelberg Taschenbuch (78931)

Flanagan Blues Band
Flanagan lernt den Detektiv Oriol Lahoz kennen und wird unvermittelt in einen Mordfall verwickelt.
216 Seiten, Beltz & Gelberg Taschenbuch (78932)

»Flanagan in Hochform – charmant und mitreißend bezwingt er Verbrecher und regelt Herzensangelegenheiten.«
ARD/ZDF-Video-Zentrale